AF306817

Haike Hausdorf wurde 1973 in Münster/Westfalen geboren. Schon als Kind war sie eine Leseratte und verbrachte viel Zeit in der nächstgelegenen Bücherei. Nach dem Abitur und ihrer Ausbildung zur Groß- und Außenhandelskauffrau verbrachte sie drei Monate in Südengland. Anschließend arbeitete sie in verschiedenen internationalen Unternehmen in Düsseldorf, Freiburg und Schleswig-Holstein. Inzwischen lebt sie mit ihrer Familie am Rand des Schwarzwalds und schreibt in verschiedenen Genres.

HAIKE HAUSDORF

Schweden
Liebesroman

Erstausgabe Mai 2024

Copyright © 2024 dp Verlag, ein Imprint der
dp DIGITAL PUBLISHERS GmbH
Made in Stuttgart with ♥
Alle Rechte vorbehalten

Frühling in Fjällbacka

ISBN 978-3-98778-689-1
E-Book-ISBN 978-3-98778-681-5

Covergestaltung: ArtC.ore-Design / Wildly & Slow Photography
Umschlaggestaltung: ArtC.ore-Design
Unter Verwendung von Abbildungen von
shutterstock.com: © Artiste2d3d
stock.adobe.com: © 1xpert, © Per, © Roman, © Grycaj
Lektorat: Stephanie Schilling
Satz: dp DIGITAL PUBLISHERS GmbH
Druck und Bindung: Books on Demand GmbH, Norderstedt

Kapitel 1 – Silja

„Ach, Malin! Er fehlt mir so." Mit gesenktem Kopf saß Silja im Schaukelstuhl ihres Vaters und wiegte sich ins Leere starrend vor und zurück. Trotzdem nahm sie aus den Augenwinkeln Malins mitleidigen Blick wahr. Doch ihre Cousine schwieg.

Offenbar waren ihr die tröstenden Worte ausgegangen oder die letzten Tage in Skåne län, der südlichsten Provinz Schwedens, hatten sie gelehrt, dass Silja, tief in ihrer Trauer versunken, ohnehin keine Antwort erwartete.

Nachdem Siljas Vater, Karl Blom, zwei Tage zuvor beerdigt worden war und wohlwissend, dass sich der Aufenthalt ihrer Cousine dem Ende neigte, fühlte sie tiefe Dankbarkeit für Malins Anwesenheit. Dass diese sich scheinbar in der Verantwortung sah, statt Silja einfach ihrem Trübsinn zu überlassen und abzureisen, war typisch. Malin hatte schon immer ein großes Herz gehabt.

Nun legte sie ihre Hand sanft auf Siljas Arm. „Onkel Karl hätte sicher nicht gewollt, dass du jeden Lebenswillen verlierst. Er war so ein fröhlicher Mensch."

Silja nickte und schluckte schwer. „Der Frühling war seine liebste Jahreszeit. Ach, Malin, dass er die ersten warmen Sonnenstrahlen nur durch das Krankenhausfenster sehen durfte, ist so ungerecht." Ein weiteres

Schluchzen erschütterte ihren Körper und brachte den Schaukelstuhl zum Vibrieren.

Malin seufzte kaum hörbar. Ihr Blick verriet Silja, wie gern sie ihre Gedanken auf etwas Positives gelenkt hätte.

In die Stille hinein klingelte überraschend das Telefon.

Silja meldete sich mit tränenerstickter Stimme und lauschte, während sie beobachtete, wie Malins Blick über die Bücherregale ihres verstorbenen Vaters wanderte.

„Was soll das heißen?", schrie Silja und Malin zuckte zusammen.

Auf diesen kurzen Satz folgte im Raum eine unheimliche Stille, während derer Malin besorgt die Stirn runzelte und Silja verzweifelt den Forderungen ihres Bruders lauschte. Mit einem resignierten „Nein, das geht nicht" beendete sie schließlich das Telefonat. Danach verharrte sie hoch aufgerichtet, aber vollständig reglos im Schaukelstuhl, der wie ein Mahnmal in schräger Position eingefroren schien, weil sie ihre Füße gegen den Boden stemmte. Silja fühlte sich wie gelähmt. Den Hörer hielt sie noch immer in der Hand und fixierte ihn als den verhassten Überbringer einer weiteren Hiobsbotschaft.

„Was ist denn los?", erkundigte sich Malin zaghaft.

„Das war Lennart", erklärte Silja wie in Trance. „Er hat einen Interessenten für das Haus gefunden."

„Für welches Haus?" Malin schnappte sichtlich überrascht nach Luft.

Es fiel Silja schwer, das Unaussprechliche in Worte zu kleiden.

Doch Malin hatte die Tragweite dieser Neuigkeit offenbar auch ohne nähere Erläuterungen erfasst. „Für dieses Haus ... für *euer* Haus?" Sie machte eine weit ausholende Armbewegung.

„Genau", antwortete Silja tonlos. „Für unser Elternhaus."

Malin schluckte. „Wollt ihr es etwa sofort verkaufen?"

„Ich nicht! Aber Lennart sagt, er braucht das Geld."

„Okay. Wie wäre es, wenn du ihn einfach auszahlst?"

Statt einer Antwort schüttelte Silja den Kopf. Sie presste die Lippen aufeinander, konnte jedoch ein weiteres Schluchzen nicht unterdrücken. Tränen rannen über ihre Wangen.

„Das verstehe ich nicht. Als Vorschullehrerin verdienst du immerhin einigermaßen, oder?"

„Ich bin arbeitslos, Malin."

„Arbeitslos?"

Silja wischte mit einem Papiertaschentuch über ihr tränennasses Gesicht und schnäuzte sich nachdrücklich. Anschließend warf sie das nasse Knäuel in einen Papierkorb neben dem Schaukelstuhl, in dem sich bereits ein beachtlicher Berg von benutzten Tüchern auftürmte.

„Was meinst du damit? Wieso bist du arbeitslos? Was ist mit deiner Stelle bei der Tagesstätte um die Ecke?"

„Der Vertrag war auf zwölf Monate befristet", schniefte Silja. „Ich bin für eine Kollegin eingesprungen, die vor einem Jahr ihr drittes Kind bekommen hat. Nun übernimmt sie wieder und ich muss gehen. Das ist auch in Ordnung, denn ich habe zuletzt Teilzeit gearbeitet, um mich besser um Pappa kümmern zu können.

Mit meinen paar Kröten kann ich Lennart unmöglich auszahlen. Und ohne Job gibt mir die Bank wohl kaum einen Kredit, obwohl ich sicher schnell eine neue Anstellung finden werde."

Malin starrte Silja betroffen an.

„Ich würde dir ja gerne helfen, aber mein gesamtes Erspartes ist kürzlich in eine neue, professionelle

Kameraausrüstung für meine Selbstständigkeit geflossen und außerdem zahle ich einen Kredit für mein Haus in Fjällbacka ab."

Silja nickte. Als Geldgeberin schied Malin aus, aber ein solches Angebot hätte sie ohnehin nicht akzeptieren können. Im beschaulichen Wohnzimmer von Karl Blom breitete sich ein weiteres Mal eine bedrückende Stille aus, die nur gelegentlich von Siljas Schluchzern unterbrochen wurde.

„Warte mal ..." Nachdenklich strich sich Malin durch ihr langes Haar. „Ich habe neulich ..." Angestrengt runzelte sie die Stirn. „Ein Tapetenwechsel würde dir sicher nicht schaden. Hier in der vertrauten Umgebung erinnert dich alles an bessere Zeiten und das ist in deiner derzeitigen Verfassung sicher wenig hilfreich."

Verwirrt sah Silja ihre Cousine an. Worauf wollte sie hinaus?

„Ich habe da vielleicht eine Idee ...", setzte Malin vorsichtig an.

Siljas lugte hinter einem Taschentuch hervor.

„Wie du weißt, werde ich übermorgen nach Dänemark fahren und dort die nächsten Wochen arbeiten ..."

Malins Worte rauschten an Silja vorbei, ohne sich einzuprägen. Sie verzog keine Miene.

„Sag mal, hörst du mir überhaupt zu?“

„Entschuldige. Was hast du gesagt?“

„Ich sprach von meinem Auftrag, dänische Frühlingsimpressionen einzufangen.“

„Ach ja. Das wird bestimmt toll. Gestaltest du einen neuen Bildband?“

„Nein, dieses Mal sind die Aufnahmen für ein Magazin bestimmt.“

„Aha.“

„Aber ich werde für einige Wochen im Ausland sein ...“

„Hm.“

„Silja?“

„Was?“

„Wie fändest du es, in der nächsten Zeit mein Haus zu hüten?“

„Dein Haus? In Fjällbacka? Das geht nicht. Ich war schließlich noch nie dort. Du weißt doch, dass ich hier nicht wegkonnte.“

„Na, und? Ich gebe dir die Adresse und du machst es dir bei mir gemütlich: Gießt meine Blumen, genießt die Sonnenuntergänge über dem Meer ...“

„Das ist wirklich ein nettes Angebot, Malin, aber ich muss dringend Arbeit finden ...“

„Da hätte ich vielleicht etwas für dich ...“

„ ...und unser Haus leerräumen.“

„Also, ich finde, das kann Lennart machen, wenn er es so eilig hat mit dem Verkauf. Immerhin hast du dich – im Gegensatz zu ihm – fast zwei Jahre lang um euren Vater gekümmert!“

„Er hat hin und wieder angerufen.“

„Wow! Ich bin beeindruckt!“

„Trotzdem kann ich nicht einfach davonlaufen. Ich möchte Pappas Sachen in Ruhe durchsehen und meine zusammen packen …“

„Weißt du was? Ich helfe dir dabei. Wir haben zwei Tage. Wenn wir die Ärmel hochkrempeln …“

„*Zwei* Tage? Ich kann unmöglich in so kurzer Zeit alles durchsehen“, protestierte Silja.

„Wir packen das Wichtigste in Kartons und du lädst die Sachen auf die Ladefläche des Pickups. Ich habe mich immer gefragt, warum dein Vater die Riesenkiste behalten hat, nachdem deine Mutter gestorben und Lennart ausgezogen war. Aber nun hat es doch sein Gutes. Die alte Möhre wird dein Bruder kaum haben wollen.“

„Sicher nicht, er fährt einen Sportwagen.“

„Na, bitte. Dann packen wir alles, was dir gehört und du behalten willst, in das Auto und auf die Ladefläche und um den Rest soll sich dein Bruder kümmern. Überleg mal: Was ist dir wichtig?“

„Der Schaukelstuhl. Und das gute Geschirr. Die Fotoalben natürlich und ein paar Bücher. Mein Fahrrad bräuchte ich auch.“

„Sehr gut. Das werden wir problemlos verstauen.“

Unternehmungslustig klatschte Malin in die Hände. Angesichts ihres Plans schien sie äußerst guter Dinge zu sein, während Silja noch immer gegen die Lethargie ankämpfte, die sie seit Tagen fest im Griff hatte.

„Du fängst an zu stöbern und ich besorge ein paar Umzugskartons. Hast du eine Plane und Spanngurte für die Ladefläche?“, drang die Stimme ihrer Cousine wie aus weiter Ferne an ihr Ohr.

„In der Garage. Trotzdem fühlt es sich irgendwie falsch an. Ich kann doch nicht einfach davonlaufen, Malin.“

„Willst du etwa dabei sein, wenn Lennart wildfremde Leute durch das Haus führt?“

Silja schüttelte energisch den Kopf.

„Das dachte ich mir. Auf geht’s! Wir haben achtundvierzig Stunden Zeit, bis ich nach Süden düsen werde und du in Richtung Norden.“

„Und was ist mit einem Job? Wovon soll ich in Fjällbacka leben?“

„Ach, ja, das wollte ich dir vorhin erzählen: Kurz vor meiner Abreise traf ich zufällig Ebba Holmgren, die Leiterin des Hortes, die dringend eine Vorschullehrerin sucht. Ich werde sie umgehend anrufen und ihr sagen, dass ich die perfekte Fachkraft für sie gefunden habe.“

Triumphierend sah Malin Silja an.

„Aber ...“

„Keine Widerrede! Du fängst nächste Woche übergangsweise dort an, meine Liebe. Bis zu den Sommerferien kannst du Ebba aushelfen. Danach sehen wir weiter. Das löst dein Problem ebenso wie ihres und ich muss mir in Dänemark keine Sorgen machen, dass dir hier die Decke auf den Kopf fällt oder du obdachlos wirst, weil Lennart ein herzloser Idiot ist.“

Kapitel 2 – Silja

Was Silja drei Tage zuvor wie eine absolute Schnaps-idee ihrer Cousine vorgekommen war, nahm nun rasend schnell Gestalt an und erschien ihr zunehmend weniger absurd. Ihr ganzes Leben hatte sie in Südschweden verbracht, aber es waren nicht nur glückliche Jahre gewesen. Gegen Ende ihrer Schulzeit war ihre Mutter erkrankt. Lennart hatte die weite Welt erkundet, sie hingegen die Pflege übernommen. Ihre Freunde waren weggezogen, hatten geheiratet und lebten ihr Leben, während Silja bis zum Tod ihrer Mutter zwischen Krankenbett und Studium hin- und hergependelt war. Nach einer kurzen Ruhephase hatte ihr Vater völlig unerwartet seine Krebsdiagnose erhalten und es war ihr wie ein grauenvolles Déjà-vu vorgekommen. Und nun, direkt nachdem sie Karl Seite an Seite mit seiner geliebten Alma beerdigt hatte, brachte Lennart sie um ihr Zuhause und das Schicksal sie um ihre Arbeitsstelle. Zwar war sich Silja bewusst gewesen, dass sie sich längst um einen anderen Job hätte kümmern müssen, doch aufgrund der Pflege ihres Vaters hatte ihr jeglicher Elan dazu gefehlt. Deshalb kam ihr Malins spontane Eingebung, die einen Aufschub versprach, gar nicht ungelegen.

Falls dies nicht der richtige Zeitpunkt für einen Neuanfang war, würde er wohl niemals kommen. Und während der achtwöchigen Sommerferien hoffte Silja, so viel Abstand zu den aktuellen Ereignissen zu gewinnen, dass sie mit einem klaren Kopf auf die Suche nach einer passenden Festanstellung gehen konnte. Während der einjährigen Vertretungsphase hatte sie aufgrund der Doppelbelastung kein allzu enges Verhältnis zu ihren Kollegen und Schützlingen aufbauen können. Auch in dieser Beziehung wollte sie sich in Zukunft mehr einbringen. Bei näherer Betrachtung erkannte Silja, wie recht Malin damit hatte, ihr einen Neubeginn zu verordnen. Im Geiste dankte sie ihrer Cousine, die ihr in der vergangenen Woche so manchen positiven Impuls gegeben hatte.

Sobald Malin in Richtung Dänemark aufgebrochen war, fuhr Silja schweren Herzens zum Friedhof, wo sie lange Zeit stumm und mit tränennassen Wangen am Grab ihrer Eltern ausharrte. Mehrfach ordnete sie die mitgebrachten Blumen neu an. Schließlich erhob sie sich schwerfällig, wischte sich mit dem Ärmel ihrer Jacke über die geröteten Augen und trat einen Schritt zurück.

„Hej då, Mamma och Pappa." Sie schluckte. "Sobald ich aus Fjällbacka zurück bin, komme ich euch wieder besuchen. Vielleicht finde ich hier in der Nähe Arbeit und eine Wohnung. Ihr fehlt mir so sehr!" Mit einem Schluchzer wandte sie sich ab und ging, ohne sich noch einmal umzudrehen, davon.

Zwar konnte Silja noch immer kaum glauben, dass sie mit dem uralten Pickup ihres Vaters, schwer beladen bis über das Zulässige hinaus, der E6 Kilometer für Kilometer in Richtung Norden folgte. Doch Malins Plan erschien ihr beileibe nicht mehr so abwegig wie im ersten Moment. Und den Besichtigungen und dem Verkauf des Hauses, in dem sie ihr gesamtes Leben verbracht hatte, wollte sie auf keinen Fall beiwohnen.

Lennart hatte nicht schlecht gestaunt, weil sie auf die Schnelle die Erinnerungsstücke ausgesucht hatte, die ihr gefielen, und sich anschließend aus dem Staub machte. Genau genommen war er über diese von Malin initiierte Spontanität seiner Schwester so verblüfft gewesen, dass er nur mäßig protestiert hatte. Ohnehin war seine aufkeimende Empörung von Malin sofort im Keim erstickt worden, indem sie ihm harsch erklärte, in der durch seinen unsäglichen Egoismus verursachten Eile keinerlei Zeit für Diskussionen zu haben. Ihr zufriedenes Grinsen bei dieser wenig charmanten Abfuhr hatte Silja das erste Mal seit Wochen ein Lächeln entlockt.

Bei der Erinnerung daran, kehrte es zurück und sie drehte leicht beschwingt das Autoradio lauter.

Während einer Rast auf halber Strecke nach Göteborg machte Silja am frühen Nachmittag auf einem Parkplatz halt. Auf einer Bank sitzend betrachtete sie die vorbeiziehenden Wolken. Der noch recht kühle Frühlingswind ließ sie frösteln, als sie ihr Mobiltelefon hervorholte und Malin anrief.

„Sag bloß nicht, du hast Zweifel bekommen und drehst gerade um. Ich habe schon mein erstes Hotel südlich von Kopenhagen bezogen und momentan keine Zeit, dir den Kopf zurechtzurücken.“

„Keine Sorge. Ich wollte bloß berichten, wo ich mich befinde. Insgesamt habe ich nämlich etwa ein Drittel der Strecke hinter mir und seit einer Weile weht mir der Seewind um die Nase."

„Das freut mich! Gewöhn dich am besten sofort an das Gefühl, denn er wird in Fjällbacka dein ständiger Begleiter sein."

„Ich bin schon sehr gespannt auf dein Zuhause. Leider konnte ich dich ja bisher nie dort besuchen."

„Es ist traumhaft schön. Ein bisschen überlaufen im Sommer, aber um diese Jahreszeit werden nicht allzu viele Touristen zu sehen sein. Genieß es einfach. Und denk dran: Der Hausschlüssel liegt unter dem Blumentopf neben der Tür."

„Ja, ich weiß. Ein geniales Versteck übrigens. Da kommt sicher kein Einbrecher drauf!", sagte Silja lachend.

„Der potentielle Einbrecher wäre gestraft genug, falls er sich die Mühe machen würde, mein Zeug zu durchwühlen. Das einzig Wertvolle in meinem Besitz ist die Kameraausrüstung und die trage ich stets bei mir."

„ ... und hütest sie wie einen Schatz, ich weiß. Übrigens habe ich vergessen, dich zu fragen, wo ich parken kann."

„Dieses Schlachtschiff? Das wirst du am Straßenrand abstellen müssen. Am besten ganz nah an meinem Gartenzaun, damit die anderen Autos noch vorbeikommen. Denk bitte daran: Ich wohne in einer Sackgasse!"

„Genau: In einem weißen Haus mit einem weißen Zaun und einer weißen Gartenbank. Das klingt viel zu spießig für dich, Malin."

Ihre Cousine lachte. „Tief in meinem Herzen bin ich furchtbar kleinbürgerlich und langweilig. Wusstest du das nicht?"

„Wer's glaubt!“

„Apropos langweilig! Vergiss bloß nicht, meinem Nachbarn Bescheid zu sagen, dass du dich ab sofort um die Pflanzen und die Post kümmerst. Er wird nicht böse darüber sein, denn er ist ein vielbeschäftigter Mann.“

„Magnus Fredriksson. Der Tischler.“

„Genau der! In den solltest du dich übrigens unter keinen Umständen verlieben. Er ist bekanntermaßen mit seiner Arbeit verheiratet.“ Malin lachte frech.

„Keine Sorge. Da ich nur für kurze Zeit in Fjällbacka sein werde, habe ich nicht vor, mir einen Mann zu angeln. Stattdessen werde ich die Zeit nutzen, den Kopf freizubekommen und mir Gedanken zu machen, wo ich in Zukunft wohnen und arbeiten werde.“

„Egal, wie du dich entscheidest, reise auf keinen Fall ab, bevor ich zurück bin. Ich möchte mich persönlich davon überzeugen, dass es dir besser geht und dir die Gegend zeigen. Die Westküste ist wirklich sehenswert.“

„Versprochen. Wie läuft es bei dir in Dänemark?“

„Gut. Neben mir im Hotel wohnt eine deutsche Familie. Da konnte ich endlich mal wieder meine eingestaubten Deutschkenntnisse hervorkramen. Du hättest den erstaunten Blick ihrer kleinen Tochter sehen sollen, als ich ihr erklärt habe, dass sie mich duzen darf, weil sich in Dänemark, Schweden und Norwegen alle Menschen duzen.“

Silja lachte. „Und was hat sie dazu gesagt?“

„Sie wollte wissen, ob das auch stimmt. Ich habe ihr mein Ehrenwort darauf gegeben, dass wir nur bei den Königsfamilien eine Ausnahme machen, aber die wird sie wohl kaum treffen.“

„Vermutlich nicht. Ich muss jetzt Schluss machen, Malin, sonst komme ich erst im Dunkeln an und finde womöglich dein Haus nicht."

Just in dem Moment, als Silja auflegte, überwand die Sonne die graue Wolkendecke und sandte wärmende Strahlen zu ihr hinab. Genießerisch reckte sie ihr Gesicht gen Himmel. Ein wohliges Gefühl durchdrang ihren Körper, während sie mit geschlossenen Augen dastand und den Moment genoss. Der sanfte Frühlingswind streichelte ihre Wangen und fuhr durch ihr langes, blondes Haar. Der Geruch von feuchter Erde stieg in Siljas Nase und rief ihr das lächelnde Gesicht ihres Vaters ins Gedächtnis, der sie in jedem Jahr nach der Schneeschmelze zu sich gerufen und gesagt hatte: „Komm her, Silja, und rieche den Frühling!" Tief in ihrem Innern wusste sie, dass sie dieses Bild stets mit sich tragen würde. Der Tod hatte ihr die Liebsten genommen, nicht aber die Erinnerung an sie. In diesem Wissen stieg Silja wieder in den vollbeladenen Pickup, um ihre Fahrt in unbekannte Gefilde fortzusetzen.

Sobald sie auf ihrem Weg in Richtung Norden Göteborg passiert hatte, machte sie vor dem Abzweig nach Uddevalla erneut eine Pause, ließ die Stadt anschließend östlich liegen und folgte der E6 über die Uddevalla-Brücke, die den *Byfjord* überquert. Am frühen Abend erreichte Silja schließlich die ersten Häuser des Fischerortes Fjällbacka. Auf dem Parkplatz unterhalb der Kirche sah sie einen Fremdenführer seine Schäfchen in einen Reisebus scheuchen und auch in den zahllosen Restaurants und Cafés am Hafen waren schon einige Besucher unterwegs. Silja fuhr langsam an kleinen Schuhläden, winzigen Buchhandlungen und puppenstubenhaften Bäckereien in buntgestrichenen Holzhäusern vorbei, vor deren Schaufenstern sich vereinzelte Touristen tummelten. Durch das geöffnete Autofenster vernahm sie Stimmengewirr. Norwegische Wortfetzen drangen ebenso an ihr Ohr wie schwedische und englische. Vom Meer wehte eine leichte Brise zu ihr herüber, die einen salzigen Geschmack auf Siljas Zunge hinterließ. Die Bucht war größer, als sie gedacht hatte. Beeindruckt warf sie beim Fahren einige Seitenblicke auf die vielen weißen Segelboote, die sanft auf den Nordseewellen schaukelten.

Malin hatte nicht übertrieben. Der Badeort war eine kleine Schönheit und Silja spürte schon in den ersten Minuten, wie gut es sich in Fjällbacka leben ließ. Links von der Straße hinter den Hotels und Restaurants erhob sich der mächtige Vetteberg, ein gigantischer Felsen, der unweit der Küste steil emporstieg und die kleine Stadt überragte.

Silja folgte Malins Wegbeschreibung und lenkte den Wagen schließlich in eine Sackgasse, wo sie vor zwei beinahe identischen weißen Holzhäusern parkte. Ein Blick über den Zaun gab ihr die Gewissheit, am Ziel zu sein, denn in dem linken Vorgarten sah sie die von Malin beschriebene Gartenbank neben einem Blumentopf. Zu ihrem Erstaunen stand die Sitzgelegenheit jedoch nicht wie erwartet gesittet neben dem Eingang und lud dazu ein, sich darauf niederzulassen. Stattdessen war sie kopfüber auf die Lehne gekippt und mit Zwingen versehen, die darauf schließen ließen, dass sie gerade repariert wurde. Dieser Umstand irritierte Silja zwar, da die Beschreibung ansonsten aber zutraf, verwarf sie jegliche Fragen, die ihr in den Kopf schossen und öffnete das Gartentor. Unter dem mit Frühlingsblumen bepflanzten Kübel entdeckte sie, wie von Malin beschrieben, den Hausschlüssel und öffnete die Tür. Das Abendlicht drang durch ein Sprossenfenster und Silja lugte vorsichtig ins Wohnzimmer. Auf dem runden Esstisch lagen einige Briefe, was sie daran erinnerte, den Nachbarn über ihr Kommen zu informieren. Doch zunächst wollte sie einen Teil ihrer Sachen ausladen und unter die Dusche springen.

Nachdem Silja die Spanngurte gelöst und die Plane zusammengefaltet hatte, trug sie ihren geliebten Schaukelstuhl ins Wohnzimmer, türmte die Kartons in den Flur und brachte die Reisetaschen mit all ihrer Kleidung ins Haus.

Im ersten Stock befand sich ein kleines Bad, wie Malin es beschrieben hatte, und im Schrank entdeckte sie ein flauschiges graues Handtuch der Superlative. Verwundert betrachtete Silja den Rasierapparat, der neben der Zahnbürste stand. Der war doch für Männer?! Das war wieder einmal typisch für Malin, ihr nichts von einem neuen Freund erzählt zu haben, obwohl sie fast eine Woche miteinander verbracht hatten!

Erschöpft, aber auch erleichtert, öffnete Silja den Reißverschluss ihrer größten Reisetasche, holte frische Wäsche und einen Jogginganzug heraus und verschwand in der Duschkabine. Der Wasserstrahl erfrischte sie ungemein. Fast kam es ihr vor, als wuschen die neue Umgebung und die Brause einen Teil ihres Kummers mit sich fort. Genießerisch schloss sie die Augen, derweil das Wasser ihr über die blonden Haare und das verschwitzte Gesicht rann.

Kapitel 3 – Magnus

Als Magnus Fredriksson von einem langen, anstrengenden Arbeitstag heimkehrte, war er wenig erfreut über den riesigen Pickup, der halb vor seinem und halb vor Malin Lundqvists Haus stand und ihm jegliche Parkmöglichkeit für den Transporter nahm. Fluchend quetschte er sich in der schmalen Sackgasse an dem Fahrzeug vorbei und hielt vor dem Grundstück eines Nachbarn. Bevor er sein Haus betrat, überprüfte er die am Morgen frisch verleimte Gartenbank und nahm zufrieden die Zwingen ab. Anschließend trug er das gute Stück zu Malins Eingangstür und stellte es zurück an seinen angestammten Platz. Es sah seiner kreativ-chaotischen Nachbarin ähnlich, nicht zu bemerken, dass ihre hübsche Sitzgelegenheit kurz davor gewesen war, zusammenzubrechen. Glücklicherweise hatte er es beim Blumengießen festgestellt und sich darum gekümmert, bevor womöglich jemand zu Schaden kam.

Auf dem Weg zurück zu seinem eigenen Haus warf er einen abschätzigen Blick auf den uralten Pickup. Touristen, auch lästige Exemplare dieser Gattung, war man in dem hübschen Küstenort gewöhnt. Solch monströse Gefährte in seiner kleinen Straße abzustellen, grenzte allerdings an eine Unverschämtheit. Sollte er den Besitzer beim Wegfahren erwischen, würde er ihm etwas erzählen!

Doch bevor Magnus sich die wohlverdiente Strafpredigt im Detail ausmalen konnte, blieb er überrascht stehen. In seinem Flur türmten sich Umzugskartons, die mit absoluter Gewissheit am Morgen noch nicht dagewesen waren. Ein Blick ins Wohnzimmer ließ ihn eines alten Schaukelstuhls gewahr werden. Er umrundete ihn fassungslos. Was um Himmels willen …?

Aus dem ersten Stock erklang ein dezentes Poltern, weshalb er mit wenigen großen Schritten zur Treppe eilte und jeweils mehrere Stufen auf einmal nehmend hinauf spurtete. Die Schlafzimmertür war angelehnt, der Raum indessen leer. Die Tür zu seinem Arbeitszimmer stand offen, doch es war niemand zu sehen. Woher war das Geräusch gekommen? Empört riss Magnus die Badezimmertür auf und zuckte sogleich zurück. Eine in sein Lieblingshandtuch gehüllte junge Frau mit langen, tropfnassen Haaren war soeben seiner Duschkabine entstiegen und schrie bei seinem Eintreten entsetzt auf. Panisch raffte sie den Stoff bis zum Kinn, als ob das etwas an der Situation ändern würde.

„Raus!", brüllte sie. „Was tust du hier?"

„Das frage ich *dich*!", gab Magnus entrüstet zurück. „An Touristen im Vorgarten bin ich inzwischen gewöhnt, aber in meiner *Dusche*? Das ist neu!"

„*Deine* Dusche? Ich glaube, du spinnst! Das ist das Haus meiner Cousine."

Magnus starrte die ihn wütend anblitzende Wassernixe ungläubig an. „Ist das die neue Standardausrede von Hausbesetzern?"

„Hausbesetzer? Du hast sie wohl nicht mehr alle! Raus aus Malins Badezimmer! Sofort!"

„Malins Badezimmer?", fragte Magnus überrascht. „Das ist nicht Malins Haus. Dies ist *mein* Haus. Malin wohnt nebenan."

Die Blondine, die gerade den Mund geöffnet hatte, um ihn mit einem weiteren Wortschwall zu beglücken, erstarrte.

„Nebenan?"

„Wenn ich es doch sage."

„A-aber die Bank ...", stotterte sie. „Die Gartenbank stand vor *diesem* Haus."

„Die Gartenbank? Die war kaputt. Ich habe sie heute Morgen verleimt und eben wieder vor Malins Tür gestellt. Vor die *richtige* Tür."

„Ach, du Schande." Die Augen des ungebetenen, in sein Duschtuch drapierten Gastes wurden so groß wie Wagenräder. „Aber ...", sie japste nach Luft. „Meine Cousine sagte, der Schlüssel liege unter dem Blumentopf vor der Tür."

Magnus kratzte sich am Kopf. „Ja", brummte er. „Da liegt mein Zweitschlüssel immer."

„Und dann wunderst du dich über Fremde in deinem Haus?", fuhr ihn die Halbnackte an.

„Na, hör mal ...!" Für einen Moment starrte er ihr ins Gesicht, wandte sich jedoch im Anschluss daran zügig ab, um ein in ihm aufsteigendes Lachen zu verbergen. „Ich gehe jetzt runter und bringe deine Sachen rüber. Wenn du im Gegenzug die Güte hättest, mein Bad zu räumen, wäre ich dir sehr dankbar."

Nachdem Magnus die Tür hinter sich geschlossen hatte, blieb er für einen kurzen Moment auf dem Treppenabsatz stehen und rang um Fassung. So etwas war ihm in all den Jahren noch nicht passiert. Eine fremde

Frau in seiner Dusche! Und das widerfuhr ausgerechnet ihm, der nie jemanden zu sich nach Hause einlud, seitdem Inger ihm vor Jahren das Herz gebrochen hatte.

Doch offenbar war die Unbekannte, die sein Bad in eine Wolke von Lavendel getaucht hatte, entgegen seiner ersten Vermutung keine dreiste Diebin oder schamlose Hausbesetzerin, sondern eine Verwandte von Malin. Die Tatsache, dass dieser Unglücksrabe das Haus verwechselt hatte, passte hervorragend ins Bild, das Magnus von seiner Nachbarin hatte. Einen weiteren Nachweis über die Blutsverwandtschaft der beiden benötigte er nicht, denn Malin war das spontanste und unberechenbarste weibliche Wesen, das er jemals kennengelernt hatte und die perplexe Person in seinem Bad schien vom selben Schlag zu sein.

Kopfschüttelnd stieg Magnus die Treppe hinunter, packte den Schaukelstuhl am Schlafittchen und trug ihn hinüber in Malins Wohnbereich. Anschließend verfuhr er gleichermaßen mit den Kartons im Flur. Gerade als er sich aller Fremdkörper im Erdgeschoss entledigt hatte, kam ihre Besitzerin mit drei Gepäckstücken beladen und einem schuldbewussten Blick die Stufen hinunter. Wobei sie selbige beinahe heruntergesegelt wäre, hätte Magnus sie nicht in letzter Sekunde am Ellbogen gepackt und festgehalten.

„Drei gigantische Reisetaschen sind wohl etwas zu viel für meine schmale Treppe und abgesehen davon offenbar auch ein klein wenig zu schwer für dich“, stellte er sachlich fest.

„Danke, mit meinem Gepäck komme ich schon klar“, fauchte sie wenig damenhaft.

„Mein Lieblingshandtuch würde ich trotzdem gerne behalten“, sagte er und pflückte es von ihrer Schulter.

Sie errötete. „Ich hatte nicht vor, es zu stehlen, sondern wollte es lediglich waschen und danach zurückgeben …“

„Schon gut. Das mache ich selbst“, brummte Magnus und hielt die Haustür auf. Da sie mehr an ihm vorbeischwankte, als dass sie ging, nahm er ihr kopfschüttelnd die größte Tasche ab und folgte Malins Cousine in das richtige Domizil. Im Eingangsbereich stellte er das Gepäckstück neben den Kartonstapel.

„Ich heiße übrigens Magnus. Magnus Fredriksson.“

„Der Tischler.“

„Stimmt. Hat Malin dir von mir erzählt?“

„Natürlich. Sie sagte, ich solle dir ausrichten, du müsstest dich nicht mehr um die Post und die Pflanzen kümmern, weil ich für einige Zeit ihr Haus hüten werde.“

„Bringst du immer dein gesamtes Hab und Gut mit, wenn du für ein paar Wochen irgendwo die Blumen gießt?“

„Du würdest staunen. Dieses Mal reise ich nur mit leichtem Gepäck“, erwiderte sie bissig, während sie ihn auf eine undefinierbare Art und Weise ansah.

„Was bin ich froh, dass ich keine komplette Kücheneinrichtung aus meinem Haus räumen musste“, gab Magnus zurück. „Hast du übrigens auch einen Namen, hübsche Einbrecherin?“

„Ich bin Silja Blom und verzichte gern auf Komplimente von fremden Männern, die mich in einer überaus kompromittierenden Situation überrascht haben.“

„Ist nicht meine Schuld. Du hättest einfach einen Blick auf den Briefkasten werfen sollen. Dort steht nämlich mein Name.“

„Ich werde es in Zukunft beherzigen. Jetzt, da ich weiß, wo hier alle ihre Ersatzschlüssel verstecken. Sehr originell!“

„Wer lesen kann, ist klar im Vorteil, Silja. Und ich denke, das kannst du, weil du Tonnen von Büchern im Gepäck hast.“

Er wandte sich ab.

„Hast du es etwa gewagt, in meine Kartons zu gucken?“

Diese Frage fand Magnus seiner unwürdig, weshalb er Silja Blom ohne eine Antwort stehenließ.

Kapitel 4 – Silja

Na, das fing ja großartig an! Kaum, dass die Haustür hinter dem Tischler ins Schloss gefallen war, wankte Silja in Malins Wohnzimmer und sank mit einem Kissen im Rücken und einem weiteren im Arm in ihren geliebten Schaukelstuhl.

Die Erinnerung daran, wie sie in ihrer ersten Stunde in Fjällbacka von ihrem neuen Nachbarn beinahe nackt in dessen Dusche überrascht worden war, trieb der Sechsundzwanzigjährigen die Schamesröte ins Gesicht. Gab es etwas Peinlicheres als einen solchen Einstand in einer fremden Stadt? Hoffentlich war Magnus Fredriksson ein Gentleman oder von Natur aus wenig gesprächig. Die Vorstellung, die Geschichte könne in dem kleinen Ort die Runde machen, ließ Silja innerlich im Boden versinken.

Eine Weile hing sie diesem äußerst unerfreulichen Gedanken nach, bis sie sich schließlich seufzend aufrappelte, um das Haus zu erkunden und einen Schlafplatz zu suchen. Dabei stellte sie fest, wie sehr der Grundriss von Malins Haus dem von Magnus Heim ähnelte. Auch ihre Cousine hatte im Obergeschoss ein Duschbad sowie ihr Schlafzimmer und einen kleineren Raum, den sie als Büro zu nutzen schien. Im Gegensatz zu ihrem Nachbarn war Malin kein sehr ordentlicher Mensch. Ihre Möbel wirkten wie ein kunterbuntes

Flohmarkt-Sammelsurium, Grünpflanzen aller Art standen und rankten auf Fenstersimsen und Regalen vor sich hin und große, gerahmte Fotografien zierten teils die Wände oder lehnten mangels freier Flächen an Kommoden und Schränken.

In jedem Zimmer befanden sich Stapel mit Angeboten, Aufträgen und Rechnungen der freiberuflichen Fotografin sowie Belegexemplare der Magazine für die Malin arbeitete. In Anbetracht des Durcheinanders fragte sich Silja, wie sie Magnus aufgeräumtes Heim auch nur eine Sekunde lang für das ihrer Cousine hatte halten können. Doch die Erkenntnis traf sie zu spät, um ihren grauenhaften Neustart in Fjällbacka ungeschehen zu machen.

Mit geübten Händen bezog Silja das Doppelbett in Malins Schlafzimmer, das sich als einziges taugliches Nachtlager im Haus entpuppte, mit frischer Wäsche, die sie im Schrank entdeckt hatte. Anschließend stieg sie die Treppe wieder hinunter, um die Küche zu inspizieren.

Zu ihrem Bedauern befand sich im Kühlschrank wenig Essbares, was nicht weiter verwunderte, sofern man bedachte, dass Malin zu einer mehrwöchigen Reise aufgebrochen war, ohne vorher zu wissen, dass sie ihrer Cousine kurzfristig ihr Haus überlassen würde. Schließlich stiefelte Silja los, um ihren Rucksack zu suchen, in dessen unergründlichen Tiefen ihr übriggebliebener Reiseproviant darauf harrte, sie vor dem sicheren Hungertod zu bewahren.

Nach diesem eher kläglichen Abendessen begab sie sich mit dem Vorsatz ins Obergeschoss, am nächsten

Tag alle vorhandenen Lebensmittelgeschäfte Fjäll-backas aufzusuchen und dafür zu sorgen, dass die sauren Gurken und der Apfelessig in Malins Kühlschrank adäquate Gesellschaft bekamen.

Beim Öffnen des Schlafzimmerfensters atmete Silja – inzwischen mit ihrer Lage halbwegs ausgesöhnt – genießerisch die frische Meeresluft ein und lauschte dem fernen Rauschen der Wellen. In Gedanken sah sie sie im nahegelegenen Hafen sanft gegen die Kaimauer und die Segelboote branden.

Am Ende dieses ereignisreichen Tages lehnte sie sich erschöpft gegen den Fensterrahmen und konzentrierte sich vollends auf die Geräusche und Gerüche des Fischerortes.

Ein Klappern ließ sie aufschrecken. Zu ihrem Entsetzen fand sich Silja Auge in Auge mit Magnus wieder, der in einigen Metern Entfernung sein hell erleuchtetes Badezimmer lüftete und ihr dabei einen stattlichen Ausblick auf seinen muskulösen Oberkörper gewährte. Silja schoss umgehend die Röte ins Gesicht, was er, wie sie inständig hoffte, in der Abenddämmerung nicht würde sehen können.

„Stalkst du mich etwa?", entfuhr es ihr empört, bevor sie in Gänze über die Situation nachgedacht hatte.

„Ist das eine ernstgemeinte Frage von *der* Person, die heute ungebeten in mein Haus eingefallen ist und sich mir beinahe unbekleidet in meiner Dusche präsentiert hat?"

„Wenn hier jemand unbekleidet ist, bist das eindeutig du!"

„Falls du den Anblick nicht erträgst, solltest du abends die Vorhänge zuziehen. Ich pflege mich nämlich täglich zu waschen."

Provozierend verschränkte Magnus seine Arme vor dem Brustkorb und sah sie herausfordernd an.

Ärger flammte in Siljas Innerem auf und sie verzichtete auf eine Antwort. Stattdessen schloss sie in aller Eile das Fenster, zog energisch die dunkelblauen Gardinen zu und warf sich aufs Bett.

Warum nur musste sie immer so einen Unsinn reden? Natürlich wusste sie selbst, dass Magnus *nicht* vorgehabt hatte, sie zu beobachten. Dummerweise rutschten ihr in unangenehmen Situationen manchmal die dämlichsten Fragen oder Bemerkungen heraus. Malin bezeichnete dieses Phänomen seit ihrer Jugend amüsiert als das *Woher-soll-Silja-wissen-was-sie-denkt-bevor-ihr-die-Worte-aus-dem-Mund-gepurzelt-sind*-Problem. Und sie hatte gar nicht so Unrecht damit.

„Super gemacht!", murmelte Silja, während sie unter die leichte Sommerdecke krabbelte. „Zweimal in wenigen Stunden von Grund auf blamiert. Besser kann man einen Neuanfang nicht starten. Auf gute Nachbarschaft, Magnus Fredriksson!"

Seufzend kuschelte sie sich ins Kissen und verfluchte sich kurz darauf, weil ihr beim Einschlafen ununterbrochen das Bild des drahtigen Tischlers durch den Kopf spukte. Der hatte ihr gerade noch gefehlt! Sie verbot sich selbst, an einen Mann zu denken, der vermutlich in diesem Moment unter der Dusche stand und sie auslachte. In Gedanken verwünschte sich Silja dafür, auf Malin gehört zu haben. Mit ihrem Umzug nach Fjällbacka schien sie lediglich vom Regen in die Traufe geraten zu sein, indem sie den Ärger mit ihrem Bruder gegen den selbstverschuldeten Kleinkrieg mit dem Nachbarn ihrer Cousine eingetauscht hatte.

Kapitel 5 – Silja

Der nächste Morgen präsentierte sich überaus sonnig und frühlingshaft, weshalb Silja kurzentschlossen ihre trüben Gedanken vom Vorabend beiseiteschob. Nach einer Katzenwäsche zog sie eine ihrer besseren Hosen samt einer sommerlichen Bluse an, schlüpfte in eine leichte Jacke und schlenderte los, um sich einen Überblick über den Ort zu verschaffen und etwas zu Essen zu besorgen.

In der Frühe präsentierte sich Fjällbacka menschenleer und da sie dieses Mal zu Fuß durch die Straßen streifte, nutzte Silja die Gelegenheit, sich umzusehen. Viele der Holzhäuser verfügten über vorgelagerte Terrassen oder durch Stufen zugängliche Podeste und die Bewohner bewiesen Kreativität in Bezug auf die Gestaltung ihrer Eingangsbereiche. Frühlingsblumen in Töpfen, Kübeln und farbenfrohen Metallgießkannen erfreuten Silja ebenso wie die frisch austreibenden Sträucher, die ihre Zweige zwischen den Latten der mannigfaltigen Holzzäune hindurch der Sonne entgegenreckten. In vielen Vorgärten waren die in Schweden kaum wegzudenkenden Fahnenmasten bereits wieder im Einsatz. Gelbblaue Flaggen flatterten über ihrem Kopf und erzeugten das ihnen eigene Geräusch, das Silja seit ihrer Kindheit kannte. Wenn der Stoff der Fahnen stärkeren Windböen ausgesetzt war, löste ihre Bewegung ein wiederkehrendes, leises Knallgeräusch aus. So auch an diesem Frühlingsmorgen.

Eines der roten Holzhäuser, das zwischen den weißen, gelben und blauen besonders hervorstach, erregte ihre Aufmerksamkeit durch einen seitlich angebauten Turm mit rundum verlaufenden Fenstern. Hübsch sah es aus mit seinen weiß gestrichenen Fensterrahmen, den vier Giebeln und der rückseitigen Veranda.

Wie schade, dass ihre Eltern nicht bei ihr sein konnten. Fjällbacka hätte ihnen sicher ebenso gut gefallen wie ihr.

Als Silja zwei Stunden später mit Lebensmitteln beladen zurückkehrte, war das Auto des Tischlers verschwunden. Und da Magnus gemäß Malins Aussage beinahe rund um die Uhr arbeitete, wagte es Silja, ihr Frühstück auf der frisch reparierten Gartenbank vor dem Haus einzunehmen. Abgesehen von einigen gefiederten Besuchern, die mit dem Nestbau beschäftigt waren und einer Möwe, die kurze Zeit auf dem Gartenzaun verweilte, blieb sie dabei allein.

Nach dem Aufräumen machte sich Silja auf den Weg zum Kinderhort, der von Malins Haus aus fußläufig erreichbar war. Im Garten der Tagesstätte traf sie auf eine junge Frau und einige ihrer Schützlinge, die an einem kleinen Hochbeet arbeiteten. Einige Meter weiter spielten mehrere Kinder im Sandkasten und zwei Mädchen schaukelten um die Wette, dass ihre Zöpfe flogen.

„Hej!", grüßte Silja freundlich.

„Hej", lautete die mehrstimmige Antwort.

„Ich bin Silja Blom und suche Ebba Holmgren", sagte sie zu der etwa gleichaltrigen Kollegin, die umgehend näherkam und ihr die Hand entgegenstreckte.

„Willkommen in Fjällbacka! Ich bin Linnea Olsson. Wir haben uns schon gefragt, ob du heute vorbeischaust. Wir können nämlich dringend Unterstützung gebrauchen."

Silja lächelte ob der herzlichen Begrüßung von Linnea.

„Ebba ist im Büro", erklärte eine kleine Braunhaarige mit Pferdeschwanz, die eine Schachtel mit Setzlingen in den Händen hielt.

„Die dritte Tür links", ergänzte Linnea, woraufhin sich Silja bedankte und das buntgestaltete Gebäude betrat.

Ebba Holmgren entpuppte sich als eine aufgeschlossene, ruhige Fünfzigjährige, die das Herz am rechten Fleck hatte. Silja wusste nicht genau, was Malin ihr am Telefon gesagt hatte, aber nach einer kurzen Durchsicht der Zeugnisse und Unterlagen schlug ihr die Kinderhortleiterin bereits einen Probearbeitstag vor, den die Sechsundzwanzigjährige am nächsten Tag zu absolvieren versprach. Abschließend führte sie Silja durch alle Räume der *förskola* – den Kindergarten für etwa Ein- bis Fünfjährige –, wo sie vielen neugierigen Kinderaugen begegnete und zwei weitere Erzieherinnen kennenlernte. Heli und Sigrid betreuten die Gruppe der Jüngeren und begrüßten Silja ebenso herzlich wie Linnea und die Leiterin, was dazu führte, dass sie sich in der Einrichtung auf Anhieb heimisch fühlte. Zuletzt brachte Ebba sie persönlich zur Tür.

Gutgelaunt verabschiedete sich Silja, winkte Linnea und der Gruppe der Vier- bis Fünfjährigen zu, die noch immer draußen beschäftigt waren, und schlenderte zum Fjällbackafjord, um die Mittagssonne und die sanfte Brise, die vom Meer herüberwehte, zu genießen. Der salzige Geruch in der Luft kam ihr schon ganz vertraut vor, obwohl sie erst seit einem Tag an der Küste war.

Erneut fiel ihr auf, dass ein Großteil der Wohnhäuser des Fischerortes weiß gestrichen waren. Das in Südschweden vorherrschende *Falunröd* zierte hingegen – abgesehen von den zahlreichen Bootsschuppen am Hafen – nur wenige Fassaden. Auch gelbe und hellblaue Gebäude waren in Fjällbacka eindeutig in der Unterzahl. Malins Hinweis, sie wohne in einem weißen Holzhaus, war somit, wie Silja nun erkannte, keine große Hilfe gewesen, weshalb ihre Cousine einen guten Teil Mitschuld daran trug, dass Silja zunächst bei Magnus Fredriksson eingezogen war. Energisch versuchte sie, die erneut aufflammende, äußerst unangenehme Erinnerung zu verdrängen, doch als ob ihre Gedanken ihn herbeigezaubert hätten, tauchte urplötzlich der Tischler vor ihr auf. Silja verspürte keinerlei Lust, ihm zu begegnen und suchte deshalb hinter dem Sockel des Denkmals von Ingrid Bergman Schutz, das zum Andenken an die Schauspielerin zwischen Felsplateau und Hafen platziert war. Der Blick der Bronzebüste war fest auf den Fjord gerichtet, Siljas hingegen auf den Mann, dessen Gegenwart sie zu meiden gedachte.

Wie erhofft, ging Magnus an ihr vorbei, ohne sie zu bemerken. Möglicherweise hatte er aber auch schlicht keine Zeit dazu, weil er gerade seine gesamte Aufmerksamkeit einer schwarzhaarigen, jungen Frau widmete, um deren Schulter er vertraulich seinen Arm gelegt hatte und die in diesem Moment laut auflachte.

Irritiert sah Silja dem Pärchen nach. Malin musste sich geirrt haben, als sie sagte, Magnus Fredriksson würde Tag und Nacht arbeiten, wenn er mitten in der Woche und zudem am helllichten Tag am Hafen entlangflanieren und flirten konnte.

Unschlüssig blieb Silja hinter Ingrid Bergmans Statue stehen. Dabei fiel ihr Blick auf einen steinernen Torbogen mit der Aufschrift *Kungsklyftan*, hinter dem eine Steintreppe bergan führte, die gerade von einer Touristengruppe erklommen wurde. Das musste der Zugang zur Königsschlucht sein, von der Malin erzählt hatte und die den Vetteberg in zwei unterschiedlich große Hälften teilte. Sie war Drehort für die Wolfsklamm im Film *Ronja Räubertochter* gewesen und darüber hinaus ein beeindruckendes Beispiel für die Kraft der Natur. Ihrer Cousine zufolge war der Besuch ein absolutes Muss und es gab keinen Grund, weshalb sich Silja die Schlucht nicht sofort ansehen sollte. Zumal sie damit eine erneute Begegnung mit dem Tischler und seiner Freundin vermeiden konnte.

Entschlossen begab sie sich deshalb zum Torbogen und folgte den Touristen die Treppen hinauf. Nach wenigen Metern hatte Silja das letzte Haus hinter sich gelassen und musste sich nun über unebene Felsvorsprünge ihren Weg bahnen. Die Sonne beschien die von Büschen und Gras bewachsenen Gesteinsbrocken und die rückwärtige Panoramaansicht über einen Teil des Hafens sowie die gegenüberliegenden Schäreninseln. Beim Weitergehen entdeckte Silja den in den Stein gemeißelten Namenszug König Oscars, des Zweiten, dem die *Kungsklyftan* ihre Bezeichnung verdankte.

Durch eine kleine Unachtsamkeit rutschte sie beim Nähertreten an die Inschrift auf dem holprigen Boden aus und knickte um. Leise fluchend humpelte Silja zu einem großen Stein und rieb sich das schmerzende Fußgelenk. Mit Bedauern musste sie sich eingestehen, dass ihre schicken Riemchensandalen eine denkbar schlechte Wahl waren, um den Anstieg auf den Vetteberg zu wagen und kehrte deshalb um.

In Malins Küche bereitete sich Silja *Janssons frestelse* – einen in ganz Schweden beliebten Auflauf aus Kartoffeln, Zwiebeln, Sahne und wahlweise Anchovis oder Sardellen – zu. Nach dem Genuss ihres Lieblingsgerichts zog es sie mit Rucksack, Trinkflasche und festem Schuhwerk ausgestattet erneut zu der Touristenattraktion und dieses Mal gelang ihr das Durchqueren der *Kungsklyftan* ohne Probleme. Mit ihrem Handy schoss sie Fotos der immer enger werdenden Schlucht. Besonders die riesigen Felsbrocken, die sich an einer Stelle oberhalb der Spalte verkeilt hatten und nun drohend über den Köpfen der Besucher schwebten, beeindruckten Silja. Sie selbst kam sich angesichts der Naturgewalt ziemlich klein und unbedeutend vor.

Sobald die senkrecht aufragenden Wände zu ihrer Linken und Rechten weiter auseinandertraten, bot eine Treppe die Möglichkeit, auf den Vetteberg zu steigen. Voller Elan erklomm Silja die ersten Stufen der steilen Holzkonstruktion, die sich nur von Balken gehalten im Zickzack an der Felswand entlangschlängelte und als deutlich höher entpuppte als gedacht. Keuchend hielt sie auf einem Absatz inne, um die imposante Aussicht über die Dächer des Badeortes zu genießen. Nach mehreren Zwischenpodesten änderte sich die Ausrichtung der Stufen, so dass Silja, nun mit den Schären im Rücken, auf graue, mit Gräsern, Moos und Flechten bewachsene Felsformationen blickte. Hochmotiviert, aber schwer atmend, bezwang sie schließlich die letzten Abschnitte der Treppe, wobei sie sich angesichts der Höhe mit einem mulmigen Gefühl am Holzgeländer festhielt. Oben angekommen wurde sie mit einer weitläufigen Aussicht auf Fjällbacka, das Meer und den vorgelagerten Schärengarten belohnt.

Nachdem Silja eine Weile auf dem Felsplateau herumgewandert war und eine Unmenge an Fotos geschossen hatte, ließ sie sich auf dem teils dicht von Heidekraut und kleinen Büschen bewachsenen Boden nieder und genoss die Aussicht, während der Wind ihre Jacke aufblähte wie eines der Schiffssegel tief unter ihr.

Wie schade, dass sie dieses Erlebnis nicht mit ihren Eltern teilen konnte. Der Charme des Städtchens mit seinen hübschen Häusern und dem pittoresken Hafen wäre ganz nach dem Geschmack ihrer Mutter gewesen und ihren Vater, der es geliebt hatte, bei Wind und Wetter draußen zu sein, hätte Silja hier oben auf dem Felsen gerne neben sich gewusst. Wie viel mehr hätte sie die Aussicht auf die Inseln mit ihm gemeinsam genießen können. Der Blick rief ihr einen längst vergangenen Familienurlaub an der Ostküste in Erinnerung.

Lange saß Silja in Gedanken versunken auf dem harten Boden. Immer wieder musste sie sich angesichts des unablässig wehenden Windes ihre Haare aus dem Gesicht streichen.

Doch erst, als die Kraft der Frühlingssonne nachzulassen begann, beschloss sie fröstelnd, sich die genauere Erkundung des weitläufigen Felsenplateaus für einen späteren Besuch aufzuheben.

Über die Holztreppe und den nahe des südlichen Ausgangs der Schlucht gelegenen Fußweg kehrte sie ins Ortszentrum zurück. Von dort aus begab sich Silja erfüllt von neuen Eindrücken und voller Vorfreude auf den nächsten Tag auf den Heimweg.

Kapitel 6 – Linnea

Linnea brauchte nur wenige Minuten, um ihre Probe arbeitende Kollegin sympathisch zu finden und nicht mal den halben Vormittag, um zu hoffen, Ebba und sie würden sich einig werden. Ihr gefiel die zugewandte Art, mit der Silja auf die Kinder einging, die Aufmerksamkeit, die sie jeder der kleinen Kinderseelen schenkte und das herzliche Lachen, das ihr entschlüpfte, als sie auf Geheiß der fünfjährigen Pia ein Huhn zeichnen sollte, das jedoch eher einer gut gemästeten Weihnachtsgans glich.

„Tiere malen musst du aber noch üben!", erklärte Pia, wobei sie die neben ihr sitzende Silja an ihren überlangen Ponyfransen vorbei streng ansah, was einen erneuten Heiterkeitsausbruch bei dieser auslöste.

Amüsiert beobachtete Linnea, wie Silja mit geröteten Wangen eine Haarsträhne aus ihrem Gesicht strich und dem ernst dreinblickenden Mädchen mit vergnügt blitzenden Augen versprach, an ihren Zeichenkünsten zu arbeiten.

Pia gab sich damit zufrieden und als ihre Freundin Maja der getadelten Silja tröstend die Arme um die Hüften schlang, streichelte sie der Kleinen sanft über den Kopf.

Linnea war deshalb sehr erfreut, als Ebba am Nachmittag mit einem Arbeitsvertrag in den Stuhlkreis platzte. Und auch Silja schien gerne bereit, bis zu den Sommerferien bei ihnen auszuhelfen.

Sobald sie aus dem Büro der Leiterin zurückgekehrt war, erkundigte sich Linnea dennoch mit leichter Missbilligung in der Stimme: „Weshalb bekommst du einen befristeten Vertrag? Wir haben doch dauerhaft eine Stelle zu vergeben. Um ehrlich zu sein, wünsche ich mir eine zuverlässige Kollegin und die Kinder brauchen eine weitere Bezugsperson.“

Siljas nickte verständnisvoll. „Du hast Recht, Linnea. Vor allem brauchen sie Kontinuität. Aber bitte versuch, mich zu verstehen: Ich bin sehr kurzfristig nach Fjällbacka gekommen, um mich neu zu orientieren. Mein Leben ist zurzeit komplett im Umbruch. Deshalb haben wir uns zunächst auf einen Achtwochen-Vertrag geeinigt. Denn ich habe keine Ahnung, wohin es mich nach Mittsommer verschlagen wird. Vielleicht kehre ich sogar nach Südschweden zurück.“

„Du willst nicht bleiben? Wie schade! Ich glaube, wir wären ein tolles Team und bei uns ist es echt schön.“

Gedankenverloren strich sich Linnea über ihre von Sommersprossen übersäte Nase. „Ich kann dich in Fjällbacka mit beinahe jedem bekanntmachen, wenn du möchtest und wir könnten zusammen so viel unternehmen.“

Bittend ruhte ihr Blick auf Silja, die sie gerührt anlächelte.

„Das ist total lieb von dir. Darauf komme ich gerne zurück.“

Siljas Lächeln war so freundlich und offen, dass Linnea beschloss, sie müsse unbedingt ihre Freundin werden. Außerdem wollte sie alles daransetzen, ihr die

Westküste schmackhaft zu machen, an der man nach Linneas Ansicht bestens leben konnte. Wenn Silja gute Arbeit leistete – und daran bestand nach ihrer Meinung kein Zweifel –, würde bestimmt nichts gegen eine Festanstellung sprechen. Aber diese Gedanken behielt die Vierundzwanzigjährige vorerst für sich.

Da die Betreuungszeit der Kinder endete, wurden die jungen Frauen von hereinströmenden Eltern unterbrochen.

Die kleine Maja, die Silja am Vortag den Weg zu Ebbas Büro gewiesen hatte und stets so anhänglich war, wurde von ihrem Vater abgeholt.

„Hej, Linnea", grüßte er, während seine Tochter ihn stürmisch umarmte.

„Hej, Adam! Darf ich dir Silja vorstellen? Sie hilft vorerst bei uns aus."

„… und das ist toll!", rief Maja, die nun von ihrem Vater abließ und der neuen Betreuerin um den Hals fiel.

Silja lachte und schüttelte die Hand des bärtigen Riesen, während sie seine Tochter mit dem linken Arm liebevoll an sich drückte. „Wir spielen morgen weiter. Jetzt wollen wir deinen Pappa nicht unnötig warten lassen. Einverstanden?"

„Na gut", murmelte Maja, packte Adam entschlossen an der Hand und zog ihn zum Ausgang. „Bis morgen, Silja. Hej då, Linnea!"

„Hej då", verabschiedete sich auch Adam und verschwand mit seiner Tochter durch die Tür, wobei ihr Pferdeschwanz im Takt ihrer Schritte hin und her wippte.

„Süß, die Kleine." Silja sah ihnen nach.

„Ja, aber die beiden haben's nicht leicht", antwortete Linnea. Bevor sie diese Aussage allerdings konkretisieren konnte, wurde sie von Elias, Oscar und Jule umringt, die sich allesamt verabschiedeten.

Und Silja wiederum wurde von Pia mit Beschlag belegt, die sie unbedingt ihrer Mutter vorstellen wollte.

Nachdem der Trubel etwas abgeebbt war und sich die Räume leerten, begannen Linnea und Silja aufzuräumen.

„Hat dir dein erster Tag gefallen?"

„Absolut! Ich freue mich schon auf morgen. So nette Kollegen und so liebe Kinder."

Linnea lächelte zufrieden. Vielleicht ging ihr Wunsch doch noch in Erfüllung?

In diesem Moment erschien Ebba, die Silja in ihr Büro bat, um sie zu ihren ersten Eindrücken zu befragen.

Zeitgleich trat Lucas durch die Tür. „Hej, Schwesterchen, bist du fertig?" Er schwenkte Linneas Motorradhelm durch die Luft, während er Silja nachblickte. „Wer ist denn das?"

„Meine neue Kollegin."

„Wow! Wie heißt sie?"

„Silja Blom."

„Kannst du mich ihr vorstellen?"

„Jetzt nicht. Wie du siehst, möchte Ebba mit ihr sprechen."

„Wenn das so ist, muss ich dich wohl morgen wieder abholen." Lucas grinste vielsagend.

„Da habe ich nichts dagegen!", gab Linnea zurück. „Wollen wir? Ich muss mich vor Pers Party rechtzeitig umziehen und den Salat machen. Hast du alles eingekauft?"

„Wie versprochen!“

„Gut.“ Zufrieden stülpte sich Linnea den Helm über den Kopf.

„Weißt du, ob sie einen Freund hat?“, fragte Lucas im Hinausgehen.

„Wer? Ebba? Die ist doch verheiratet.“

„Natürlich nicht Ebba, sondern Silja, du Schafskopf.“

Linnea runzelte die Stirn. Sie hatten an diesem Tag nicht allzu viel Gelegenheit für private Gespräche gehabt. Meist hatte sich ihre Unterhaltung um die Abläufe im Hort, die Kinder und Siljas vorherige Anstellung gedreht.

„Nein, weiß ich nicht.“

„Fragst du sie morgen?“

„Jetzt lass sie bitte erstmal in Fjällbacka ankommen!“

„Aber das ist genau der Punkt! Du kannst uns miteinander bekannt machen, *bevor* sie alle Männer hier kennengelernt hat und Fredrikssons Charme erliegt.“

„Ach, daher weht der Wind. Du befürchtest, er könne dir wieder in die Quere kommen ...“

„Wäre nicht das erste Mal, oder?“ Mit finsterer Miene schwang Lucas sein Bein über den Motorradsitz.

Linnea lachte.

„Da gibt es nichts zu lachen. Du solltest dich übrigens auch von ihm fernhalten. Er meint es nicht ernst mit den Mädchen. Das weiß doch jeder.“

„Du bist so nachtragend!“

„Weshalb gibt er sich nicht mit einer Freundin zufrieden? Warum muss er an jeder Hand zehn haben?“

„So schlimm ist er auch nicht!“

„Das sagst du bloß, weil er dich auch um den Finger gewickelt hat. So wie *alle*!“

Wütend startete Lucas seine Maschine und gab Gas, woraufhin Linnea seinen Oberkörper fest umklammern musste, um nicht während der Fahrt abgeworfen zu werden. Ihr Bruder war ein netter Kerl, aber diese uralte Geschichte vergaß er nie. Hoffentlich lernte er bald eine nette Frau kennen, damit er die Vergangenheit endlich ruhen lassen konnte. Linnea fand außerdem, er solle sich weniger mit anderen vergleichen, da er zwar ein paar Kilo zu viel mit sich herumtrug, die er bei seinem gemütlichen Lebensstil und dem Bürojob wohl auch kaum so schnell loswerden würde, aber ansonsten ein guter Mensch war. Darüber hinaus haderte er mit seinen Sommersprossen, die sie beide von ihrer Mutter geerbt hatten.

Ja, es war an der Zeit, dass er endlich die große Liebe fand, der sein Bauchansatz und seine helle Haut gleichgültig waren und die ihn so mochte, wie er war. Ob Silja dafür in Frage kam?

Kapitel 7 – Magnus

Nach getaner Arbeit schloss Magnus Fredriksson die Tür seines Transporters und schwang sich hinter das Steuer. Er hatte den Feierabend früher eingeläutet als gewöhnlich, weil er gut vorangekommen war und an diesem Tag ausgiebig einkaufen und in Ruhe kochen wollte. Daheim angekommen, stieg er deshalb zufrieden pfeifend über den niedrigen, weißen Gartenzaun seines Hauses, hob die vier vollen Einkaufstaschen ebenfalls hinüber und trug seine Errungenschaften ins Haus. Sobald alles Essbare verstaut war, ging er ins Bad, um sich frisch zu machen.

Dabei fiel sein Blick auf das Nachbarhaus und er traute seinen Augen kaum. Erschrocken riss Magnus das Badezimmerfenster auf. „Was um Himmels willen tust du da?"

Silja, die gerade im Begriff stand, von der Regentonne aus auf Malins Dach zu klettern, wandte sich um.

„Darf man nicht mal die Fenster putzen, ohne dass du etwas dazu zu sagen hast?" Ihr Gesicht war puterrot angelaufen und eine wirre, blonde Strähne teilte es in zwei ungleiche Hälften wie den Vetteberg.

„Ohne Leiter? Mit den bloßen Händen und in *den* Klamotten?"

„Nicht witzig." Mit hängenden Schultern drehte sie sich vollends zu Magnus um und erklärte kleinlaut:

„Na gut. Ehrlich gesagt, habe ich meine Handtasche mit dem Schlüssel im Hort vergessen und weil dort niemand mehr ist, wollte ich versuchen, ob sich das Schlafzimmerfenster von außen öffnen lässt …“

„Du wolltest bei deiner Cousine einbrechen?“

„Wäre es dir lieber gewesen, ich hätte mich wieder bei dir einquartiert?“

„Auf keinen Fall! Aber warum hast du nicht auf mich gewartet? Du weißt genau, dass ich einen Schlüssel von Malins Haus habe.“

„Dir eilt der Ruf voraus, Tag und Nacht zu arbeiten. Wobei sich Malin wohl geirrt hat, denn ich kann diese Aussage keinesfalls unterschreiben.“

„Missgönnst du mir meinen Feierabend?“

„Dein Feierabend ist mir total egal.“

„Heißt das, du willst meine Hilfe nicht?“

„Doch. Bitte.“

Kopfschüttelnd beobachtete Magnus, wie Silja vorsichtig von der Regentonne hinunterstieg.

Er schloss das Fenster, kehrte ins Erdgeschoss zurück und holte Malins Ersatzschlüssel aus einer Schublade. Am Gartenzaun wurde er von Silja erwartet, die ihm bereits ungeduldig die Handfläche entgegenstreckte.

Magnus hingegen schüttelte entschieden den Kopf. „Dieses Prachtstück wurde mir von deiner Cousine anvertraut. Ich werde den Teufel tun, ihn an dich Unglücksraben weiterzugeben, damit du damit wer-weiß-was anstellst. Warte, ich schließe dir auf.“

„Wie edel.“

„Man tut, was man kann.“

„Ich nehme an, alle Frauen in Fjällbacka liegen dir zu Füßen, so hilfsbereit, wie du bist?“

„Du hast eine seltsame Art, Danke zu sagen, Silja Blom.“

„Danke, Magnus. Vielen, vielen Dank!“

„Schon gut. Sieh zu, dass du deine Handtasche wiederfindest. Und nebenbei ein Hinweis: Fürs Fensterputzen engagiert deine Cousine regelmäßig professionelle Hilfe. Es besteht also keine Notwendigkeit, auf dem Dach herumzuturnen.“

„Sehr lustig.“

„Das ist kein Witz. Ich befürchte im Gegenteil, dich andernfalls irgendwann mit gebrochenen Knochen in Malins Garten vorzufinden.“

„Wie rührend du dich um mich sorgst.“

„Eigentlich wollte ich lediglich meinen wohlverdienten Feierabend genießen, aber seit du hier eingezogen bist, ist es mit der Ruhe offensichtlich vorbei.“

Magnus wartete nicht ab, bis Silja ins Haus gegangen war, sondern kehrte mit großen Schritten in sein eigenes zurück. Bevor er duschte, zog er indessen zum ersten Mal in seinem Leben die Vorhänge des Badezimmerfensters zu. Sein Bedarf an nachbarschaftlichen Tête-à-Têtes war fürs Erste gedeckt. Er wollte auch nicht wissen, was Silja jetzt gerade anstellte oder sich erneut vorwerfen lassen, sie zu stalken. Magnus gelüstete es lediglich nach dem ersten gemütlichen Abend seit Wochen.

Nicht zuletzt rührte seine Bereitschaft, regelmäßig Malin Lundqvists Privatdschungel zu wässern und ihre Post hereinzuholen, daher, wie sehr er die Abwesenheit seiner chaotischen Nachbarin jedes Mal genoss. Dass sie neuerdings während ihrer Reisen ihre ebenso anstrengende Verwandtschaft bei sich einquartierte, empfand er dementsprechend als äußerst unerfreulich.

In derart deprimierende Gedanken versunken, begann Magnus zu kochen, vergaß darüber allerdings seinen Ärger. Mit einem dampfenden Teller ausgestattet, ließ er sich schließlich gut gelaunt auf einem Gartenstuhl vor seinem Haus nieder und begann zu essen. Währenddessen brachte sich seine neue Nachbarin erneut schonungslos in Erinnerung. Aus Malins Haus drang nämlich polternder Lärm zu Magnus herüber, was er zunächst stoisch zu ignorieren versuchte. Da der Krach jedoch nicht nachließ und seine Feierabendidylle dauerhaft zu bedrohen schien, legte der Tischler schließlich entnervt das Besteck zur Seite und erhob sich.

Nachdrücklich klopfte er an Malins Haustür. „Putzt du wieder Fenster?", rief er in die darauf einsetzende Stille hinein.

„Nein", klang es dumpf von der anderen Seite her. „Ich versuche, die Kommode vor die Tür zu schieben, weil ich nicht abschließen kann."

„Wenn du so weiter wütest, wirst du den Holzboden ruinieren", konstatierte Magnus fachkundig.

„Tja, was soll ich tun? Der Nachbar meiner Cousine vertraut mir nicht, weshalb ich keinen Schlüssel habe."

„Schon gut, schon gut. Mach die Tür auf, ich hole den Ersatzschlüssel, aber morgen will ich ihn zurückhaben."

Mit wenigen Schritten eilte Magnus in sein Eigenheim, kramte das Objekt der Begierde hervor und wartete anschließend ungeduldig darauf, dass Silja Malins Haustür öffnen würde.

"Bist du noch da?", fragte er zu guter Letzt und warf einen verlangenden Blick auf seinen Teller, der auf dem Gartenstuhl auf ihn wartete.
„Die Kommode hat sich verklemmt ..."
Magnus seufzte tief. „Mach die Terrassentür auf."
Er umrundete das Haus und ging wortlos an Silja, die ihn an der Rückseite hineinließ, vorbei. Vorsichtig rückte er Malins Kommode an ihren angestammten Platz zurück, händigte Silja kommentarlos den Schlüssel aus und verließ das Haus durch die Eingangstür, um sich endlich in Frieden seinem inzwischen erkalteten Abendessen zu widmen. Während er kaute, überlegte Magnus angestrengt, wann Malin aus Dänemark zurückkommen und ihre Cousine somit wieder aus seinem Leben verschwinden würde. Als ihm klar wurde, dass er sich bisher *nie* auf Malins Rückkehr gefreut hatte, entschlüpfte ihm ein ungläubiges Lachen. Unfassbar! Wie hatte es so weit kommen können?

Kapitel 8 – Silja

Schon am zweiten Tag fühlte sich Silja im Hort zunehmend heimisch und konnte die meisten Kinder auseinanderhalten und bei ihren Namen nennen. Die kleine Maja, die sich beim Vorlesen stets an sie kuschelte, hatte Silja sofort ins Herz geschlossen und Pia gegenüber versuchte sie ihr Versprechen einzulösen, möglichst naturgetreue Tiere zu malen.

„Sie wohnt auf einem Bauernhof außerhalb des Ortes", erklärte Linnea lächelnd. „Bei allem, was vier Beine hat, kennt sie sich besser aus, als ich es jemals tun werde."

„Verstehe."

Nach dem gemeinsamen Frühstück forderten die älteren Jungen Silja auf, mit ihnen Fußball zu spielen.

„Du bist der Torwart!" Oscar duldete keine Widerrede und Silja freute sich, dass Jule als einziges Mädchen mitkickte und dabei gar keine schlechte Figur machte.

Schließlich übergab sie ihren Posten an Yorick, der sich breitbeinig im Tor aufstellte, und schlenderte zu einer Gruppe Mädchen hinüber.

Die Frühlingssonne tauchte den weitläufigen Außenbereich des Hortes mit seinen bunten Spielgeräten in helles Licht und mit einem leisen Maunzen strich eine getigerte Katze um Siljas Beine.

„Sie will die Vögel fangen, die im Gebüsch ihre Nester bauen!", erklärte Pia altklug.

„Aber das darf sie nicht!", rief Maja mit weit aufgerissenen Augen.

„Natürlich darf sie!", mischte sich Elias ein. „Sie ist eine Katze." Mit gerunzelten Augenbrauen sah er Maja verständnislos an.

Silja hockte sich neben das entsetzte Mädchen und nahm es in den Arm. „Wir passen auf die Vögel auf, einverstanden?", flüsterte sie der Kleinen ins Ohr, die schniefend nickte und sich mit dem Ärmel ihrer Strickjacke über die Augen wischte.

„Heulsuse!"

„Das sagt man nicht, Elias", rügte Silja den Jungen und wandte sich wieder Maja zu: „Schau mal, dort drüben ist eine Elster. Auf die passen wir jetzt auf."

Maja nickte eifrig und behielt die getigerte Katze genau im Blick. Dabei wanderte ihre Hand wortlos in Siljas, die diese mit ihrer umschloss und leicht drückte, als wolle sie mit Maja einen Pakt gegen den vierbeinigen Eindringling schließen.

Elias kehrte achselzuckend zu den Fußballern zurück.

Zur Mittagszeit kam Ebba aus ihrem Büro und beteiligte sich an der Aufsicht, damit Linnea und Silja ebenso wie Heli und Sigrid im Wechsel in die Pause gehen konnten. Silja nutzte die Auszeit für einen Spaziergang, während dem sie ein mitgebrachtes Thunfischsandwich verzehrte.

Den Ersatzschlüssel hatte sie Magnus morgens zurückgegeben und dabei beschlossen, sich ab sofort tun lichst von Malins Nachbarn fernzuhalten. Zu ihrem Erstaunen sah sie ihn jedoch in der Mittagspause mit der Kellnerin eines Hafencafés flirten, was sie ernsthaft an der Beobachtungsgabe ihrer Cousine zweifeln ließ. Hatte diese nicht nachdrücklich erklärt, Magnus sei ausschließlich mit seiner Arbeit verheiratet? Silja hatte inzwischen allerdings eher den Eindruck, er hielte sich bei der weiblichen Bevölkerung des Fischerortes alle Optionen offen. Glücklicherweise erforderten ihre Schützlinge auch in der zweiten Tageshälfte ihre volle Aufmerksamkeit und so vergaß sie, weiter darüber nachzudenken.

Am Nachmittag lernte Silja Lucas Olsson kennen, der aufgrund seiner blonden Haare und des mit Sommersprossen übersäten Gesichts eine große Ähnlichkeit mit seiner Schwester aufwies. Zu seiner Jeans trug er ein Polohemd, das nur schwer den Bauchansatz verbergen konnte. Er schien eher der gemütliche Typ Mensch zu sein, was Silja nicht störte. Die Art, wie er sie ansah, hingegen missfiel ihr, ohne, dass sie näher hätte ausführen können, warum. Linneas älterer Bruder unterhielt sich eine Weile mit ihr und lud sie dabei zu einer gemeinsamen Bootstour mit Linnea ein, die am Wochenende stattfinden sollte. Silja wusste nicht so recht, was sie von Lucas halten sollte, der für ihren Geschmack übertrieben nach einem süßlichen Deo oder After Shave roch. Trotzdem nahm sie das Angebot dankend an. Die Vorstellung, den Tag mit Linnea zu verbringen, gefiel ihr und einem Ausflug in den Schärengarten stand aus ihrer Sicht nichts entgegen.

Gleichwohl gedachte sie, zuvor ihren Plan in die Tat umzusetzen, das Felsplateau genauer in Augenschein zu nehmen und so fragte sie Linnea, als Lucas zu seinem Motorrad hinüberging, ob sie sie begleiten wolle.

„Warum nicht. Es ist schon eine Weile her, seit ich zuletzt dort oben war. Wir könnten uns heute Abend den Sonnenuntergang anschauen, wenn du magst. Allerdings brauchen wir Taschenlampen für den Rückweg."

„Ich habe keine, beziehungsweise weiß nicht, wo Malin eine hat", meinte Silja bedauernd, die sich sehr über Linneas Vorschlag gefreut hatte.

„Macht nichts. Ich bringe dir eine mit. Wollen wir uns um halb sieben am Tor zur *Kungsklyftan* treffen?"

„Abgemacht."

Beschwingt trat Silja den Heimweg an. Ihre Handtasche mit dem kostbaren Hausschlüssel trug sie wohlweislich bei sich. Eine weitere Blöße wollte sie sich unter keinen Umständen geben. Im Gegenteil. Sie schwor sich, Magnus großräumig zu meiden und ihm keinerlei Anlass zu Spot oder Kritik mehr zu bieten. Da weder Malins Nachbar noch sein Auto zu sehen waren, als sie ins Haus schlüpfte, fiel ihr dieser Vorsatz nicht einmal sonderlich schwer.

In Anbetracht der Jahreszeit zog Silja ein warmes Sweatshirt unter ihre Jacke und packte eine Thermoskanne mit Tee in den Rucksack, weil sie ahnte, wie empfindlich kühl der Wind auf dem Vetteberg sein würde. Außerdem kaufte sie unterwegs eine Taschenlampe, für den Fall, dass Linnea ihr Versprechen vergessen hatte.

Als Silja schließlich kurz vor der verabredeten Zeit bei Ingrid Bergmans Büste eintraf, wartete ihre Kollegin bereits gut gelaunt am steinernen Torbogen auf sie. Gemeinsam stiegen sie die nun verwaisten Steinstufen zur Königsschlucht hinauf, durchquerten diese und erklommen anschließend die Treppen des Holzgerüsts, die ihnen den Weg auf das Plateau wiesen. In Linneas Begleitung entdeckte Silja dort oben mehrere kleine Seen und staunte über die abwechslungsreiche Vegetation auf dem felsigen Boden.

„Lust auf einen Tee?", fragte sie schließlich, nachdem sie ihre kleine Runde beendet hatten.

„Coole Idee. Damit überbrücken wir die Zeit bis zum Sonnenuntergang über den Schären."

Silja schenkte ihnen beiden ein. „Erzählst du mir jetzt, warum Maja es nicht leicht hat? Die Frage lässt mich nämlich nicht los."

„Ach ja. Die arme Kleine. Ihre Mutter ist vor drei Jahren bei einem Autounfall ums Leben gekommen. Seitdem gibt es nur noch Adam und sie."

„Oh!", sagte Silja betroffen. „Das merkt man ihr gar nicht an. Maja wirkt so fröhlich."

„Ich denke, Adam macht einen guten Job als alleinerziehender Vater."

Die beiden jungen Frauen schwiegen nachdenklich.

Silja überlegte, ob Lennart wohl nach dem Grab ihrer Eltern sah, während er sich um den Hausverkauf kümmerte. Vermutlich war es besser, ihn gelegentlich daran zu erinnern. Heimlich wischte sie sich über die Augen. Sie wollte nicht, dass Linnea die aufsteigenden Tränen bemerkte.

Als sich die Sonne dem Horizont näherte, zog Silja ihr Mobiltelefon aus der Tasche und begann zu fotografieren. Dabei dachte sie bedauernd an die hochprofessionelle Kameraausrüstung ihrer Cousine. Was für Fotos sie wohl zaubern würde, sofern sie anwesend wäre?

„Kennst du Malin?“, fragte Silja unvermittelt.

„Nur vom Sehen. Sie wohnt erst seit einigen Monaten hier, oder?“

„Etwa ein Jahr lang. Sie hat mir von der freien Stelle im Hort erzählt.“

„Ebba sagte, sie habe Malin neulich bei einem Fest kennengelernt, bei dem sie fotografiert hat.“ Mit der Teetasse in der Hand betrachtete Linnea den Sonnenuntergang.

„Und kennst du Magnus Fredriksson?“ Silja hielt den Atem an. Sie hoffte inbrünstig, keine gemeinsamen Bekannten mit dem Tischler zu haben. Zu groß war die Gefahr, dass er sie in einem schlechten Licht darstellen würde.

Wie erhofft, zuckte Linnea mit den Achseln.

„Wir Einheimischen kennen uns alle mehr oder weniger.“ Sie dachte nach. „Er müsste ungefähr neunundzwanzig sein. In der Schule hatten wir deshalb nichts miteinander zu tun.“

„Und wie alt bist du?“, erkundigte sich Silja.

„Vierundzwanzig.“

Silja atmete erleichtert aus. Es hätte sie sehr gewurmt, wenn Linnea von Magnus erfahren hätte, wie er sie in seinem Badezimmer überrascht hatte. „Und Lucas?“

„Der ist so alt wie du: Sechsundzwanzig. Und zu seinem Bedauern zurzeit Single. Hast du eigentlich einen Freund?“

„In den letzten Jahren hatte ich keine Zeit für eine Beziehung“, wiegelte Silja ab. „Ich habe meinen Vater bis zu seinem Tod gepflegt und nebenbei gearbeitet.“

„Puh, das klingt stressig. Tut mir sehr leid für dich.“ Linneas Silhouette verschwamm zunehmend, obwohl sie direkt neben Silja saß.

„Meinst du, wir sollten ...?“, fragte sie Linnea, weil sie dem Rückweg bei Nacht durchaus Respekt zollte.

„Klar. Lass uns gehen, solange es noch nicht komplett dunkel ist.“

Den Lichtkegeln der Taschenlampen folgend, machten sie sich vorsichtig an die Überquerung des vorderen Abschnitts des Vettebergs und den Abstieg über das hölzerne Gerüst. Anschließend schlug Linnea den südlichen Weg ein, der nach wenigen Metern in den Ort zurückführte.

„Bei Dunkelheit durch die Schlucht zu laufen, ist keine gute Idee“, erklärte sie dabei. „Der Boden ist viel zu uneben. Hast du Lust, am Hafen noch etwas zu trinken?“

Die Idee gefiel Silja und so saßen sie eine Weile zusammen, bevor sich beide auf den jeweiligen Heimweg machten, auf dem Silja glaubte, Magnus aus der Ferne mit der jungen Frau vom Vortag gesehen zu haben. „Unmöglich“, ermahnte sie sich selbst. „So eine Wirkung auf Frauen kann er gar nicht haben, der ungehobelte Klotz.“

Da Magnus Haus allerdings dunkel und verlassen dalag, war sich Silja plötzlich diesbezüglich gar nicht mehr so sicher. Vielleicht führte der Tischler tatsächlich ein Doppelleben als Westküsten-Casanova.

Sie schloss die Tür auf. Ihr konnte es egal sein. Was interessierte sie das Liebesleben von Magnus Fredriksson?

Kapitel 9 – Silja

Nach einer unruhigen Nacht, in der sie von Südschweden, ihrem Bruder und dem Grab ihrer Eltern geträumt hatte, bereitete sich Silja am Samstagmorgen auf die Bootstour mit Linnea und Lucas vor. Voller Vorfreude kochte sie Tee, bestrich Brote und buk einen Kuchen, den sie in dicke Scheiben schnitt. Es war schön, in Linnea so schnell eine neue Freundin gefunden zu haben, und vielleicht hatte ihr erster Eindruck in Bezug auf Lucas sie getäuscht und sie fand ihn beim näheren Kennenlernen ebenso sympathisch wie seine Schwester.

Schwer beladen verließ sie schließlich das Haus.

Doch ehe sie die Tür abgeschlossen hatte, entdeckte sie im Vorgarten eine kleine, braungefiederte Besucherin, die gemessenen Schrittes über den Rasen stolzierte. Zu Siljas Entsetzen begann sie dort heftig zu scharren und zu picken, was Malins Grün nicht gerade gut zu Gesicht stand.

„Sch!" Mit wedelnden Armen versuchte Silja das lästige Huhn zu vertreiben. Dessen ungeachtet ignorierte es ihre Bemühungen und widmete sich ungeniert dem nächstliegenden Blumenbeet.

„Lass das!", schimpfte Silja und stellte ihre gut gefüllte Tasche auf den Kiesweg, um dem ungebetenen Gast den Garaus zu machen. Konnte dieses Tier nicht anderswo nach Würmern graben, anstatt Malins Garten zu verwüsten?

Ärgerlicherweise hatte Silja keine Erfahrung im Umgang mit widerborstigem Federvieh, weshalb sie bei dem Versuch, den Eindringling mit weit ausholenden Armbewegungen über den Zaun zu scheuchen, kläglich scheiterte. Stattdessen flatterte das Huhn jedes Mal kurz auf, sobald sie näherkam, und begann anschließend von Neuem mit der Futtersuche. So bewegten sie sich einmal rund um das Haus und Silja fürchtete bereits, zu spät zu ihrer Verabredung zu kommen, wollte dem Quälgeist aber auch nicht das Terrain überlassen.

„Du dummes Huhn!", schimpfte sie ungehalten.

„Seit wann so selbstkritisch?", fragte eine Ironie geladene Stimme jenseits des Gartenzauns.

Magnus! Der hatte ihr gerade noch gefehlt!

Sie beschloss, die unverschämte Bemerkung zu ignorieren. „Husch! Verschwinde!"

Der Tischler trat an die Grundstücksgrenze heran. „Ach, du hast Besuch von der dicken Berta."

„Hör auf, mich ständig auszulachen!"

„Ich lache doch gar nicht."

Zu Siljas grenzenlosem Erstaunen, überstieg ihr Nachbar entschlossen den Zaun, packte das flatternde Huhn blitzschnell mit beiden Händen und drückte es sanft, aber bestimmt an seine Brust. „Berta ist eine Ausbruchsspezialistin. Sie gehört der alten Agathe am Ende der Straße. Ich werde deine neue Freundin nach Hause bringen und mir das Schloss des Verschlags ansehen, bevor die übrigen Hennen auch das Weite suchen."

„Danke." Überrascht sah Silja ihm nach, während er sich ohne ein weiteres Wort mit der dicken Berta entfernte.

Dabei wunderte sie sich allerdings, wie er bei seinem ausufernden Liebesleben und der angeblich so reichlichen Arbeit als Tischler zusätzlich Zeit fand, den hilfsbereiten Pfadfinder zu spielen und die Hühnerställe seiner Nachbarn zu reparieren. Doch es konnte ihr gleichgültig sein, was Magnus Fredriksson am Wochenende tat, und so machte sie sich endgültig auf den Weg zu den Olssons.

Die Geschwister waren hocherfreut, Silja zu sehen.

Linnea trug ebenfalls einen Korb bei sich, dessen Ausmaße vermuten ließen, dass sie bei ihrem Ausflug keinesfalls verhungern würden. Lucas balancierte eine Picknickdecke und Schwimmwesten unter dem Arm, die er, sobald sie am Steg angelangt waren, an seine Schwester und Silja weitergab. Alle drei zogen sie an, bevor sie einstiegen und die Vorräte im Bug verstauten.

Sobald Linnea die Leine gelöst hatte, lenkte ihr Bruder das kleine Motorboot geschickt von der Anlegestelle weg und auf den Fjord hinaus.

Zu Siljas großer Freude verwandelte die Frühlingssonne die Nordsee in diesem Moment in eine schier endlos glitzernde Spiegelfläche, deren Zauber nur hin und wieder vom Kielwasser anderer Boote durchbrochen wurde, die schaumige, weiße Spuren im blaugrauen Nass hinterließen. Lucas, der das Steuer lässig mit einer Hand bediente, trug in weiser Voraussicht eine Sonnenbrille und auch Linnea wappnete sich damit gegen die Reflexion der Sonnenstrahlen. In Ermangelung eines solch sinnvollen Schutzes schloss Silja ihre tränenden Augen und gab sich vollends ihren übrigen Sinnen hin. Verträumt spürte sie die weichen Bewegungen des Bootes nach, das pfeilschnell über den Fjord glitt und dabei die Wasseroberfläche teilte und genoss den Frühlingswind, der ihre Wangen streichelte und ihr Haar zerzauste, während er einen salzigen Geschmack auf ihren Lippen hinterließ. Gelegentlich blinzelte Silja dennoch in die Helligkeit hinein und wurde mit dem Anblick felsiger, meist unbewohnter Inseln belohnt, deren karges Grün sich gen Boden drückte, um dem immerwährenden Ansturm der Naturgewalten zu widerstehen.

Als Fjällbacka längst aus ihrem Sichtfeld verschwunden war, lenkte Lucas das Boot auf eine der kleineren Schäreninseln zu und legte an. Mit einem erstaunlich eleganten Sprung ging er an Land, reichte Silja die Hand und half ihr von Bord. Linnea folgte ihnen, während Lucas das Tau an einem windschiefen Bäumchen befestigte.

„Möchtet ihr schwimmen?", erkundigte er sich anschließend tatendurstig.

„Bist du wahnsinnig?" Linnea schlug sich mit der flachen Hand an die Stirn. „Die Wassertemperatur beträgt höchstens sechs bis sieben Grad."

„Ist doch erfrischend." Lucas grinste seine Schwester herausfordernd an.

„Frag mich im Juli nochmal", brummte diese. „Komm, Silja. Wir suchen einen Picknickplatz mit einer schönen Aussicht über den Fjord."

Ohne ihren Bruder eines weiteren Blickes zu würdigen, warf Linnea ihre Schwimmweste ins Bootsinnere und stapfte davon. Silja folgte ihr schulterzuckend, froh darüber, wie rigoros ihre neue Freundin den verrückten Vorschlag vom Tisch gefegt hatte.

„Wartet!" Lachend holte Lucas die beiden ein und nahm Silja, ohne ihren Protest zu beachten, die Tasche ab. Dass Linnea mindestens ebenso schwer zu tragen hatte, schien ihn dagegen nicht zu stören.

Am höchsten Punkt der Insel breitete er die mitgebrachte Picknickdecke aus und lud Silja mit einer charmanten Handbewegung ein, Platz zu nehmen.

Linnea ließ ihn kopfschüttelnd gewähren.

Silja war seine einseitige Zuvorkommenheit ziemlich unangenehm, weshalb sie selbst ihre Freundin mit einem Klopfen aufforderte, sich neben sie zu setzen. Lucas sank ihr gegenüber in den Schneidersitz und betrachtete Silja verträumt, was sie zu ignorieren versuchte.

Abgesehen von Lucas offensichtlicher Schwärmerei, die Silja nicht nachvollziehen konnte, da sie sich erst wenige Stunden lang kannten, genoss sie den Tag in der Natur in vollen Zügen. Das Wetter war perfekt für eine Bootstour und Linnea und Lucas waren beide unübersehbar daran interessiert, ihre Freundschaft zu gewinnen. Das mitgebrachte Essen ließ keine Wünsche offen und so scherzten und unterhielten sie sich bis in den Nachmittag hinein.

„Das ist der beste Kuchen aller Zeiten", verkündete Lucas, während das dritte Stück in seinem Mund verschwand.

„Du übertreibst", wiegelte Silja ab.

„Höchstens ein bisschen."

Linnea reckte sich. „Dein Kuchen ist wirklich lecker, Silja. Aber wenn ich jetzt nicht aufhöre zu essen, werde ich platzen.“

Gähnend streckte sie sich der Länge nach auf der Decke aus. „Ich liebe den Frühling! Es ist so schön, wenn die Sonne zurückkehrt und die Natur aus ihrem Winterschlaf erwacht.“

„Meine Schwester, die Romantikerin“, spottete Lucas.

„Ich finde, Linnea hat Recht. Freust du dich nicht auf das Licht und die Wärme der kommenden Monate?“

„Oh, doch. Ich bin schon ganz heiß auf die Motorradtouren und Bootsausflüge.“

„Du klingst wie mein Bruder“, stellte Silja ernüchtert fest. „Je mehr PS unter der Haube, desto cooler der Wagen.“

„Was für ein Auto fährt er denn?“, fragte Lucas prompt.

„Du hast einen Bruder?“, fiel ihm Linnea ins Wort.

„Keine Ahnung und ja. Für Lennarts Sportwagen habe ich mich nie interessiert. Wir stehen uns nicht besonders nahe.“

Silja schwieg und sah gedankenverloren aufs Meer hinaus. Aus den Augenwinkeln sah sie, wie Linnea ihrem Bruder mit einer Handbewegung zu verstehen gab, das Thema fallen zu lassen.

Als der Wind auffrischte, drängte ihre neue Freundin zum Aufbruch und so kehrten sie zum Hafen des Fischerortes zurück. Während sie das Motorboot vertäuten, kam eine ältere Bekannte vorbei und verwickelte Linnea in ein Gespräch.

Lucas ließ sich nicht von seinem Entschluss abbringen, Silja vom Hafen aus ein Stück zu begleiten, was ihr

eher unangenehm war. Doch seine Schwester be-
stärkte ihn in seinem Vorhaben und winkte ihnen
fröhlich zum Abschied, während sie der vertraulich näher rückenden Frau mit abwesendem Gesichtsausdruck lauschte.

„Wer war denn das?" Fragend deutete Silja auf die ge-
sprächige Person neben Linnea.

„Ach, das ist Alice Ringblom. Sie ist eine alte Tratsch-
tante. Wahrscheinlich quatscht sie Linnea jetzt stundenlang voll. Nichts wie weg!"

Sie waren erst wenige Schritte gegangen, da begann
Lucas von einem größeren Boot zu schwärmen, das er
sich in Zukunft zulegen wollte. Plötzlich allerdings
brach er mitten im Satz ab und blieb abrupt stehen.
„Fredriksson!" Seine Miene erstarrte beim Anblick des
hochgewachsenen Mannes, der vor dem Hafencafé
stand und sich leidenschaftlich von der jungen Kellnerin verabschiedete, die bereits ihre Schürze in der Hand
hielt – wohl um im Anschluss an den Kuss ihren Dienst
anzutreten.

Silja war bestürzt über Lucas' hasserfüllten Gesichtsausdruck, obwohl auch sie ein Zusammentreffen mit
ihrem ständig flirtenden Nachbarn gern vermieden
hätte.

Doch zu ihrem Unmut, drehte sich jener genau in
dem Moment zu ihnen um, als sie am Café vorbeigin-
gen. „Hej, Lucas!", sagte er mit einem frechen Grinsen
und fügte mit einem süffisanten Lächeln hinzu: „Da
hast du ja heute eine reizende Begleitung!" Im Wegge-
hen zwinkerte er Silja verschwörerisch zu und bog
dann leise lachend um die nächste Ecke.

„Dieser Idiot!“ Wütend ballte Lucas beide Fäuste. „Um den solltest du einen großen Bogen schlagen, denn er hat nichts Gutes im Sinn. Das sage ich Linnea auch immer.“ Die Art, wie er Magnus nachsah, hinterließ bei Silja ein flaues Gefühl.

„Er lässt wohl nichts anbrennen, oder?“, fragte sie vorsichtig, um Lucas Wut nicht weiter zu steigern.

„Das hat er nie! Er ist ein Playboy. Der Schlimmste, den ich kenne.“

Silja wunderte sich über seine Worte, denn sie passten so gar nicht zu Malins Beschreibung ihres Nachbarn. Dessen ungeachtet beschloss sie, Lucas mit einer wenig heiklen Unterhaltung über die unterschiedlichen, im Hafen vor sich hin schaukelnden Bootstypen abzulenken, was umgehend funktionierte. Bei allem Motorisierten war er eindeutig in seinem Element und so machten sie sich deutlich später auf den Rückweg als geplant.

Aus einem undefinierbaren Grund war ihr Lucas Anwesenheit nach dem Zusammentreffen mit Magnus noch unangenehmer als zuvor und die Art wie Linneas Bruder sich immer wieder energisch durch das Haar fuhr und sie dabei anstarrte, machte sie nervös. Silja hatte ihre liebe Not, ihn loszuwerden, ohne seine Gefühle zu verletzen. Doch schließlich versprach er ihr kurz vor dem Ziel, Linnea von Alice Ringblom loszueisen und kehrte winkend um.

An Malins Gartentor angekommen, begegnete Silja wieder Magnus, der dieses Mal jedoch nach einem kurzen Nicken und einem diffusen Seitenblick wortlos im Haus verschwand.

Sie konnte kaum glauben, dass er, der im Beisein von Lucas so offensichtlich mit ihr geflirtet hatte, sie nun nahezu ignorierte. Fast kam ihr Magnus Verhalten wie das eines Platzhirsches vor, der sein Revier verteidigte, sobald ein möglicher Nebenbuhler auf der Bildfläche erschien, sich ansonsten jedoch seiner Vorrangstellung sehr sicher war.

Während sie darüber nachsann, fiel ihr auf, dass er sich in der Zwischenzeit umgezogen hatte. Das T-Shirt war durch ein Arbeitshemd mit großen Taschen voller Stifte, Handwerkzeuge und Zollstöcke ersetzt worden. Vermutlich versuchte er so, den Schein zu wahren, auch am Wochenende rund um die Uhr zu arbeiten. Doch bei ihr konnte er sich diese Mühe sparen!

Aus der Gegenrichtung näherte sich eine ältere Dame mit einer riesigen Tortenschachtel und mühte sich vergeblich mit Magnus Gartentor ab. Hilfsbereit eilte Silja herbei.

„Sehr aufmerksam, meine Liebe.“

Silja beobachtete, wie die weißhaarige Besucherin Magnus, der leicht verlegen in der Haustür erschien, mit Dankesworten für den reparierten Hühnerstall überschüttete und schlussfolgerte daraus, die alte Agathe vor sich zu haben. Obendrein stellte Silja bei dieser Gelegenheit fest, wie beliebt der Tischler war – und zwar offensichtlich nicht nur bei der jüngeren Generation.

Kapitel 10 – Magnus

Dass Agathe ihn für seine Hilfe mit einer ihrer berühmten Cremetorten bedachte, war Magnus höchst unangenehm, denn er hatte es schlicht und ergreifend als seine nachbarschaftliche Pflicht angesehen, weitere Ausbruchsversuche der Hühnerbande unter der kundigen Anleitung der dicken Berta zu unterbinden. Einen aufwendigen Dank erwartete er dafür nicht.

Andererseits wusste er aus Erfahrung, dass Agathe über reichlich Schaffenskraft verfügte und genauso dickköpfig sein konnte wie ihr Federvieh, weshalb er die Torte höflich dankend und ohne Protest, aber mit einem schlechten Gewissen entgegennahm. Dabei überlegte Magnus fieberhaft, ob er genug Platz im Gefrierfach hatte, um einen Teil für einen späteren Zeitpunkt zu konservieren, da er sich außer Stande sah, innerhalb des Wochenendes allein eine komplette Torte zu vertilgen.

Sobald die alte Dame zufrieden ihrer Wege gegangen war, fiel sein Blick auf Silja, die die Szene von Ferne beobachtet hatte und er beschloss spontan, ihre bisher durch und durch verkorkste Beziehung auf eine neutralere Ebene zu hieven.

Gerade als sich Silja abwandte, rief er deshalb: „Lust auf ein Stück der besten Cremetorte der gesamten Westküste?"

Ihr Erstaunen, derweil sie sich zu ihm umdrehte, war unübersehbar.

„Redest du mit mir?"

„Na, klar. Siehst du hier sonst noch irgendjemanden?"

Ach, verflixt. Das hätte er durchaus etwas höflicher formulieren können! Andererseits war seine Interimsnachbarin auch nicht gerade ein immerwährendes Vorbild in Punkto gediegener Konversation.

Hastig hielt er die Torte in die Höhe. „Sie ist viel zu groß für mich allein. Also: magst du etwas Süßes?"

Unentschlossen sah sie zu ihm herüber und Magnus wurde ungeduldig. So schwer konnte es unmöglich sein, ein Stück Kuchen zu akzeptieren, selbst wenn man keine besonders innige Beziehung zueinander pflegte. Was ging nur im Kopf dieser Silja vor sich?

Zögernd kam sie näher. „Ja, gern", erwiderte sie, doch es klang wenig überzeugt.

„Die Creme und der Biskuit sind fantastisch. Agathe versteht entschieden mehr vom Backen als von Reparaturarbeiten", sagte er versöhnlich.

War da soeben tatsächlich der Ansatz eines Lächelns über Siljas Gesicht gehuscht?

Sie trat neben ihn. „Das glaube ich gern. Allerdings habe ich heute schon reichlich selbstgebackenen Kuchen gegessen."

„Du kannst backen?" Stirnrunzelnd sah Magnus sie an. Da sie Malin Lundqvists Cousine war, von der er mit Sicherheit wusste, dass sie mit jeder Form von Hausarbeit auf Kriegsfuß stand, überraschte ihn Siljas Aussage.

Diese nahm seine unüberlegte Frage indessen nicht allzu gut auf, sondern stemmte beide Hände in die Hüften. „Natürlich kann ich backen. Wundert dich das?"

Ja, warum eigentlich? Magnus war sich nicht sicher, ob der Vergleich mit Malin ein kluger Schachzug wäre, weshalb er in Ermangelung eines guten Grundes für seine Annahme lieber gar nichts sagte.

Sein Schweigen schien allerdings bei Silja ebenso wenig Begeisterung hervorzurufen wie seine bisherigen Bemerkungen. Das zumindest verriet ihm ihre Miene.

„Ich kann eine Menge Dinge recht gut!", verkündete sie mit Nachdruck in der Stimme.

Dessen war sich Magnus sicher. Allerdings hielt er weder ihr unerwünschtes Eindringen in sein Haus noch die halsbrecherische Akrobatikdarbietung auf Malins Dach, ihre unüberlegten Verbalattacken bei jedem ihrer bisherigen Treffen oder ihr Unvermögen, ein übergewichtiges Huhn einzufangen, für nennenswerte Qualitäten, weshalb er unbewusst dazu neigte, seine Hand nicht für Siljas Backkünste ins Feuer zu legen. Stattdessen favorisierte er eindeutig die allseits bekannten Fähigkeiten von Agathe.

Gerade noch rechtzeitig erinnerte sich Magnus jedoch an sein Vorhaben, die nachbarschaftliche Situation zu deeskalieren, weshalb es ihm ratsam erschien, einzulenken.

Zunächst probierte er es mit einem unverbindlichen Lächeln, das sich aber irgendwie verkrampft anfühlte. „Davon bin ich überzeugt. Und falls du magst, schreibt dir Agathe sicher das Rezept auf, damit du es bei Gelegenheit selbst ausprobieren kannst." Nach einer kurzen Pause ergänzte er: „Ein Teil der Torte ließe sich natürlich auch einfrieren. Oder mit deinen Freunden teilen.“

Verstohlen versuchte Magnus zu erkennen, ob Silja mit Lucas Olsson, mit dem er sie gerade gesehen hatte, mehr verband als eine flüchtige Bekanntschaft.

„Ein Stück probiere ich, falls es dir zu viel ist“, antwortete Silja schließlich.

„Hervorragende Entscheidung. Warte eine Sekunde.“

Froh, der unerquicklichen Unterhaltung entronnen zu sein, eilte Magnus in die Küche, verfrachtete die Hälfte der Torte auf einen Teller, um sich später mit ihr zu beschäftigen, stülpte den Pappdeckel wieder auf den Karton und überreichte Silja die quadratische Box. „Guten Appetit und ein schönes Wochenende!“

„Danke. Dir auch.“

Ohne ein weiteres Wort ging sie davon und Magnus versuchte zu ergründen, ob das Teilen der Torte samt der dazugehörigen Konversation sein Verhältnis zu Silja verbessert oder eher verschlechtert haben mochte. Während er darüber nachsann, ging er zurück ins Haus und genehmigte sich ein Stück von Agathes Kunstwerk.

Nachdem der wolkengleiche Biskuit und die zartschmelzende Buttercreme Magnus für kurze Zeit in den kulinarischen Himmel entführt hatten, musste er sich bedauerlicherweise anschließend rein irdischen Dingen widmen: Wenig motiviert machte er sich an die Büroarbeit, für die er als vielbeschäftigter Tischler unter der Woche selten Zeit fand. Angebote und Rechnungen zu schreiben sowie Material zu bestellen waren notwendige und dennoch lästige Tätigkeiten, die Magnus, obwohl er sonst so gut organisiert war, allzu gerne vor sich herschob.

Gemäß seiner Befürchtung, aber auch zu seinem Bedauern wurde er mit dieser unliebsamen Aufgabe am Samstagabend nicht fertig und so begab er sich schließlich mit der wenig erfreulichen Aussicht auf weiteren Papierkram auf den Weg ins Bett.

Beim allabendlichen Lüften des Badezimmers sah sich Magnus unverhofft mit Silja konfrontiert, die wohl dasselbe mit ihrem Schlafzimmer im Sinn hatte.

„Du hast mir die halbe Torte geschenkt!", erklärte sie ohne Umschweife und mit deutlicher Missbilligung in der Stimme aus dem Fenster des Nachbarhauses heraus.

„Ist das ein Vorwurf?"

„Ich weiß nicht, ob es in Agathes Sinn war."

„Sieh es als Wiedergutmachung für Bertas Überfall."

„Ich meine das ernst!"

„Hat dir die Torte nicht geschmeckt?"

„Sie ist fantastisch."

„Dann weiß ich wirklich nicht, wo dein Problem liegt." Genervt schloss Magnus das Fenster. Er entschied, es mit der Frischluftzufuhr nicht zu übertreiben und ging schlafen.

Am Sonntagmorgen weckte ihn die Frühlingssonne, die mit aller Kraft in sein Gesicht schien. Nachdem er die Wärme auf seiner Haut kurz genossen hatte, schwang er bedauernd die Beine aus dem Bett.

Beim Frühstück auf der Terrasse kam ihm der Gedanke, vor der stupiden Büroarbeit zum Hafen zu gehen und sich vom Frühlingswind den Kopf und die Lunge durchpusten zu lassen. Hochmotiviert schlüpfte er in ein Sweatshirt und verließ das Haus. Im selben Moment zuckte er indes zusammen, da der Motor des uralten Pickups seiner Nachbarin in unmittelbarer Nähe aufjaulte und den sonntäglichen Frieden empfindlich störte. Ungeahnt elegant lenkte Silja das monströse Gefährt direkt vor seinen Augen aus der Parklücke, hielt jedoch sofort wieder an und stieg aus.

„Ach, verdammt!“, fluchte sie.

„Guten Morgen“, entgegnete Magnus gelassen.

„Hej!“

„Wo liegt das Problem?“

„Mein Wagen hat einen Platten.“

Innerlich seufzte Magnus in einer Lautstärke, die dem Pickup zur Ehre gereicht hätte, äußerlich bewahrte er Haltung. „Hast du einen Ersatzreifen? Falls ja, helfe ich dir.“

Nicht, dass er sich auf die anstehende Büroarbeit gefreut hätte, aber die erforderliche Nachbarschaftshilfe würde ihn nur unnötig in seiner Zeitplanung zurückwerfen und ihn womöglich um seinen freien Sonntagabend bringen. Trotzdem stand es außer Frage, dass er eine hilflose Person nicht ihrem Schicksal überlassen konnte, so nervtötend sie auch von Zeit zu Zeit sein mochte.

Zu seiner Verwunderung lehnte Silja das Angebot jedoch ab. „Nicht nötig. Ich komme schon klar.“

Vermutlich war sie nach wie vor verstimmt wegen der Torte.

Wer verstand schon die Gedankengänge einer Frau?

„Na, dann!" Magnus beschloss, sie zunächst schmoren zu lassen und spazieren zu gehen, wie er es vorgehabt hatte. Bei seiner Rückkehr würde er sich selbstredend nützlich machen. Oder, falls das Schicksal ihm gnädig war, hatte Silja bis dahin den Pannendienst gerufen und er kam um die Zusatzaufgabe herum, ohne ein schlechtes Gewissen zu riskieren.

Entschlossen strebte Magnus in Richtung des Hafens, konnte den Spaziergang aber nicht vollends genießen, da er das Gefühl hatte, Silja im Stich gelassen zu haben und so kehrte er schneller als geplant wieder um. Sobald er in die heimische Straße einbog, entledigte er sich im Laufen seines Sweatshirts, um sich zügig des Reifens anzunehmen. Der Anblick, der sich ihm bot, ließ ihn jedoch verwundert innehalten, denn er sah weder den Pannendienst, der ohnehin so schnell kaum hätte vor Ort sein können, noch eine verzweifelte junge Frau. Stattdessen erblickte er seine Nachbarin, die in uralten Klamotten auf der Straße kniete und gerade die Schrauben des Ersatzreifens festzog. Neben ihr auf dem Boden lag der ausrangierte Übeltäter, der Magnus seinen Spaziergang vermiest hatte.

Als er sich näherte, sah Silja auf. Ihr Gesicht war gerötet. Einige blonde Strähnen hatten sich aus dem Pferdeschwanz gelöst und hingen vor ihren Augen. Beim Herausstreichen derselben aus ihrem Sichtfeld hinterließ sie mit der Hand einen schwarzen Streifen auf ihrer Stirn und obwohl er sie noch nie so schmutzig und verschwitzt gesehen hatte, fand Magnus Silja in diesem Moment erstaunlich anziehend.

„Geschafft!“, verkündete sie und erhob sich – das Werkzeug lässig in der Hand haltend.

Magnus starrte verblüfft von ihr zum Wagenheber und dem defekten Reifen. „Hast du das ganz allein hingekriegt?“

„Nein, aber die Heinzelmännchen mussten zum Frühstück nach Hause.“ Erneut wischte sie sich die Strähnen aus dem Gesicht und fügte ihrer Kriegsbemalung einen weiteren Strich quer über Nase und Wange hinzu. „Du hast keine sehr hohe Meinung von uns Frauen, oder?“

„Entschuldige. Du wirktest nicht sehr versiert im Reparieren von Autos ...“

„Es war nur ein Reifenwechsel. Ich habe nicht den Motor ausgebaut.“

„Stimmt. Den Motor könnte ich allerdings auch nicht ausbauen. Mein Fachgebiet ist eher die Holzverarbeitung.“

„Und mein Fachgebiet ist die Kindererziehung, aber das eine schließt das andere ja nicht aus.“

„Das ist wohl wahr“, murmelte Magnus und begann, sich zu fragen, ob Silja die Wahrheit gesagt haben mochte, als sie über ihre vielseitigen Fähigkeiten sprach. Der Reifenwechsel zumindest war zügig vonstattengegangen und das Ergebnis bot keinen Grund zur Beanstandung. Sprachlos starrte er Malins Cousine an und zum ersten Mal fiel ihm auf, wie hübsch sie trotz ihres fleckigen Sweatshirts und der Schmiere im Gesicht aussah.

Kapitel 11 – Silja

Ursprünglich hatte Silja mit dem Wagen ein wenig die Umgebung Fjällbackas erkunden wollen, doch nun stand ihr der Sinn nach einer Dusche und einem faulen Tag daheim.

Nachdem sie das Werkzeug und den Wagenheber im Pickup verstaut hatte, überlegte sie, ob sie sich über die altbackenen Ansichten ihres Nachbarn ärgern oder bei der Erinnerung an sein verblüfftes Gesicht lachen sollte. Schließlich entschied sie, dass es eher Grund zur Freude gebe, da sie ihn an diesem Morgen zum ersten Mal hatte beeindrucken und bei der Gelegenheit beweisen können, keine reine Chaotin zu sein, wie er vermutlich seit der ersten Minute ihrer Bekanntschaft annahm.

Beim Anblick ihres verschmierten Konterfeis im Badezimmerspiegel wusste Silja zunächst trotz ihres Triumphes nicht, ob sie weinen oder lachen sollte. Doch dann erinnerte sie sich an Magnus anerkennende Miene nach dem erfolgreichen Reifenwechsel und schäumte sich – erfüllt von Genugtuung – die Haare ein.

Erholt und sauber der Dusche entstiegen, räumte Silja das Haus auf, kochte und stattete nach dem Mittagessen dem Vetteberg ihren dritten Besuch ab.

An einem sonnigen Frühlingswochenende wie diesem war auf dem Felsplateau, wie erwartet, einiges los, aber außer auf der Holztreppe verliefen sich die Menschen auf angenehme Weise. Silja brachte eine Weile damit zu, oberhalb des Hafens sitzend, den Platz auszumachen, den sie am Vortag mit den Olssons besucht hatte. Doch unter den unzähligen Felseninseln, die den Blick auf das weite Meer versperrten, war es unmöglich, die richtige zu finden. Zumal die weiter entfernten in bläulichem Dunst dalagen und sich optisch kaum von der Nordsee unterschieden. Selbst der Horizont ließ sich bei all den Blau- und Grautönen nur erahnen.

Hier oben wirkte der Frühlingshimmel zum Greifen nah, was in Silja schmerzliche Erinnerungen an ihren Vater weckte. Obwohl er in Südschweden begraben lag, fühlte sie sich ihm hier an der Westküste erstaunlich verbunden. Die Gedanken förderten verdrängte Emotionen zutage und bewogen sie, viel länger als geplant auf dem Plateau zu verweilen.

Dabei ließ sie den Blick nicht nur über das Meer, sondern auch über die Hochebene mit den kleinen Seen gleiten und glaubte für einen Moment, in der Ferne Magnus Fredriksson mit Linnea erspäht zu haben. Während sie die Augen zusammenkniff, um sicherzugehen, war das Paar jedoch bereits aus ihrem Sichtfeld verschwunden.

Erst am fortgeschrittenen Nachmittag kehrte sie heim und fand den Tischler Torte essend vor seiner Haustür vor.

„Guten Appetit!"

„Danke. Willst du auch ein Stück?"

Silja winkte ab. „Ein Fremder hat mich gestern mit reichlich Buttercreme eingedeckt."

„Meinst du den Fremden, in dessen Haus du neulich eingedrungen bist?"

„Du bist der nachtragendste Mensch in ganz Fjällbacka, weißt du das?" Silja wandte sich zum Gehen.

„Ich dachte, du wolltest eine Spritztour mit dem Auto machen."

„Hab's mir anders überlegt und den Vetteberg besucht. Dort oben kann man gut nachdenken. Außerdem ist die Aussicht auf den Hafen einfach spektakulär. Daran kann ich mich gar nicht sattsehen." Lauernd sah sie ihn an. Würde er zugeben, auch auf den Felsen gestiegen zu sein?

„Du meine Güte, war ich lange nicht mehr dort", stellte er zu ihrer Überraschung fest.

Hatte sich Silja geirrt? Waren er und Linnea nicht an dem kleinen See spazieren gegangen?

„Das hat meine Kollegin Linnea Olsson neulich auch gesagt. Ihr Einheimischen verliert jeglichen Sinn für die Schönheit eurer Stadt. Das Plateau ist ein großartiger Ort, um alles hinter sich zu lassen."

Auch der Name ihrer Freundin löste bei Magnus keine erkennbare Reaktion aus, wie Silja feststellte.

„In meinem Fall liegt es wohl eher am Arbeitspensum", erwiderte er.

„Richtig. Du schuftest ja Tag und Nacht."

„Weshalb so ironisch, Silja Blom? Ich habe tatsächlich mehr als genug zu tun."

„Ich weiß." Mit einem vielsagenden Lächeln ließ Silja ihn sitzen und hoffte, dass ihn ihre Antwort eine Weile beschäftigen würde. Denn auch, wenn sie sich geirrt haben mochte und er an *diesem* Tag nicht in Begleitung unterwegs gewesen war, so hatte sie ihn bereits hinlänglich beim Herumflanieren und Flirten erwischt.

Am Montag befragte Silja auch Linnea zu ihren Erlebnissen vom Vortag und erfuhr, welch großartigen Motorradausflug nach Lysekil diese mit Lucas unternommen hatte.

„Ich dachte, ich hätte dich gestern von Ferne gesehen, aber in dem Fall war es wohl ein Irrtum."

„Wo?"

„Oben auf dem Vetteberg."

Linnea lachte. „Ich fürchte, du hast mich verwechselt, zumal ich seit unserem gemeinsamen Besuch nicht mehr dort war."

„Ich habe versucht, unsere Felseninsel zu finden – leider ohne Erfolg", erklärte Silja.

„Sie ist zu weit draußen, um sie von der Stadt aus sehen zu können. Aber da du gerade unseren Ausflug erwähnst, fällt mir ein, dass ich dich auf unser anstehendes Frühlingsfest aufmerksam machen wollte."

„Hier im Hort?"

„Himmel, nein! Das *Vårfest* findet nächsten Samstag am Hafen statt. Hast du die Plakate nicht gesehen?"

„Nein."

„Es ist das erste Highlight des Jahres."

„Ein Frühlingsfest am Meer klingt sehr verlockend."

„Es ist jedes Jahr ein Riesenspaß! Nachmittags treten die Schulkinder und unsere Gruppen aus dem Hort auf einer kleinen Bühne auf, spielen Theater und singen Frühlingslieder. Sicher wird Ebba die ganze Woche ihre Gitarre dabeihaben, damit wir gemeinsam üben können."

„Ich habe tatsächlich heute Morgen einen Instrumentenkoffer in ihrem Büro gesehen", erinnerte sich Silja.

„Das dachte ich mir! Der gesamte Ort bereitet sich schon auf das Frühlingsfest vor. Alle Restaurants und Cafés werden mit Lichterketten geschmückt werden und bis spät in die Nacht eine große Auswahl traditioneller Speisen anbieten. Zusätzlich wird es ein Karussell geben und Life-Musik bis in den frühen Morgen. Bei mir weckt es immer die Vorfreude auf Mittsommer. Wir müssen schon allein wegen der Kinder hingehen."

„Natürlich. Das lasse ich mir nicht entgehen. Schade, dass Malin noch in Dänemark sein wird."

„Keine Sorge, wir werden im Sommer jede Menge Feste feiern – auch mit deiner Cousine", versprach Linnea und blinzelte Silja verschwörerisch zu.

Wie angekündigt stand die Woche ganz im Zeichen der Vorbereitungen für das *Vårfest*. Ebba holte täglich ihre Gitarre hervor und die Kinder studierten eifrig Frühlingslieder ein, die Silja zumeist aus ihrer eigenen Schulzeit kannte. Außerdem bastelten alle fleißig an Papierblumen und anderer Dekoration für den Stand des Kinderhortes, den es ebenfalls geben sollte. Die Eltern erhielten einen Brief mit der Bitte um Kuchenspenden für den Stand und trugen sich für Muffins, Donuts und *Kanelbullar* ein, die beliebten schwedischen Zimtschnecken.

Besonders Maja weigerte sich abends standhaft, den Hort zu verlassen, bevor ihr Vater sich in einer der Listen verewigt hatte. Silja beobachtete sie amüsiert.

„Was möchtest du denn beisteuern?", fragte Adam Forsberg.

„*Bullar!*", erklärte Maja entschieden.

„Also backen wir am Freitag Zimtschnecken und jetzt komm, mein Herzblatt, es ist Zeit heimzugehen."

Zufrieden nahm Maja ihren Vater an der Hand. „Hej då, Linnea. Hej då, Silja. Bis morgen."

Kaum, dass sich die Tür hinter ihnen geschlossen hatte, murmelte Linnea: „Sind die beiden nicht goldig? Ich habe so viel Respekt vor dem, was Adam leistet."

„Ja, er scheint wirklich alles zu geben, um seine Frau bestmöglich zu ersetzen", stimmte Silja zu. Dabei bedauerte sie das Mädchen zutiefst, das seine Mutter viel zu früh verloren.

Am Freitagnachmittag kaufte Silja ein Waffeleisen, da sie in Malins Haus keines hatte finden können. Durch die Schaufensterscheibe des Geschäfts erspähte sie Magnus mit einer unbekannten jungen Frau. Er hatte den Arm um sie gelegt und küsste beim Vorbeischlendern ihre Wangen, die Nase und den Haaransatz, was die attraktive Brünette in Hotpants und bauchfreiem Top mit einem überbordenden Lachen quittierte. Als Magnus Hand darüber hinaus aufreizend langsam zum knapp bedeckten Po der albernen Person wanderte, hatte Silja endgültig genug von dem Schauspiel und wandte sich angewidert ab.

Das Doppelleben dieses Mannes war schlicht unerträglich. Er schien seine Partnerinnen zu wechseln wie andere Leute ihre Socken und versuchte trotzdem ständig den Anschein zu erwecken, als gebe es für ihn nichts außer seiner Arbeit.

Silja konnte derartige Verhaltensweisen nicht leiden. Wenn er unbedingt den Preis des größten Weiberhelden der Westküste erringen wollte, so war ihm das unbenommen, aber dann sollte er auch dazu stehen!

Erzürnt erwarb sie das Waffeleisen und machte sich auf den Heimweg. Anschließend buk sie bis in den Abend frische Waffeln. Mit einem besonders gelungenen Exemplar klopfte sie schließlich an Magnus Tür. Es reizte sie, herauszufinden, ob er seine neueste Flamme mitgebracht hatte und mit ihr womöglich gerade über die Matratzen turnte.

Doch zu ihrem Erstaunen öffnete ihr Nachbar überraschend schnell und vollständig bekleidet die Tür. Ein wenig überrumpelt überreichte ihm Silja ihr Mitbringsel. „Dieses Wochenende bin ich dran."

„Oh, lecker. Vielen Dank. Und sie ist noch warm." Der Tischler wirkte verdutzt, aber nicht abgeneigt.

Silja wurde einfach nicht schlau aus ihm, deshalb ergriff sie die Flucht. „Ich muss schnell zurück, bevor Malins Küche Feuer fängt."

„Um Himmels willen."

Aus den Augenwinkeln sah sie, wie Magnus die Stirn runzelte. Als Nächstes schlug die Tür hinter ihr zu.

Für die gerade im Eisen befindliche Waffel hatte glücklicherweise keine Gefahr bestanden, da sie nur kurz weggewesen war, und so waltete Silja – über die Missetaten von Magnus Fredriksson brütend – ihres Amtes als Fjällbackas fleißigste Waffelbäckerin, bis sie sicher war, dass der Geruch des Gebäcks sie bis in ihre Träume verfolgen würde.

Kapitel 12 – Magnus

Das Frühlingsfest von Fjällbacka trieb nicht allein die Einheimischen aus den Häusern, sondern lockte zu Magnus Missfallen neben den Bewohnern der umliegenden Ortschaften auch scharenweise Touristen herbei.

Wie in jedem Jahr hatte er sich bereit erklärt, der Kirchengemeinde und der Schule früh morgens beim Aufbau ihrer Stände zu helfen und nebenbei packte er überall mit an, wo er gebraucht wurde. So kam es, dass sich Magnus, während das Fest offiziell eröffnet wurde, gerade auf dem Heimweg befand, um sich umzuziehen und dabei bereits den Menschenmassen ausweichen musste, die die ersten Reisebusse am Ortsrand ausgespuckt hatten. Mit einem weißen Hemd und einer nagelneuen Jeans bekleidet, machte er sich schließlich auf den Weg zurück ins Zentrum, um seine Eltern zu treffen, die er, obwohl sie in derselben Stadt lebten, viel zu selten zu Gesicht bekam.

„Sieht man dich auch mal wieder, mein Junge", begrüßte ihn sein Vater deshalb auch prompt.

„Du arbeitest zu viel", ergänzte seine Mutter.

„Heute nicht", widersprach Magnus.

„Und aus welchem Grund kommst du dann so spät?"

„Weil ich heute Morgen geholfen habe, die Stände aufzubauen." Magnus lachte über die vielsagenden

Mienen seiner Eltern. „Okay, ich gebe es zu. Ich habe schon gearbeitet, aber nicht für mich."

„Schläfst du auch genug? Und isst du regelmäßig?"

„Mamma, ich bin neunundzwanzig!"

„Ich frag ja bloß ... Komm, wir setzen uns an Ebba Holmgrens Stand." Entschlossen steuerte Karin Fredriksson die bunt dekorierte Kaffeebar des Kinderhortes an, die ringsherum mit Girlanden aus bunten Papierblumen geschmückt war, und bestellte Getränke und Waffeln für sich, ihren Mann Johan und Magnus, der sofort seine neue Nachbarin erspähte, die sich am Kuchenbuffet nützlich machte.

Gemeinsam setzte sich Familie Fredriksson an einen nahegelegenen Tisch, auf dem kleine Frühlingssträuße mit schwedischen Flaggen standen

„Die nette, junge Dame, die am Kuchenbuffet arbeitet, habe ich nie zuvor gesehen." Magnus Mutter verrenkte den Hals, um einen Blick auf Silja zu erhaschen. „Wisst ihr, wer das ist? Ich kenne eigentlich alle Einwohner von Fjällbacka."

„Sie heißt Silja Blom und wohnt zurzeit in Malin Lundqvists Haus", berichtete Magnus kauend.

„Du kennst sie?"

„Besser als mir lieb ist."

„Was soll das denn heißen? Ich finde, sie wirkt sehr sympathisch."

Vor Magnus innerem Auge lief ein Film ab, der seine bisherigen Zusammentreffen mit Silja zusammenfasste und er überlegte, welche der Episoden er seiner Mutter erzählen konnte. Die Erlebnisse in seinem Badezimmer und auf Malins Hausdach erschienen ihm eher unpassend, weshalb er lieber die wilde Hühnerjagd zum Besten gab.

Karin Fredriksson lachte. „Na, und? Wahrscheinlich kommt sie aus der Stadt und hat noch nie ein Huhn einfangen müssen."

„Mir gefällt sie auch", bestätigte Johan. „Warum gehst du nicht mal mit ihr aus?"

In diesem Moment klingelte Siljas Mobiltelefon und sie verließ ihren Posten am Kuchenstand, um den Anruf entgegenzunehmen. Während sie lauschte, schlenderte sie unbewusst auf sie zu und so hörten Magnus und seine Eltern, wie sie den Anrufer wütend anfuhr: „Das musst du schon allein regeln, Lennart. Du wolltest das Haus ja unbedingt Hals über Kopf verkaufen!"

Nach einer kurzen Pause, in der sie sich die Stirn rieb, fügte sie hinzu: „Tut mir leid. Ich habe zu tun. Ruf mich morgen an, wenn es etwas zu entscheiden gibt."

Mit diesen Worten beendete Silja das Gespräch und kehrte an Ebbas Seite zurück.

Magnus fand, dass sie einen bedrückten Eindruck machte. Dieser Lennart schien Silja ganz schön zuzusetzen, was ihn irgendwie ärgerte.

„Vielleicht ist es tatsächlich keine so gute Idee, mit ihr auszugehen", murmelte sein Vater und lächelte leicht zerknirscht. „Die junge Dame scheint eine unbewältigte Vergangenheit zu haben ..."

„Ach, Johan", rügte seine Frau. „Das macht sie doch nicht weniger sympathisch."

„Stimmt! Also, Magnus, wie wäre es? Du kannst doch nicht für den Rest deines Lebens Inger nachtrauern."

„Ich trauere nicht Inger nach, sondern habe mich lediglich von der Illusion einer intakten Beziehung verabschiedet“, korrigierte Magnus seinen Vater ungehalten.

„Wir sind auch nicht glücklich, dass ausgerechnet Malte …“, wandte seine Mutter ein.

„Was? Meine Freundin verführt hat? An genau dem Abend, als ich ihr einen Antrag machen wollte?“ Magnus lachte grimmig.

„Lasst gut sein. Ich habe ohnehin keine Zeit für unsinnige Dates“, erklärte er entschieden, um die leidige Diskussion zu beenden und wechselte auch gleich das Thema. „Habt ihr schon Sommerpläne für dieses Jahr?“

Seine Mutter strahlte über das ganze Gesicht. „Wir wollen Tante Kerstin in Stockholm besuchen.“

Johan nickte zustimmend. „Mittsommer in der Hauptstadt. Darauf freuen wir uns schon!“

„Eine tolle Idee! Falls ihr jemanden braucht, der sich in eurer Abwesenheit um das Haus kümmert, stehe ich natürlich zur Verfügung.“

„Mir wäre es lieber, du würdest auch mal Ferien machen“, wagte seine Mutter einzuwerfen.

„Ein längerer Urlaub ist nicht drin. Ich bin bis Weihnachten ausgebucht.“

Karin seufzte.

„Vergiss vor lauter Stress nicht, dein Leben zu genießen, Magnus“, sagte Johan ernst. „Zumindest heute solltest du mal deine vielen Aufträge vergessen und die Nacht durchtanzen, findest du nicht?“

„Hoffen wir, dass das Wetter hält. Für den späteren Abend ist es nicht allzu gut angekündigt.“

„Nun mal nicht den Teufel an die Wand“, widersprach Karin. „Beim Frühlingsfest hat es noch nie geregnet.“

Magnus lachte. „Ich bin mir nicht sicher, ob dieses Argument ausreicht, um die Schlechtwetterfront zu verscheuchen, die gestern angekündigt wurde. Aber ich hoffe natürlich das Beste. Dein Wort in Thors Gehörgang, Mamma. Möge er Fjällbacka heute verschonen!“

Nach dem gemeinsamen Kaffeetrinken wollten sich Magnus Eltern mit Freunden treffen und wünschten ihm einen schönen Abend.

Er schlenderte daraufhin ziellos über das Fest, hielt mit dem halben Ort Smalltalk, weil ihn jeder von klein auf kannte und jeder dritte Bewohner inzwischen zu seiner Kundschaft zählte und landete schließlich am anderen Ende der Hafenpromenade an einem Tisch mit einem Dutzend ehemaliger Schulkameraden. Einige waren, wie er, in Fjällbacka geblieben, andere hatten sich über das ganze Land verteilt, kehrten jedoch an einem Tag wie diesem gerne nach Hause zurück. Eine der Wochenendbesucherinnen war Eva, die er schon seit seiner Grundschulzeit kannte. Sie forderte Magnus zum Tanzen auf und schleppte ihn umgehend auf den neben ihnen abgetrennten Tanzbereich.

Derweil Magnus sie zum Tisch zurückbegleitete, sah er Silja und Linnea, die eine Pause der Life-Musik nutzten, um sich am Rand des Getümmels von ihren Schäfchen zu verabschieden. Offensichtlich hatten die Kinder des Hortes auf der Hauptbühne eine Aufführung absolviert, denn die beiden Vorschullehrerinnen befreiten sie gerade von ihren Kostümen und sammelten lachend die überall verstreut liegenden Utensilien ein.

Beide trugen farbenfrohe Sommerkleider. Magnus hatte Linnea schon oft darin gesehen, aber bei Silja überraschte ihn der Anblick. Im Vergleich zu der ausgeleierten und verschmutzten Kleidung, in der sie vor Kurzem auf der Straße gekniet und ihr Auto repariert hatte, sah sie in diesem Moment sehr feminin aus, was ihr zweifellos hervorragend stand. Während seiner eingehenden Betrachtung kam er zu der Erkenntnis, wie gedankenlos es war, ihnen bei der Arbeit zuzuschauen. Sofort erhob er sich.

Doch bevor Magnus den beiden schwer beladenen jungen Frauen seine Hilfe anbieten konnte, hatte Wilma Nyberg, die Kellnerin des Hafencafés, seine Hand ergriffen und ihn erneut auf die Tanzfläche gezogen. Nachdem er die gut gelaunte Wilma eine Weile herumgewirbelt hatte, waren Silja und Linnea verschwunden und Olivia, die mit Lasse verheiratet war, hängte sich bei ihm ein, bevor er zum Tisch zurückkehren konnte.

„Entschuldige, Magnus. Da mein Mann ein absoluter Tanzmuffel ist, musst du jetzt herhalten", erklärte sie ihm belustigt und winkte ihrem Lasse von der Tanzfläche aus zu. „Hoffentlich merkst du jetzt, was du verpasst!"

Zu ihrem Ärger hob der Angesprochene indes nur sein Glas in die Luft und prostete Magnus und ihr fröhlich zu.

„So ein Esel", maulte Olivia. „Er könnte ja wenigstens ein kleines bisschen eifersüchtig sein, wenn ich mit dem attraktivsten Tischler der Region tanze."

„Bring mich nicht in Schwierigkeiten, Olivia." Grinsend ließ Magnus sie mit hoch erhobenem Arm eine Drehung absolvieren.

„Keine Sorge. Du kennst doch meinen Lasse. Der tut keiner Fliege etwas zu leide."

Tatsächlich verwickelte Lasse Magnus im Anschluss an den Tanz in ein angeregtes Gespräch zum Thema Hausbau, während Olivia mit anderen Freunden das Tanzbein schwang. Weil ein Teil der Gruppe schließlich entschied, in einem der Restaurants gemeinsam zu Abend zu essen, löste sich die fröhliche Runde nach einer Weile auf.

Gerade als Magnus sich ihnen anschließen wollte, trat Gunnar Bergström auf ihn zu. „Magnus, dich schickt der Himmel. Ich habe dich schon überall gesucht, denn ich habe ein Problem."

Kapitel 13 – Silja

„Feierabend!", verkündigte Linnea gut gelaunt, nachdem sie die Kostüme der Kinder in den Hort zurückgebracht hatten. „Und nun lass uns etwas essen und anschließend tanzen!"

Silja lachte. „Worauf hast du denn Hunger? Ich habe einen Stand mit *Ärtsoppa* gesehen, dort drüben gibt es *Köttbullar* und gegenüber *Potatiskorv*."

„Hast du wirklich Lust auf Erbsensuppe, Frikadellen oder Wurst? Ich schlage vor, wir kaufen uns *Räksmörgås*. Für so ein feines Garnelensandwich würde ich töten. Folge mir!"

„Wie du meinst."

Linnea bahnte sich den Weg und Silja hatte ihre liebe Not, die Freundin nicht aus den Augen zu verlieren. Zumal sie für einen Moment abgelenkt war, weil sie Magnus an einem Tisch erblickte, an dem er in ein Gespräch mit einem anderen Mann vertieft war. Erstaunlich, dass er noch die Zeit fand, sich mit einem Geschlechtsgenossen zu unterhalten, nachdem er zuvor scheinbar mit jeder Frau getanzt hatte, derer er habhaft werden konnte. Eine der Tänzerinnen hatte Silja wiedererkannt, sie arbeitete als Kellnerin im Hafencafé und war eine der ersten Frauenbekanntschaften von Magnus, die Silja kurz nach ihrer Ankunft in Fjällbacka zu Gesicht bekommen hatte.

„Wo bleibst du denn?", rief Linnea einige Meter vor ihr ungeduldig. „Wenn du dich nicht beeilst, werden wir stundenlang anstehen müssen."

„Entschuldige."

Nachdem sie schließlich beide ein Garnelensandwich ergattert hatten, suchten sie zwei Plätze an einem der vielen Tische, doch es schien unmöglich zu sein, sich zu setzen.

„Schau mal, da ist Lucas", meinte Linnea plötzlich erfreut. „Er winkt uns, obwohl sein Tisch auch schon voll ist."

Silja war nicht übermäßig traurig, nicht neben Lucas sitzen zu müssen, schlug aber trotzdem seine Richtung ein, weil Linnea auf das heftige Winken ihres Bruders reagierte. Bei ihrem Eintreffen verzog er bedauernd das Gesicht. „Kommt hierher. Per und ich machen euch Platz."

Unsanft stupste Lucas seinen Begleiter an, damit er ebenfalls aufstand.

„Wie lieb von euch." Bevor ihr jemand zuvorkommen konnte, quetschte sich Linnea mit Silja auf die Bank.

Auch diese zwang sich zu einem Lächeln.

Lucas blieb unschlüssig neben ihnen stehen und Silja fürchtete schon, er lauere auf eine freiwerdende Sitzgelegenheit, aber zu ihrer Erleichterung zog sein Freund ihn mit sich fort, als er in der Menge einige Bekannte entdeckte.

Am frühen Abend wurde es recht schnell kühl und Linnea, die sah, wie Silja fröstelte, verkündete grinsend: „Dagegen gibt es nur ein Mittel: Tanzen. Dabei wird uns garantiert warm."

Ausgelassen machten sie sich auf den Weg zur Life-Musik. Während ABBAS *Dancing Queen* ertönte, suchten sie sich einen Platz auf der Tanzfläche. Linnea, die ein geblümtes Sommerkleid trug, bewegte sich so behände, dass ihre kinnlangen blonden Haare und der Saum ihres Kleides durch die Luft wirbelten und ihr Gesicht zu glühen begann. Silja hatte nicht minder viel Spaß, sah sich aber verstohlen nach Lucas um, als eine Interpretation von Ed Sheerans *Perfect* erklang und war froh, ihn nicht zu entdecken, da sie fürchtete, die Ballade könne ihn animieren, sie für den Rest des Abends mit Beschlag zu belegen, falls er auftauchen sollte.

Zu ihrem grenzenlosen Erstaunen erschien stattdessen Magnus Fredriksson auf der Tanzfläche und kokettierte ungeniert mit der lachenden Linnea, bevor er schließlich auch Silja augenzwinkernd eine Kusshand zuwarf. „Lust zu tanzen?", fragte er, wobei er Mühe hatte, den Sänger der Band zu übertönen. Die Frage verschlug Silja beinahe die Sprache. Zwar sah Magnus in dem legeren weißen Hemd, dessen obere Knöpfe lässig geöffnet waren, kombiniert mit Jeans und Sneakers ziemlich cool aus, aber das hieß noch lange nicht, dass sie seinem Charme zu erliegen gedachte.

„Hast du heute noch nicht genug getanzt?", erwiderte sie schließlich lahm und ärgerte sich über sich selbst.

Lachend schüttelte er den Kopf. „Wie kann man an einem solchen Abend und in Anwesenheit so vieler schöner Frauen jemals zu viel tanzen?"

Silja fühlte sich kein bisschen ernst genommen und überlegte fieberhaft, was sie darauf antworten sollte, doch Magnus hatte sich kurzzeitig einer anderen Tänzerin zugewandt und beachtete sie nicht mehr. Das wiederum ärgerte Silja über alle Maßen.

Während sie mit einem wütenden Blick seinen Rücken anstarrte, wurde Ed Sheerans Song von Roxettes *It Must Have Been Love* abgelöst. Der Sänger hatte eine gute Stimme und die Atmosphäre auf der Tanzfläche wurde zunehmend ausgelassener und fröhlicher und Linnea stupste sie aufmunternd an.

Gerade als Silja sich voller Hingabe auf den Rhythmus des Songs einließ, drehte sich Magnus wieder zu ihnen um.

Wie sie fassungslos feststellte, schien Linnea ihre Bedenken in Bezug auf den Schwerenöter nicht zu teilen, denn sie erwiderte Magnus eindeutige Blicke mit koketten Augenaufschlägen und verführerischen Hüftschwüngen.

Silja fühlte Ärger über Magnus Unverfrorenheit in sich aufsteigen.

Als sie dann auch noch Lucas in der Nähe der Bühne auftauchen sah, der sich suchend umschaute, hatte sie genug. Energisch zog sie die Freundin in entgegengesetzter Richtung von der Tanzfläche.

„Lass uns etwas zu trinken holen.“

„Wie bitte?“ Linnea deutete mit beiden Händen auf ihre Ohren und zuckte mit den Schultern.

Silja wiederholte die Aufforderung um einige Dezibel lauter und ihre Freundin nickte.

Kurz darauf lehnten sie ein Stück von der Band entfernt Seite an Seite an einem Absperrgitter und löschten ihren Durst mit zwei Gläsern *Pommac* – einer alkoholfreien Limonade aus diversen Beeren und Früchten, die durch die Lagerung in Eichenfässern ihren besonderen Geschmack erhielt.

„Himmlisch!", seufzte Linnea genießerisch.

„Geht er dir nicht auf die Nerven?", fragte Silja ungehalten.

„Wen meinst du?"

Zu ihrem Erstaunen sah Linnea völlig ahnungslos aus.

„Na, Magnus Fredriksson!"

Linnea musterte sie überrascht. „Warum sollte er?" Sie musste schreien, um sich neben dem Finale der Band-Interpretation von Whitney Houstons *I Wanna Dance With Somebody* Gehör zu verschaffen.

Bevor Silja antworten konnte, grüßte eine wohlbekannte Stimme und sie blickte direkt auf die nun geschlossenen Knöpfe eines weißen Hemdes.

„Hej, Magnus!" Linnea prostete dem Tischler zu. „Oh, entschuldigt mich kurz, dort drüben ist eine Schulfreundin, mit der ich ewig nicht gequatscht habe. Bin gleich zurück!" Linnea verschwand im Gewühl und ließ Silja mit Magnus allein.

Vorübergehend herrschte Stille, weil sogar die Beats der Band verstummt waren.

„Gefällt dir unser Frühlingsfest?", erkundigte sich Magnus schließlich, gerade als das Schweigen unerträglich zu werden drohte. Seine Stimme klang eher höflich als ehrlich interessiert und weckte in Silja den Eindruck, als sei der Satz die Eröffnung eines Verkaufsgesprächs. Wie konnte er nur so schnell den Schalter umlegen und vom feurigen Weiberhelden zum spießigen Biedermann mutieren?

„Oh, ja. Und was für eine Ehre, dass du noch Zeit findest für eine Unterhaltung mit mir!", stellte Silja mit einem leicht ironischen Unterton fest.

Er runzelte die Stirn. „Wie meinst du das? Etwa, weil ich heute schon einiges zu erledigen hatte? Ich bin eben immer im Einsatz."

„Das habe ich gesehen", antwortete sie. Ihre Stimme klang dabei bissiger als beabsichtigt.

„Tatsächlich? Du hast *gesehen*, wie ich Gunnar Bergströms Türschloss repariert habe, weil er kaum mehr ins Haus hineinkam? Du musst deine Augen und Ohren wirklich überall haben", scherzte er und scannte dabei Siljas Miene, was sie überaus reizte.

„Ich meinte eher, dass man seit Stunden gezwungen ist, mitanzusehen, wie du bei Fjällbackas Bewohnerinnen nichts anbrennen lässt."

„Wirklich? Eine interessante Feststellung." Magnus trat ungewöhnlich nah an sie heran und neigte den Kopf, ohne sie eine Sekunde aus den Augen zu lassen. Sein Blick war undefinierbar und er roch nach einer Mischung aus Bier und Schweiß, was sie eigentlich abstoßend finden sollte.

Leider gelang es ihr nicht. Im Gegenteil: Siljas Herz schlug ihr unerhörterweise bis zum Hals.

Trotzig erwiderte sie: „Du hast ja vorhin getanzt wie ein Weltmeister."

„Die Mädels ließen mir keine Wahl."

„Na, klar, und deine diversen Begleitungen wohl auch nicht?"

„Ich weiß wirklich nicht, wen du damit meinen könntest."

„Lass mich überlegen." Silja runzelte demonstrativ die Stirn. „Nun, zum Beispiel die Schwarzhaarige von neulich, die Kellnerin aus dem kleinen Lokal am Hafen oder die Brünette, von der du gestern gar nicht die Finger lassen konntest. Und wen noch? Oh! Beinahe hätte ich Linnea vergessen!"

„Das hast du alles beobachtet?"

„Allerdings."

„Mein Privatleben muss dir ja sehr am Herzen liegen."

„Keineswegs. Es ist bloß so, dass man an deinen Flirtattacken nicht vorbeikommt, wenn man mit offenen Augen durch den Ort geht. Ist dir dein Benehmen nicht peinlich?"

Magnus lachte laut auf. „Flirtattacken? Bisher wurde mir immer vorgeworfen, mich eher totzuarbeiten als für Frauen zu interessieren."

„Das soll wohl ein Witz sein."

„Im Gegenteil. Jeder in Fjällbacka weiß, dass ich keine Zeit für solche Eskapaden habe."

„Dann ist ganz Fjällbacka auf dem Holzweg, was seinen Tischler betrifft."

„Fühlst du dich vernachlässigt, weil du die Einzige bist, mit der ich offenbar nicht flirte?"

„Natürlich nicht! Ich stehe kein bisschen auf Machos", gab Silja kühl zurück und sah demonstrativ zu einer Ansammlung junger Leute hinüber, die beim Versuch, ein Gruppen-Selfie zu schießen, wilde Verrenkungen machten.

„Wirklich nicht?", fragte Magnus und trat einen Schritt zur Seite und damit erneut mitten in ihr Sichtfeld. „Somit müsste ich ja große Chancen bei dir haben."

„Vergiss es! Du bist der schlimmste Frauenheld, dem ich jemals begegnet bin. Ich wurde sogar vor dir gewarnt! Und im Übrigen hätte man das Augenzwinkern und den Luftkuss, den du mir vorhin zugeworfen hast, durchaus als flirten ansehen können."

„Ich fürchte, du verwechselst mich."

„Natürlich! *Das* wird es sein." Fassungslos sah Silja ihn an. Unglaublich, dass er pausenlos die Arbeit vorschob, obwohl er unablässig für jedermann sichtbar im Ort sein Unwesen trieb!

„Ich muss allerdings zugeben, dass mich brennend interessiert, wer dich vor mir gewarnt haben mag", ergänzte Magnus und sein Blick verriet eine Mischung aus Belustigung und echter Neugierde.

Ihr stockte der Atem über so viel Unverfrorenheit seinerseits. Seine indirekte Frage ignorierend presste sie verärgert die Lippen aufeinander.

Der Wind frischte auf und der Himmel zog sich zu. Silja fröstelte erneut. Ohne Linnea machte das Fest gar keinen Spaß mehr und die Unterhaltung mit Magnus war auch alles andere als ein nicht versiegender Quell der Freude. Warum nur schienen ihn ihre Vorwürfe so sehr zu belustigen?

Sobald sich ihre Augen erneut trafen, wandte sie ihre schnell ab. Widerstrebende Gefühle überkamen sie und während sie ihren Blick senkte, um seinem auszuweichen, stutzte Silja. Wann hatte er die Sneaker gegen Lederschuhe eingetauscht? Stirnrunzelnd sah sie wieder auf.

In diesem Moment erblickte sie Magnus, der Arm in Arm mit der beschriebenen Brünetten am Ufer auftauchte. Sie lachten und taten sehr vertraut miteinander.

„Schon wieder eine meiner Flirtattacken", sagte jedoch eben dieser Magnus direkt neben ihr und seine Stimme triefte vor Ironie.

„*Was?!*" Blitzschnell sah Silja von dem Mann am Steg zu ihrem Gesprächspartner.

Der Tischler richtete sich zu seiner vollen Körpergröße auf, verschränkte die durchtrainierten Arme vor der Brust und grinste ganz und gar unverschämt.

„*Wer …?*"

„Ich nehme an, du beobachtest seit einer Weile das Liebesleben meines Zwillingsbruders", stellte er mit hochgezogenen Brauen fest. Lässig an die Abtrennung gelehnt und mit funkelnden Augen studierte Magnus Siljas Reaktion auf die für sie unerwartet eingetretene Entwicklung. „Er hat einen gewissen Ruf in der Gegend. Aber die meisten Mädels wissen inzwischen hoffentlich, was sie von ihm zu halten haben."

„*Dein Bruder?*"

Ungläubig starrte Silja Magnus an und bemerkte, wie sich seine Mundwinkel kaum merklich hoben. Bei der Erkenntnis, dass er alles Recht der Welt hatte, sie auszulachen, wurde ihr schwindelig. Nun gut! Sollte er sich eben über sie amüsieren! Mit einem Anflug von Trotz hielt sie seinem belustigten Blick stand.

Gerade als sie jedoch zu fürchten begann, er könne bis ins Innerste ihrer Seele blicken, wurde seine Miene schlagartig ernst. Das übermütige Funkeln seiner Augen erlosch und mit einer erschreckend emotionslosen

Stimme antwortete Magnus: „Ja. Malte Fredriksson –
einer der größten Herzensbrecher unserer Zeit. Äußerlich sehen wir uns ähnlich. Vom Charakter her ... na ja“,
Magnus zuckte die Schultern. „Am besten bildest du dir
dein eigenes Urteil.“

Fassungslos starrte Silja zu dem Paar am Steg hinüber. Das Hemd des Mannes war geöffnet und er trug
Sneaker!

„Das heißt, die Dunkelhaarige, die Kellnerin und
diese Frau dort drüben ...“

„... erliegen reihenweise Maltes Charme. Korrekt. Für
mich bleibt bei seiner Umtriebigkeit gewöhnlich keine
Frau übrig. Obwohl ich zugeben muss, heute mehrfach
getanzt zu haben.“

Silja glaubte eine gewisse Bitterkeit aus seinen Worten herauszuhören. Sie schluckte schwer. Sein Tonfall
traf sie bis ins Mark.

Ein weiteres Mal hatte sie Magnus ungerechtfertigt
beschuldigt. Daraus wurde langsam eine schlechte Angewohnheit. Was sollte sie nun sagen? Ihr fiel rein gar
nichts zu ihrer Rechtfertigung ein. Abgesehen davon,
dass sein Liebesleben sie überhaupt nichts anging. Wie
überaus beschämend!

Am liebsten wäre sie ohne ein weiteres Wort davon-
gelaufen und hätte sich zuhause eingeigelt, doch ihre
Beine waren schwer wie Blei.

„Da bin ich wieder“, verkündete Linnea in diesem Moment und strahlte Magnus und die betreten schwei-
gende Silja an. „Was habe ich verpasst?“

Silja senkte den Blick und versuchte sich für den peinlichen Moment zu wappnen, in dem Magnus ihrer

Freundin von den ungerechtfertigten Vorwürfen berichten und sie auslachen würde. Erstaunlicherweise geschah nichts dergleichen.

„Ich habe Silja gerade von Malte erzählt", antwortete Magnus nur knapp.

„Ach, Malte! Den haben wir eben beim Tanzen getroffen. Schön, dass er im Urlaub in Fjällbacka vorbeischaut. Er hat mir neulich von seinem Job in Oslo berichtet. Macht richtig Karriere dein Bruder, scheint mir."

„Ja, das Um-die-Welt-Reisen und die vielen internationalen Meetings sind genau sein Ding."

„Man sollte kaum glauben, dass ihr Zwillinge seid." Linnea lachte. „Wollen wir wieder tanzen, Silja?"

„Ach, nee, lass mal. Mir reicht's für heute. Ich denke, ich gehe heim."

„*Was*? So früh? Aber das Beste kommt doch erst. Nachher, wenn es dunkel ist und die Restaurants und Stände beleuchtet sind ..."

In der Ferne ertönte ein gedämpftes Grollen.

„Vielleicht endet das Fest früher, als uns lieb ist", gab Magnus zu bedenken.

„Ach, was. Das zieht vorbei." Linnea stemmte entschieden die Hände in die Taille und sah Magnus herausfordernd an. „Beim Frühlingsfest hat es bisher nie geregnet!"

„Das habe ich heute eindeutig schon mal irgendwo gehört ...", murmelte er mit gerunzelter Stirn. „Na ja, wie dem auch sei. Euch beiden weiterhin viel Spaß."

Mit diesen Worten schlenderte er davon.

Silja sah ihm betreten nach. Sie hatte sich nicht einmal entschuldigt. Kein einziges Wort hatte sie an Magnus gerichtet, seit Linnea zurückgekehrt war.

Kapitel 14 – Linnea

„Willst du wirklich schon gehen?", fragte Linnea enttäuscht.

Silja nickte. „Tut mir leid. Ich fühle mich nicht wohl."

„War mit dem Garnelensandwich etwas nicht in Ordnung?"

„Nein, es liegt nicht am Essen."

„Du bist etwas blass ... Hoffentlich wirst du nicht krank."

„Ich bin einfach erschöpft, sonst nichts."

„Soll ich dich nach Hause bringen?"

„Auf keinen Fall! Die paar Meter schaffe ich problemlos allein. Und es ist ja nicht einmal dunkel."

„Es macht mir gar nichts aus", beteuerte Linnea.

„Unsinn! Feier du einfach ohne mich die Nacht durch. Immerhin hast du dich total auf dieses Fest gefreut."

„Wenn du meinst. Dann schaue ich mal, wer hier noch so rumhängt. Mach's gut, Silja, und werde schnell wieder fit."

„Versprochen. Wir sehen uns am Montag, okay?"

„Okay." Verdrossen sah Linnea ihrer Freundin nach, die sich langsam entfernte. Bald war sie in der Menge lachender und feiernder Menschen verschwunden.

„Wie schade", murmelte Linnea und wandte sich um. Dabei prallte sie um ein Haar mit ihrem Bruder zusammen.

„Da bist du ja", rief er erleichtert. „Wenn Per mich nicht ewig durch die Gegend geschleift hätte, wäre ich schon viel früher hier gewesen, denn ich will unbedingt mit Silja tanzen."

„Tja, daraus wird nichts. Sie ist gerade gegangen."

„Och, nö!" Lucas sah noch enttäuschter aus, als Linnea sich fühlte und so hängte sie sich bei ihm ein.

„Warum?"

„Ich glaube, sie ist einfach müde. Aber du kannst ja mit mir tanzen."

„Wie unlustig!"

„Dann suche ich eben Malte. Der hat bestimmt nichts dagegen."

„Habe ich dir nicht gesagt, du sollst die Finger von diesem Fredriksson lassen?", fuhr Lucas sie an. „Der benutzt euch Mädchen nur und verschwindet anschließend in die weite Welt, ohne einen Gedanken an euch zu verschwenden."

„Man wird doch wenigstens etwas Spaß haben dürfen", beschwerte sich Linnea. „Bloß, weil Silja sich nicht wohlfühlt, musst du deinen Ärger nicht an mir auslassen. Mach, was du willst. Ich jedenfalls werde diesen Abend genießen."

Mit diesen Worten ließ sie ihren missgelaunten Bruder stehen und stürzte sich ins Getümmel, wo sie Ebbas Sohn Nils erspäht hatte, der ein ebenso guter Tänzer war wie Malte.

Kapitel 15 – Silja

Silja hatte, um besser voranzukommen, die überfüllte Hafenpromenade verlassen und einen weniger belebten Weg eingeschlagen. Dabei passierte sie den südlichen Ausgang der *Kungsklyftan* und beschloss spontan, ihrem Lieblingsplatz auf dem Vetteberg einen kurzen Besuch abzustatten, um ihre verwirrenden Gedanken zu sortieren.

Da die Sonne noch nicht vollständig hinter dem Horizont verschwunden war und die vielen Lichter des Festes ohnehin bis zum Felsplateau strahlten, glaubte sie, einen kleinen Abstecher über den kürzeren und gut befestigten Zugang wagen zu können.

Beim Aufstieg über die Holztreppe kamen ihr vereinzelte Touristen entgegen. Oben hingegen war Silja beinahe allein. Sie ging zügig zu ihrer Lieblingsstelle, die aufgrund der vielen Lampions und Lichterketten sowie der Diskobeleuchtung am Hafen einen gänzlich anderen Ausblick über den Ort und die Schären bot als bei ihren vorherigen Besuchen.

Selbstvergessen ließ sie sich auf dem felsigen Boden nieder und ging in Gedanken erneut ihren Disput mit Magnus durch.

Wie hatte sie nur solch dämliche Bemerkungen fallen lassen können? Hätte sie einfach ihren Mund gehalten oder Linnea vorher ein wenig mehr über Magnus Familie ausgefragt, wäre sie, ohne sich bis auf die Knochen zu blamieren, dem vermeintlichen Doppelleben ihres Nachbarn auf die Schliche gekommen und hätte bei näherem Hinsehen vermutlich sogar optische Unterschiede zwischen den Zwillingen erkennen können. Denn, dass die beiden charakterlich gänzlich gegensätzlich waren und sie Magnus Unrecht getan hatte, stand außer Frage.

Aufgrund ihrer unbedachten Aussagen hatte sie sich nun zu dem degradiert, was sie Magnus einst vorgeworfen hatte: Sie war eine Stalkerin! Zumindest musste es für den Tischler so wirken, nachdem sie ihm in schöner Gründlichkeit alle seine vermeintlichen Liebschaften aufgezählt hatte. Auch wenn ihre Beobachtungen samt und sonders rein zufällig erfolgt waren, hatte es nun den Anschein, als habe sie Magnus Frederikssons Leben genau unter die Lupe genommen. Ein Eindruck, den sie um jeden Preis hatte vermeiden wollen, seit sie sich an ihrem ersten Tag in Fjällbacka geschworen hatte, ihm aus dem Weg zu gehen.

Der Moment, in dem er sich verabschiedet hatte, kam ihr in den Sinn. Wie er sie Linnea gegenüber gedeckt hatte, was die haltlosen Vorwürfe betraf, sprach ebenfalls für ihn. Die Wiedergabe ihrer Unterhaltung hätte Magnus sicher einige Lacher eingebracht. Doch offenbar zog er Diskretion dem Heraushauen einer Pointe vor, was sie ihm hoch anrechnete.

Eigentlich war er ein viel sympathischerer Mensch, als sie sich bisher eingestanden hatte. Und dazu dieser melancholische Gesichtsausdruck bei seinem Vergleich mit Malte …

War sein Verhalten ihr gegenüber nicht stets korrekt gewesen? Selbst bei ihrem ersten Aufeinandertreffen, bei dem er sie zunächst für eine Einbrecherin gehalten hatte?

Und war er nicht immer und überall als bereitwilliger Helfer bekannt? Die alte Agathe und ihre Hühner fielen Silja ein und erst heute hatte er offenbar einen Mann namens Gunnar aus einer misslichen Lage befreit.

Darüber hinaus hatte Magnus bisher im Beisein anderer nie ein Wort über ihre peinlichen Zusammentreffen verloren. Auch das musste sich Silja zähneknirschend eingestehen.

Nicht zuletzt hatte er Agathes Torte äußerst großzügig mit ihr geteilt und vor kurzem angeboten, ihren Reifen zu wechseln. Nun gut, dabei hatte er sich aufgrund seiner antiquierten Ansichten nicht gerade mit Ruhm bekleckert. Überhaupt schien er kein großes Vertrauen in Siljas Fähigkeiten zu haben. Aber konnte sie ihm das verübeln?

Wohl kaum.

Sie seufzte. Wie gerne hätte sie jetzt mit ihrem Vater oder Malin hier oben gesessen, um jemandem, dem sie vertraute, ihr Herz auszuschütten. Karl Blom war im Erteilen von Ratschlägen stets zurückhaltend gewesen, dennoch hätte Silja allzu gerne seine Meinung zu Fjällbacka und Magnus Fredriksson eingeholt.

Malin hingegen war ein ganz anderes Kaliber: Jederzeit geradeheraus und unverblümt, wenn es darum ging, ihre Meinung kundzutun. Vermutlich hätte sie Silja ausgelacht, weil diese zum wiederholten Mal völlig unüberlegt, eine überaus peinliche Situation heraufbeschworen hatte. Trotzdem wäre auch sie Silja an diesem Abend eine willkommene Gesprächspartnerin gewesen. Schließlich war Malin zwar sehr ehrlich, aber nie verletzend und ein bisschen wie eine große Schwester, die sie bedauerlicherweise nicht hatte.

In der Ferne erklang ein Donnergrollen und ein erster Regentropfen landete sanft auf Siljas nacktem Unterarm.

Schnell erhob sie sich, da sie keine Jacke dabeihatte und die Dämmerung beinahe vorüber war. Die letzten Sonnenstrahlen waren längst erloschen und der Horizont jenseits der Schären nicht mehr zu erkennen.

Abgesehen von den bunten Lichtkegeln der Diskoscheinwerfer, die stetig über die seewärts gelegenen Teile des Vettebergs wanderten und den Felsen in grelle Farben tauchten, war es inzwischen fast vollständig dunkel geworden.

Sie sollte dringend zusehen, dass sie heimkam.

Eine Lampe hatte Silja an diesem Abend natürlich nicht mitgenommen. Deshalb kramte sie eilig ihr Mobiltelefon hervor und schaltete die Taschenlampenfunktion ein, um sich auf dem holprigen Boden leichter zurecht zu finden.

Bis zum Abstieg hatte sie noch ein gutes Stück Wegstrecke vor sich und der Untergrund war uneben und zerklüftet. Da sie ihr Ziel, die Holztreppe, in der zunehmenden Dunkelheit nicht sehen konnte, musste sich Silja bezüglich der Richtung auf ihr Gefühl verlassen, während sie sich behutsam vorwärts tastete. Die Beleuchtung des Festes war zwar am Rand des Berges gut erkennbar gewesen, aber mitten auf dem Felsplateau half sie ihr nicht mehr bei der Orientierung. Einzig das Licht ihres Telefons ließ sie den Weg erahnen.

Plötzlich überzog ein zweiter Blitz den Himmel und Silja erschrak. Sie musste sich beeilen! Bei einem Gewitter am höchsten Punkt des Ortes zu sein – obendrein in der Nähe mehrerer Gewässer – war tatsächlich keine gute Idee. Um sich zu vergewissern, dass sie den direkten Weg einschlug, leuchtete sie voraus. Unglücklicherweise war die Treppe noch immer nicht in Sicht. Ein großer Regentropfen traf sie mitten ins Auge und lenkte sie ab. Beim nächsten Schritt trat Silja deshalb ins Leere. Sie knickte um und fiel mit einem Aufschrei zu Boden. Das Mobiltelefon schlug neben ihr auf dem Felsen auf.

„Verdammt!" Silja stöhnte laut. Ihr linker Knöchel schmerzte höllisch. Licht! Sie brauchte Licht!

Mit der einen Hand stützte sie sich ab, mit der anderen tastete sie nach dem Handy. Es dauerte eine gefühlte Ewigkeit, bis sie es aufgespürt hatte. Doch egal, wie sehr sie auf den seitlichen Tasten herumdrückte oder über das Display strich, es blieb rabenschwarz.

Defekt! Was nun?

Waren noch andere Menschen hier oben? Die Wahrscheinlichkeit erschien ihr gering, dennoch rief Silja im stärker werdenden Regen um Hilfe. Mehrfach schrie sie, so laut sie konnte, und lauschte anschließend in die Dunkelheit hinein. Zu ihrem Entsetzen war einzig das monotone Geräusch des auf den Felsen treffenden Niederschlags zu hören und der Wind pfiff gehörig um ihren Kopf. Aus der Ferne drangen Fetzen der Life-Musik zu ihr herüber, aber keine lebendige Seele antwortete ihr. Tränen des Schmerzes und der Verzweiflung rannen Siljas Wangen herab und vermischten sich dort mit den Regentropfen, die nun in schöner Regelmäßigkeit ihr Gesicht hinunterliefen. Ihr Kleid war bereits ziemlich nass und klebte unangenehm auf ihrer Haut. Das allerdings nahm sie aufgrund des stechenden Schmerzes im Fußgelenk kaum wahr.

Es half nichts. Wenn niemand mehr auf dem Berg war und ihr zu Hilfe kommen, sie aber auch nicht telefonisch um Beistand bitten konnte, musste sie sich selbst helfen. Im Dunkeln versuchte Silja aufzustehen, klappte jedoch – ein schmerzhaftes Zischen ausstoßend – gleich wieder zusammen. Den Fuß konnte sie unmöglich belasten. Vorsichtig befühlte sie ihren verletzten Knöchel. Er schien bereits anzuschwellen und war extrem druckempfindlich.

Laufen konnte sie also nicht, hierzubleiben war andererseits auch keine Option. Ein erneuter Blitz leuchtete für einen Moment das Felsplateau aus und Silja versuchte, die Richtung zu verinnerlichen, die sie einschlagen musste. Mühsam erhob sie sich in den Vierfüßler Stand und zwang sich, den verletzten Fuß hochhaltend, vom Fleck zu kommen. Es war nahezu unmöglich. Jede kleine Vorwärtsbewegung musste sie sich vorsichtig ertasten, um nicht abzurutschen und der Länge nach hinzuschlagen. Dabei zerrte der Wind unablässig an ihren nassen Haaren, peitschte sie gegen Siljas Wangen und vor ihre Augen. Eisig wehte er über ihren Körper hinweg. Die Böen hinterließen ein Gefühl von Kälte und Schmerz wie von unzähligen feinen Nadelstichen. Ein unheilvolles Duett aus dem Pfeifen des

Windes und dem Prasseln des Regens übertönte jedes andere Geräusch.

Von der Zivilisation gänzlich abgeschnitten fühlte sich Silja wie ein Spielball der Elemente: Ausgeliefert und wehrlos. Ihre Hände fanden auf dem rutschigen, unebenen Untergrund nur wenig Halt. Darüber hinaus kostete es sie mehr Kraft, als sie hatte, den Fuß in die Luft zu strecken.

Über dem Fjord ertönte ein dumpfes Grummeln. Unbarmherzig kündigte es die bevorstehende Bedrohung an.

Ihr Herzschlag beschleunigte sich. Noch war der Abstand zwischen Blitz und Donner einige Sekunden lang. Das Gewitter hatte Fjällbacka bisher nicht erreicht, aber Silja auch nicht annähernd den Rand des Vettebergs. Wie sie die Holztreppe allein hinunterkommen sollte, darüber wollte sie gar nicht erst nachdenken. Vielleicht konnte sie es zumindest bis zum ersten Podest schaffen und sich dort gegen die Felswand kauern, bis das Unwetter vorüber war. Sie durfte die Hoffnung nicht aufgeben.

Silja versuchte, auf dem zunehmend nassen Boden vorwärts zu robben. Mit ihren gefühllosen, beinahe tauben Fingern konnte sie sich jedoch nirgends festhalten. Sie glitten über den schlüpfrigen Grund wie die Kufen von Schlittschuhen über einen gefrorenen See. Es war anstrengend und schmerzhaft zugleich und Silja beschlich das zermürbende Gefühl, kaum Fortschritte zu machen. Das Kleid klebte inzwischen wie eine zweite Haut an ihrem Körper und der Wind, der mit aller Macht über das Plateau strich, trieb ihr die Tränen in die Augen und ließ sie wieder und wieder vor Kälte erschaudern. Als die Umgebung ein weiteres Mal in gleißendes Licht getaucht wurde und unmittelbar darauf ein Donnergrollen folgte, das einer Salve von dutzenden Kanonen glich und ihr bis ins Mark drang, schluchzte Silja auf. Wie hatte sie bloß auf die unsägliche Idee kommen können, kurz vor Einbruch der Dunkelheit allein hier hoch zu steigen?

Kapitel 16 – Magnus

Sobald Magnus den ersten Regentropfen auf der Haut spürte, war ihm sofort klar, dass das Gewitter, der Meinung seiner Mutter und Linneas zum Trotz, *nicht* vorbeiziehen würde.

Im Gegenteil: Es wurde Zeit, festzustellen, wo Hilfe vonnöten war. Blitzschnell analysierte er die Lage.

Einige der Stände, wie der des Kinderhortes, waren bereits am frühen Abend abgeräumt worden. Die Restaurants und Cafés konnten ihre Außenbestuhlung stehen lassen und mit ihrer Belegschaft das Wichtigste in Sicherheit bringen. Am Pavillon der Schule wurden dagegen dringend helfende Hände gebraucht und so packte Magnus dort mit an. Anschließend eilte er gegen den Strom der flüchtenden Festbesucher zur Tanzfläche, wo Ebba Holmgrens Sohn Nils gerade Linnea Olsson aus seinem Griff entließ. Die Band beendete ihren aktuellen Song und der Leadsänger tat über das Mikrophon sein Bedauern über das abrupte Ende des Festes kund. Im Anschluss begannen er und seine Kollegen eilig, ihre Instrumente und das Sammelsurium an Technik zusammen zu räumen, um alles im Tour-Transporter hinter der Bühne in Sicherheit zu bringen. Nils und andere Mitglieder der Clique packten mit an und auch

Magnus schleppte eine Lautsprecherbox zum Auto. Dabei stieß er beinahe mit Linnea zusammen, die sich an einer Kabeltrommel zu schaffen machte.

„Du hattest Recht, was das Wetter angeht", sagte sie. „So ein Mist. Gerade heute!"

„Wo ist deine Freundin?", fragte Magnus.

„Silja? Die ist schon vor einer Weile heimgegangen." Linnea strich sich eine nasse Haarsträhne aus der Stirn.

„Das solltest du auch tun. In dem Kleid holst du dir sonst eine dicke Erkältung."

„Zuerst helfe ich hier. Zuhause kann ich ja heiß duschen, falls nötig."

Magnus nickte. Gegen patente Frauen hatte er nichts einzuwenden, nur mit den aufgestylten Gespielinnen seines Bruders konnte er rein gar nichts anfangen.

Noch bevor die Technik vollends verstaut war, baten andere Bekannte um Hilfe und Magnus machte sich nützlich, wo er konnte, während sich das Festgelände um ihn herum im Eiltempo leerte.

Bei einem grellen Blitz, auf den der zugehörige Donner einem Paukenschlag gleich beinahe unmittelbar folgte, brachten sich auch die verbliebenen Helfer in Sicherheit. Dicht an den Häusern entlangrennend eilte Magnus als einer der Letzten nach Hause.

Dort angekommen wunderte er sich darüber, dass Malins Haus vollständig im Dunkeln lag, da Silja gewöhnlich nicht so früh zu Bett ging. Er verwarf aber jeden Gedanken an seine Nachbarin, zumal der nächste Donner unmittelbar über ihm den Weltuntergang zu verkünden schien und zeitgleich ein gewaltiger Blitz den Nachthimmel spaltete. Schnell schlüpfte Magnus ins Trockene. Im Flur zog er sich bis auf die Boxershorts aus, trug die nasse Kleidung ins Bad und rubbelte sich gründlich trocken, bevor er frische Sachen überzog und dem beeindruckenden Naturschauspiel durch die Fensterscheibe beiwohnte. Dabei bemerkte er, dass auch im Schlafzimmer des gegenüberliegenden Hauses kein Licht brannte. Ob Silja bei dem Lärm tatsächlich zu schlafen vermochte? Magnus erwog, sich ebenfalls hinzulegen.

In diesem Augenblick allerdings klingelte sein Telefon.

„Hej, Magnus. Ich bin's!"

„Malin?"

„Exakt. Entschuldige den späten Anruf, aber ich frage mich, wo meine Cousine steckt. Sie ist hoffentlich nicht aus Fjällbacka abgereist, ohne mir Bescheid zu sagen?"

„Nein, sicher nicht. Ich habe sie erst heute Abend beim *Vårfest* am Hafen gesehen."

„Ach, prima. Dann ist ja alles gut. Ich wundere mich nur, weil sie weder mobil noch übers Festnetz erreichbar ist."

Magnus warf einen sorgenvollen Blick aus dem Fenster. Ein weiterer Blitz erhellte den Nachthimmel und ließ ihn die Konturen des Nachbarhauses erkennen, das scheinbar verlassen dalag. Im Anschluss durchbrach ein ohrenbetäubender Donner die Stille.

„Du meine Güte, was war denn das?", fragte Malin erstaunt.

„Wie oft hast du heute Abend versucht, Silja zu erreichen, Malin?"

„Warum willst du das wissen?"

„Weil hier ein schweres Gewitter tobt und ich mir nicht sicher bin, ob sie zuhause ist ..."

„Falls nicht, ist sie sicher bei ihrer Kollegin aus dem Hort, dieser Linnea, von der sie mir erzählt hat.“

„Nein, Linnea war viel länger am Hafen als Silja“, murmelte Magnus und überlegte fieberhaft. „Weißt du was? Ich schaue mal eben drüben nach.“

Wie angekündigt verließ Magnus, in eine wetterfeste Jacke gehüllt und mit Gummistiefeln an den Füßen, wenig später das Haus und rannte mit gesenktem Kopf zu Malins Eigenheim hinüber. Unter dem Vordach blieb er stehen, klingelte mehrfach und trommelte, begleitet vom nicht minder lauten Geräusch des Regens, energisch an die Tür.

Nichts rührte sich.

Konnte er einfach so in ein fremdes Haus eindringen? Was, wenn Silja nur tief und fest schlief oder sich womöglich schlafend stellte? So wie ihr letztes Gespräch verlaufen war, konnte er ihr nicht verdenken, falls sie ihn zu treffen vermied. Und doch brauchte er Gewissheit!

Im Licht eines Blitzes steckte er schließlich den Ersatzschlüssel ins Schloss und betrat zögernd die Diele.

„Silja?“ Er lauschte. „Silja!“

Nichts. Außer seinem eigenen Atem hörte er keine Menschenseele. Schnell entledigte sich Magnus der Stiefel und warf die Regenjacke über einen Haken. Weiterhin ihren Namen rufend betrat er das Wohnzimmer, die Küche und zuletzt das Treppenhaus. Oben versuchte er es ein letztes Mal: „Silja, bist du hier?“

Er klopfte an alle Türen und überprüfte sämtliche Räume. An der Schlafzimmertür hielt er inne und klopfte ein zweites Mal. „Silja? Ich bin's Magnus. Ich komme jetzt rein!“

Sollte er hineingehen? Sein Herz schlug hart gegen den Brustkorb. Silja hatte ihn schon so vieler Arten von Indiskretion beschuldigt. Wenn er sie im Bett überraschte, brachte er sie womöglich vollends gegen sich auf …

Erneut hämmerte Magnus energisch gegen das Türblatt und entschied sich dann, allen Bedenken zum Trotz, einzutreten.

Dabei stellte er jedoch nur fest, was er längst befürchtet hatte: Seine Nachbarin war nicht zuhause. Hätte Linnea ihm nicht erzählt, dass sie heimgegangen sei, wäre seine Sorge geringer ausgefallen.

So allerdings grübelte er, während er Malins Haus verließ und sie wie versprochen in Dänemark zurückrief.

„Bei dir ist deine Cousine nicht. Gib mir bitte Siljas Nummer, damit ich ebenfalls versuchen kann, sie zu erreichen."

„Hältst du das für notwendig? Vielleicht ist sie ja bei einem Freund und in dem Fall würde ich sie ungern stören …" Malin kicherte unschlüssig.

„Gib mir einfach die Nummer und überlasse es mir, herauszufinden, wo sie ist."

„Du klingst ganz schön entschlossen. Machst du dir etwa Sorgen um Silja?"

„Musst du immer mit mir diskutieren? Sogar vom Ausland aus?"

„Weshalb so schnippisch, Magnus Fredriksson? Ich gebe dir ihre Nummer, wenn du mir versprichst, Bescheid zu sagen, sobald du sie gefunden hast. Du beunruhigst mich nämlich!"

„Versprochen. Ich schicke dir eine Nachricht."

Magnus notierte Siljas Telefonnummer auf einem alten Briefumschlag und beendete das Gespräch, um Malin keine Gelegenheit zu geben, seine Zeit unnötig zu vergeuden.

Sofort tippte er die Zahlenkombination in sein Smartphone.

Ohne Erfolg.

Deshalb entschied er, Malte anzurufen.

„Wer stört?", meldete sich sein Bruder ungehalten.

„Ich bin's. Magnus."

„Was willst du denn um diese Uhrzeit?"

Im Hintergrund glaubte Magnus ein neckisches Kichern zu hören, woraufhin er genervt die Stirn runzelte. „Gib mir bitte die Nummer von Linnea Olsson. Die hast du doch, oder?"

„Vielleicht ..."

„Das ist kein Witz, Malte. Ich brauche sie. Sofort!"

„Wow, du hast es aber eilig. Brennt's irgendwo? Hast du mit Linnea was laufen?"

„Deine Sorgen möchte ich haben."

„Also nicht. Was willst du dann von ihr?"

„Malte! Es ist dringend!"

„Okay, okay."

Linneas Nummer landete unter Siljas auf dem alten Umschlag. Bevor er allerdings zu später Stunde die Olssons belästigte und möglicherweise beunruhigte, rief Magnus ein weiteres Mal Siljas Mobiltelefon an – jedoch, wie befürchtet, ohne Erfolg.

Während des darauffolgenden, nun unvermeidlichen Telefonats mit Linnea versuchte er einerseits, einigermaßen entspannt zu klingen, andererseits aber möglichst genau zu erfahren, wann und weshalb Silja das

Fest verlassen hatte. Nebenbei packte er einen Rucksack und suchte ein Seil, eine feste Jacke und zwei Taschenlampen zusammen, denn ihm war während des Gesprächs mit Linnea ein Gedanke gekommen …

Kapitel 17 – Silja

Siljas Verzweiflung war zwischenzeitlich ohnmächtiger Wut auf sich selbst gewichen und nach einer Weile, in der sie auf dem glitschigen Felsen kaum vorwärtsgekommen war, in blanke Panik umgeschlagen.

Zum einen ließ jeder Blitz ihr das Blut in den Adern gefrieren und sie presste sich so flach auf den nassen Boden, wie sie nur konnte, um dem Unwetter möglichst wenig Angriffsfläche zu bieten.

Zum anderen gab es keinerlei Fortschritte zu verzeichnen, was das Erreichen der Treppe betraf.

Und schließlich war sie mittlerweile so vollständig durchweicht, dass sie sich hundeelend fühlte.

Der Sturm wehte in einem fort über sie hinweg und auch wenn der Stoff ihres Kleides unmöglich noch nasser werden konnte und sich längst nicht mehr von ihrer kalten Haut abhob, so jagte ihr trotzdem jeder neue Windstoß einen mächtigen Schauder über den Körper.

Ihre Haare klebten an Kopf und Nacken und alles an ihr fühlte sich blutleer und taub an. Dazu schmerzte ihr Knöchel noch immer, obwohl das in ihrer miserablen Verfassung kaum einen Unterschied zu machen schien.

Nie im Leben hatte Silja so gefroren, wie an diesem Abend und nie hatte sie eine solche Angst gehabt.

Ihre Zähne schlugen inzwischen permanent unkontrolliert aufeinander. Sie zog die Beine an und rollte sich auf den Rücken, um die Arme um die Knie und ihren unterkühlten Oberkörper zu schlingen, in der Hoffnung, sich selbst zu wärmen. Ihre klammen Finger und Hände versagten ihr dabei fast den Dienst, während sie verzweifelt versuchte, sich warm zu rubbeln.

Wie lange mochte das Gewitter mit voller Wucht über ihr toben, bevor es endlich weiterzog?

Und was würde danach geschehen?

Die Bewohner und Besucher Fjällbackas hatten sich sicher längst in Häusern oder Autos in Sicherheit gebracht. Niemand wäre so verrückt, vor dem nächsten Tag auf den Vetteberg zu steigen. Und niemand würde sie vermissen, da Linnea sie längst in ihrem Bett wähnte.

Um Hilfe rufen konnte sie hier oben, so oft und so laut sie wollte, ohne zu irgendwem durchzudringen. Es war keine Menschenseele in der Nähe, die sie zu hören vermochte. So viel war klar.

Und ihr Mobiltelefon hatte den Sturz nicht überlebt, weshalb es ihr nicht dienlich sein würde.

Eine Lampe, mit der sie Lichtsignale hätte senden können, die aber vermutlich ohnehin niemand bemerkt hätte, besaß sie auch nicht.

Und alleine schaffte sie es nicht vom Berg hinunter. Das war ihr inzwischen eindringlich bewusst geworden.

Was also tun?

Unter den gegebenen Umständen holte sie sich auf dem Berg mindestens eine Lungenentzündung, wenn nicht gar den Tod.

Hier oben, schutzlos den Naturgewalten ausgeliefert, verschlechterte sich ihr Zustand von Minute zu Minute und die Nacht hatte gerade erst begonnen!

Tränen rannen Siljas Wangen herunter und vermischten sich mit dem Regen. Ihr gesamter Körper bebte vor Kälte. Sie schluchzte auf. Wie hatte sie nur so dumm sein können, im Halbdunkel allein an diesen Ort zu gehen?

Über ihre Unterhaltung mit Magnus hätte sie ebenso gut in dem alten Schaukelstuhl ihres Vaters nachsinnen können.

Im Trockenen.

Im Warmen.

In Sicherheit.

Verzweifelt ließ Silja den Kopf auf den nassen Felsen sinken.

Die Kälteschauder wogten im gleichen Takt über sie hinweg wie siebzig Meter unter ihr die aufgepeitschten Wellen durch das Hafenbecken jagten. Sie zitterte inzwischen völlig unkontrolliert und verkrampfte dabei an Armen und Beinen.

Was würde ihr Vater davon halten, in welche Lage sie sich gebracht hatte? Über ihr voreiliges Mundwerk hatte er manches Mal den Kopf geschüttelt und ihr geraten abzuwarten. Karl Blom hätte niemals gutgeheißen, dass sie Magnus so unbedacht mit ihren Beobachtungen konfrontiert hatte.

Wäre der Tischler nur einen Moment später aufgetaucht!

Sicher hätte Linnea ihr von seinem Zwillingsbruder berichtet. Dann hätte sich das Missverständnis geklärt, ohne dass Magnus je davon erfahren hätte und sie wäre auf dem Fest geblieben, anstatt mutterseelenallein auf den Vetteberg zu steigen.

Silja schluchzte hemmungslos. Die sich stetig steigernde Panik erzeugte eine unkontrollierte Übelkeit, gegen die sie mit Mühe ankämpfte.

Plötzlich, völlig unverhofft, hörte sie etwas, das sich vom steten Heulen des Sturms, dem Prasseln des Regens und den ohrenbetäubenden Donnerschlägen abhob. In weiter Ferne meinte sie, die Andeutung einer menschlichen Stimme vernommen zu haben, was natürlich völlig unmöglich war.

Vermutlich halluzinierte sie bereits vor Kälte.

Als der Wind das schwer einzuordnende Geräusch erneut zu Silja herüberwehte, hob sie ungläubig den Kopf und lauschte angestrengt in die Dunkelheit.

Plötzlich glaubte sie, ihre müden Augen würden ihr einen Streich spielen. Was war das? Hatte dort drüben ein Licht geflackert? Weit entfernt, aber in Bodenhöhe und viel zu schwach, um Teil des Wetterleuchtens zu sein?

Silja blinzelte gegen ihre Tränen und den prasselnden Regen an. Da! Sie hatte es wieder gesehen. Ein schwacher Lichtschein wanderte gemächlich über das Plateau. Er erinnerte sie an die kreisende Diskobeleuchtung, nur war er viel ruhiger und farbloser. Sie stemmte sich hoch, um besser sehen zu können und schrie, so laut sie konnte, um Hilfe.

Blitz und Donner überdeckten ihr Rufen und das schemenhafte Flackern. Hatte sie sich alles bloß eingebildet?

Nein! Ein Stück von ihr entfernt leuchtete der Lichtkegel erneut auf und schwenkte langsam zur Seite. Es musste eine Taschenlampe sein. Wie war das möglich? Niemand wusste, wo sie sich befand!

In der Pause zwischen zwei Donnerschlägen rief Silja erneut um Hilfe.

Daraufhin vernahm sie eine weit entfernte Stimme. Tatsächlich: Es war eine menschliche Stimme! Sie war sich dessen sicher.

Aufgeregt hievte sie ihren Oberkörper mit aller Kraft in die Höhe und schrie: „Hierher! Ich bin hier!"

Ein Blitz veranlasste sie, ein weiteres Mal am Boden Schutz zu suchen. Die schwankende Lichtquelle jedoch, behielt Silja fest im Blick. Immer wieder bewegte sich der Schein in verschiedene Richtungen. Sein Träger schien innezuhalten und das Plateau abzusuchen. So oft, wie möglich, machte sich Silja lautstark bemerkbar. Sie durfte diese Chance, gefunden zu werden, um nichts in der Welt verstreichen lassen!

Der Wind wehte Worte zu ihr herüber.

„Wo bist du?", konnte sie mit Mühe erahnen, bevor das äußere Ende des Lichtstrahls sie streifte.

Sofort richtete sie sich halb auf und winkte.

Hatte man sie gesehen?

„Hier! Hierher!", brüllte sie unter Hochspannung.

Der Schein traf Silja nun mitten ins Gesicht. Geblendet schloss sie die Augen und hob schützend eine Hand. So sah sie ihren herannahenden Retter nicht, obwohl der nächste Blitz die Szene taghell erleuchtete.

„Silja!"

Sie blinzelte dem Näherkommenden entgegen. Auch wenn sie sein Gesicht nicht zu erkennen vermochte, so war ihr seine Stimme sofort vertraut, als er sich über sie beugte und gegen den tosenden Wind anbrüllte: „Bist du verletzt?“

Magnus! Es war Magnus, der sie gefunden hatte. Was um Himmels willen tat er inmitten des Unwetters hier oben?

„Kannst du aufstehen?“

„Nein.“ Sie hatte keine Zeit, die Lage zu analysieren. Nur weg von hier! Was für ein Glück, dass er aufgetaucht war.

„Mein Knöchel“, stöhnte sie.

Er beleuchtete ihren Fuß mit seiner Taschenlampe.

In diesem Moment ließen der Wind und der Regen endlich etwas nach und auch der nächste Donner klang nicht mehr ganz so bedrohlich. Zudem vergingen mehrere Sekunden, nachdem sich der Himmel erhellt hatte.

„Es zieht endlich weiter.“

Magnus Stimme klang angespannt, aber Silja glaubte, auch eine gewisse Erleichterung herauszuhören. Diese war allerdings kein Vergleich zu dem unendlichen Gefühl der Befreiung, das sie selbst, dank seines Erscheinens, verspürte.

„Ich nehme dich huckepack“, sagte er.

Seinen Rucksack schnallte er sich vor den Oberkörper, bevor er Silja half aufzustehen. Sie hielt sich an ihm fest, während er sich umdrehte und vor ihr in die Hocke ging.

Es war schwierig, ihm ihre steifen Arme um den Hals zu legen, doch irgendwie gelang es Silja und Magnus erhob sich behutsam, damit sie nicht abrutschte. Das verletzte Bein stützte er, das andere schlang sie um seinen Bauch.

Vornübergebeugt und mit der Taschenlampe den Boden ausleuchtend ging Magnus langsam los. In wenigen Minuten erreichte er die Treppe, die zuvor gänzlich außerhalb Siljas Reichweite gelegen hatte. Vorsichtig stieg er Stufe für Stufe hinab. An einem Absatz hielt er an die Felswand gelehnt inne und ließ Silja behutsam von seinem Rücken gleiten.

„Setz dich einen Moment dort auf den Felsvorsprung“, keuchte er. „Die Stufen sind so glitschig, dass ich eine Pause brauche. Ich fürchte, sonst könnten wir abrutschen.“

Silja nickte, denn sie war ebenfalls froh über die Unterbrechung. Ihre Arme schienen zentnerschwer zu sein und eine bleierne Müdigkeit übermannte sie.

Kapitel 18 – Magnus

Nach Atem ringend lehnte Magnus neben Silja an den Felsen. Mit Erleichterung stellte er fest, dass die unmittelbare Gefahr durch das Unwetter gebannt war. Der Platzregen hatte sich in ein Nieseln verwandelt, das Gewitter entfernte sich zusehends. Jetzt musste er seine verletzte und völlig durchnässte Nachbarin lediglich sicher die rutschige Holztreppe hinab und zu seinem Auto befördern, das in einer Straße unterhalb der *Kungsklyftan* parkte. Sobald er etwas Kraft geschöpft hatte, hob er Silja wieder auf seinen Rücken und kämpfte sich Treppenabsatz für Treppenabsatz nach unten. Da er seine zweite Hand nun benötigte, um am Geländer Halt zu finden, versuchte Silja ihre Füße vor seiner Taille zu überkreuzen, gleichwohl machte der geschwollene Knöchel dies unmöglich, weshalb sie nur sehr langsam vorankamen.

Die Anspannung, die er bis zu ihrem Auffinden verspürt hatte, war oben auf dem Felsen kurzzeitig einer immensen Erleichterung gewichen. Nun da das Unwetter weiterzog, war Magnus sorgsam darauf bedacht, Silja sicher heimzubringen. Doch zugleich machten sich Fragen in seinem Kopf breit: Weshalb war sie nicht wie angekündigt nach Hause gegangen? Was hatte sie abends allein auf dem Felsplateau gewollt? Und warum war sie bei dem aufziehenden Gewitter nicht rechtzeitig aufgebrochen, um sich in Sicherheit zu bringen? Zu gerne hätte er Silja alle diese Fragen sofort gestellt, aber er brauchte seine gesamte Kraft und Konzentration, um diese Herausforderung zu meistern und überdies war sie wohl kaum in der Verfassung für ein Kreuzverhör. Er musste sich gedulden, bis sie beide im Warmen und in Sicherheit waren.

Sobald sie festen Boden erreicht hatten, konnte Magnus ihren Unterschenkel besser abstützen und schleppte sie weit vornübergebeugt bis zu seinem Auto. Sowie er Silja auf dem Beifahrersitz abgesetzt und angeschnallt hatte, rannte er um den Wagen herum und klemmte sich hinter das Steuer. „Hast du dir noch andere Verletzungen zugezogen – außer am Knöchel?", wollte er hastig wissen.

Silja schüttelte den Kopf.

„Dann werde ich dich jetzt zu mir bringen. Wir fahren morgen ins Krankenhaus, falls nötig, aber zuerst musst du dringend aus den nassen Sachen raus, sonst holst du dir den Tod", entschied Magnus.

Ein Seitenblick verriet ihm, dass Silja viel zu müde und durchgefroren war, um zu widersprechen. Ihr Gesicht hatte eine ungesunde bleiche Färbung angenommen, die schon ins bläuliche spielte. Es war offensichtlich, dass sie unterkühlt war. Sie brauchte dringend trockene Kleidung, ein warmes Bett und ärztliche Versorgung. Er musste sich beeilen, sonst konnte das Ganze übel ausgehen ...

Erschöpft kuschelte sie sich in das Sitzpolster. „Danke", flüsterte sie leise. Während der kurzen Fahrt, sagte sie kein weiteres Wort.

Wenig später parkte Magnus sein Auto vor dem Gartentor, rannte zur Haustür, schloss sie auf, holte Silja aus dem Wagen und beförderte sie ins Haus. Rasch entledigte er sich seiner Stiefel und trug die apathische, junge Frau vorsichtig ins obere Stockwerk. Bevor er sie auf der vorderen Betthälfte ablegte, breitete er auf dem Laken ein riesiges Handtuch aus. Danach befreite er Silja von ihren Schuhen.

„Kannst du dich selbst ausziehen?" Angespannt beobachtete Magnus, wie sie mit ihren klammen Fingern an den Trägern des Kleides herumnestelte.

„Das dauert viel zu lange!" Ungeduldig zerrte er an dem nassen Stoff, bis Silja nur mit ihrer Unterwäsche bekleidet vor ihm lag. Hastig riss er einen warmen Winterpulli aus seinem Schrank, richtete sie halb auf und zog ihr das kuschelige Kleidungsstück über den Kopf.

„Zieh deinen BH aus", befahl er nachdrücklich, trat aber, in Anbetracht ihrer durchgefrorenen Hände, hinter sie und öffnete den Verschluss an ihrem Rücken.

Es kostete Magnus einige Überwindung, die lethargische Silja auszuziehen. Wie würde sie im Nachhinein reagieren? Sie kannten sich kaum, hatten ein nicht übermäßig harmonisches Verhältnis und er hatte sie bereits einmal halbnackt überrascht, was sie nicht allzu gut aufgenommen hatte. Er legte die Stirn in Falten.

Wie in Trance schälte sich Silja unter der schützenden Wolle aus dem Büstenhalter heraus.

Magnus hatte schon mehrfach Bekanntschaft mit Siljas Temperament gemacht. Die Tatsache, dass sie sich willenlos seinen Anordnungen unterwarf und vor seinen Augen entkleidete, war kein gutes Zeichen. Sorge keimte in ihm auf. Eilig warf er den durchnässten BH zu Boden und schob ihre Hände durch die Ärmel seines Strickpullovers, den er anschließend bis zur Taille hinunterzog. Während der gesamten Prozedur hielt er den Blick fest auf ihren Rücken gerichtet. Seine Anwesenheit in einem Moment absoluter Verletzlichkeit fühlte sich falsch an, beinahe übergriffig, obgleich Magnus nur Siljas Wohl im Sinn hatte. Und trotz dass er ebenfalls fror und durchnässt war, rann ihm kalter Schweiß die Stirn herunter.

Behutsam ließ er Silja auf das Kopfkissen sinken. Schnell trat er einige Schritte zurück.

Obwohl das Umziehen viel länger gedauert hatte, als ihm lieb war, war er mit dem Ergebnis zufrieden. Siljas Atem ging gleichmäßig. Zwar hielt sie ihre Augen geschlossen, aber ihre Gesichtsfarbe erschien ihm inzwischen weniger bläulich.

Doch ein Problem blieb: Was sollte er mit ihrem Slip anstellen? Silja konnte nicht warm werden, solange sie dieses klatschnasse Kleidungsstück trug.

Magnus entschied, beide in seinem Haus verfügbaren Decken auf Silja zu legen.

Alsdann befahl er: „Jetzt die Unterhose. Gib sie mir."

Silja machte sich im Delirium unter der Decke zu schaffen, bis sie die Kraft verließ. Magnus trat neben dem Bett von einem Fuß auf den anderen und klappte den Deckenberg schließlich bis zu ihren Knien hoch. So schnell wie möglich zog er den regengetränkten Slip über ihre Unterschenkel. Dabei war er bei aller gebotenen Eile darauf bedacht, den geschwollenen Knöchel möglichst nicht zu berühren. Trotzdem stöhnte Silja hörbar auf, als er in dessen Nähe kam.

Zuletzt deckte Magnus sie vorsichtig vom Kinn bis zu den Zehen zu und verließ danach das Zimmer, um Mads Lind anzurufen, der vor seiner Pensionierung viele Jahre als Hausarzt tätig gewesen war.

In der kurzen Zeit seiner Abwesenheit war Silja eingeschlafen.

Während er wartete, schrieb Magnus zwei kurze Nachrichten an Malin und Linnea. Anschließend schaltete er den Flugmodus seines Mobiltelefons ein, damit Silja nicht durch eingehende Anrufe gestört wurde. Nervös wanderte sein Blick über sie hinweg: Immer auf der Suche nach minimalen Hinweisen, ob sich ihr Zustand verbesserte oder – was der Himmel verhüten mochte – das Gegenteil eintrat.

Bis Mads eintraf und sie untersuchte, wich er nicht von ihrer Seite.

Der Arzt erteilte ihm genaue Instruktionen, wie Siljas Körper behutsam erwärmt werden sollte und betastete vorsichtig das verletzte Fußgelenk.

„Es ist nur gestaucht. Deine Freundin wird eine Weile Schmerzen haben und du wirst ihr beim Aufstehen helfen müssen, aber das kommt bald in Ordnung. Mach dir keine Sorgen! Sie hatte den bestmöglichen Schutzengel!" Mads Lind lächelte Magnus an.

„Silja ist nicht meine Freundin. Sie ist die Cousine meiner Nachbarin und bloß vorübergehend in Fjällbacka. Ich habe keine Ahnung, was sie sich dabei gedacht hat, bei dem Wetter auf den Berg zu steigen."

„Vermutlich war sie schon oben, als es losbrach. Es ist auf jeden Fall ein Segen, dass du sie gefunden hast. Was hast *du* eigentlich dort gemacht?"

„Malin Lundqvist rief mich während des Gewitters an, weil sie Silja nicht erreichen konnte und nach einem Gespräch mit Linnea Olsson, ihrer Arbeitskollegin, habe ich eins und eins zusammengezählt und Silja gesucht. Sie hat wohl ein Faible für unseren Hausberg. Zum Glück hat sie es neulich erwähnt."

„Verstehe. Sie könnte sich jedenfalls keinen besseren Nachbarn wünschen als dich, Magnus." Mit geübten Händen legte Mads einen Salbenstützverband an. Dabei sagte er, ohne aufzublicken: „Koch bitte eine große Kanne Tee für sie. Mit viel Zucker!"

Der Tischler tat, wie ihm geheißen. Als er kurz darauf mit der Thermoskanne und einem Becher zurückkehrte, überprüfte der Arzt erneut Siljas Körpertemperatur.

„Füll wenig Tee in die Tasse und rühr ihn kräftig, damit er abkühlt. Davon flössen wir ihr einige Schlucke ein."

Während er das Getränk umrührte, beobachtete Magnus, wie Mads zum zigsten Mal Siljas Puls und Atmung kontrollierte. Nach einer Weile nickte er zufrieden.

„Du hast sie gerade rechtzeitig gefunden, mein Junge. Es ist bloß eine leichte Unterkühlung. Setz sie bitte auf, denn sie muss regelmäßig trinken."

Behutsam hob Magnus Siljas Oberkörper an, stieg aufs Bett, ließ sich hinter ihr nieder, um sie zu stützen und half dem Landarzt den Becher an Siljas Lippen zu führen. Sie öffnete nur wenig die Augen, schluckte aber mehrfach gehorsam.

„Lass gut sein." Mads stellte den Tee beiseite und Magnus bettete Silja wieder auf das Kopfkissen.

„Ich bleibe noch eine Weile hier, überprüfe ihre Vitalwerte und helfe dir, damit sie regelmäßig trinkt."

Magnus nickte und bot ihm einen Sessel an, den er aus dem Arbeitszimmer geholt hatte.

„Du solltest dich auch umziehen", empfahl Mads.

Erleichtert über diese Möglichkeit verschwand Magnus ins Bad, wo er aus seiner nassen Kleidung schlüpfte und in einen trockenen Jogginganzug stieg. Anschließend ließ er sich am Fußende des Bettes nieder.

So verbrachten sie einige Zeit schweigend an Siljas Seite.

Dank der trockenen Kleidung fühlte sich Magnus besser als zuvor, doch im Halbdunkel seines Schlafzimmers überkam ihn eine plötzliche Erschöpfung. Zwar stand er aufgrund der Ereignisse noch immer unter Strom, aber der mühsame Abstieg über die Treppe und die Anspannung der letzten Stunden machten sich nun, da er zur Ruhe kam, bemerkbar. Gleichzeitig fiel eine ungeheure Last von ihm ab, weil er Silja in Sicherheit wusste. Mit halb geschlossenen Augen beobachtete er Mads, der zum wiederholten Mal ihren Puls kontrollierte.

Schließlich nickte der Arzt zufrieden.

„Ich gehe jetzt. Morgen früh, wenn Silja wach ist, werde ich sie gründlich untersuchen. Bitte überprüfe heute Nacht regelmäßig ihren Puls und die Temperatur."

Magnus nickte.

„Im Notfall rufst du mich an, mein Junge. Egal zu welcher Uhrzeit. Verstanden?"

„Verstanden.“

„Ohne dein Eingreifen hätte ihr Ausflug ein schlimmes Ende nehmen können.“

„Ich weiß.“ Magnus erhob sich.

„Bleib sitzen. Ich finde allein hinaus. Und rubble ihren Kopf ein wenig trocken, falls möglich.“

„Danke, Mads. Ich bin sehr froh, dass du so schnell gekommen bist.“

Nachdem der Arzt sein Haus verlassen hatte, begann Magnus behutsam, ein Handtuch gegen Siljas nasse Haare zu drücken. Angespannt beobachtete er dabei ihren Gesichtsausdruck und die geschlossenen Lider. Da sie keine Reaktion zeigte, wagte er es, mit der kleinstmöglichen Stufe seines Haartrockners ihren Kopf zu föhnen. Dabei achtete er sorgsam auf ihre Mimik. Beim kleinsten Zucken ihrer Wimpern schaltete er das Gerät aus und bedeckte ihr Haar bis zur Stirn und den Schultern mit einem frischen Handtuch.

Die folgende Nacht war die unruhigste in Magnus bisherigem Leben. Nachdem er alles Notwendige erledigt hatte, machte er es sich im Sessel bestmöglich bequem. Dass dieser bei seiner Körperlänge keine komfortable Nachtruhe ermöglichte, verstand sich allerdings von selbst. Das wiederum hatte Magnus durchaus einkalkuliert, denn so konnte er sicher sein, regelmäßig aus seinem Schlummer aufzuschrecken und Siljas Gesundheitszustand überprüfen zu können.

Sie schien von alledem nichts mitzubekommen, sondern schlief lediglich eine Armlänge von ihm entfernt. Gelegentlich stöhnte sie leise auf und begann, sich unruhig hin und her zu wälzen. Immerhin entspannte sie sich unmittelbar, sobald er seine Hand auf ihre Stirn legte oder unter der Decke nach ihren kalten Fingern tastete und diese sanft mit seinen umschloss.

Während der Wache am Krankenbett hatte Magnus reichlich Gelegenheit, im Schein der gedimmten Nachttischlampe Siljas Konturen zu betrachten. Dazu war er bei ihren bisherigen Zusammentreffen nie gekommen, da er meist durch ihre unverblümte, widerborstige Art ihm zu widersprechen, abgelenkt gewesen war. So fiel ihm in diesem Moment ein zweites Mal auf, wie hübsch Malins Cousine war.

Zwar wirkte sie mit dem blau-gelb gestreiften Handtuch rings um ihren Kopf und den unbeweglichen, bleichen Gesichtszügen beinahe wie das Abbild der altägyptischen Sphinx, das in Malins Wohnzimmer hing, doch abgesehen von der Blässe gefiel Magnus sehr, was er sah. Und auch, dass Silja ihm ausnahmsweise kein Kontra geben konnte, kam ihm sehr gelegen. So vertiefte er sich in die Betrachtung ihrer Stirn, der geraden Nase und der wohlgeformten Wangenknochen und unterdrückte innerlich seufzend das Verlangen, mit dem Finger die Konturen von Siljas Kinn entlangzufahren und ohne Grund ihre Haut zu berühren. Stattdessen ballte er beide Hände zu Fäusten und schob sie in die Taschen seiner Jogginghose. Er atmete tief durch. Was war nur los mit ihm?

Derweil er tief in Gedanken versunken, Siljas Gesicht betrachtete, trieb ihn unablässig die Frage um, wie sie überhaupt in diese lebensbedrohliche Lage hatte geraten können. Was hatte sie während des Festes ganz allein auf dem Felsen gewollt?

Je länger er allerdings darüber nachdachte, desto sicherer war er, Siljas unglückseliger Ausflug auf den

Vetteberg unmittelbar nach ihrem Aufeinandertreffen müsse etwas mit dem Missverständnis rund um ihn und Malte zu tun haben.

Zwar fand er, dass ihn keine Schuld an ihrer Fehleinschätzung traf und ebenso, dass Silja weder sein Liebesleben etwas anging noch das seines Bruders, dennoch konnte er sich vorstellen, wie aufgewühlt sie aufgrund des Gesprächs gewesen sein musste. Und sich in einem solchen Gefühlszustand von der Welt zurückzuziehen, fand Magnus absolut nachvollziehbar.

Er selbst suchte schon in weit weniger emotionalen Momenten die Einsamkeit. Und Silja schien seit ihrer Ankunft in seinem Heimatort eine ausgeprägte Vorliebe dafür zu haben, sich in die Nesseln zu setzen und nach einem peinlichen Auftritt das Weite zu suchen.

Genaugenommen wäre all das nicht weiter schlimm gewesen, hätte das Unwetter nicht exakt an diesem Tag und zu dieser Stunde die Küste Fjällbackas heimgesucht.

Doch so war Silja, der die Gefahr offenbar nicht bewusst gewesen war, mitten in ihr Unglück gerannt.

Kapitel 19 – Silja

Silja erwachte am frühen Sonntagmorgen davon, dass ihre Blase sich nachdrücklich bemerkbar machte. Im Halbschlaf nahm sie absonderliche Dinge wahr: die erste Empfindung, die sie durchzuckte, war ein Kältegefühl, das tief aus ihrem Innern zu kommen schien, obwohl sie ... Moment! Was war das für ein Kleidungsstück, das sie trug? Ein Wollpullover mit viel zu langen Ärmeln, die ihre Hände bedeckten?

Das zweite Gefühl, das ihr vernebeltes Gehirn erreichte, kam von ihrem pochenden, schmerzenden Knöchel, der irgendwie verbunden war, was sich unter den gegebenen Umständen recht angenehm anfühlte. Außerdem spürte sie einen Berg aus Decken oder Ähnlichem auf ihrem Körper, die wiederum seitlich eng an sie herangedrückt waren. Darüber hinaus hing ein leicht herber Geruch in der Luft, den Silja in ihrem Dämmerzustand nicht näher zuordnen konnte.

Ihr Kopf fühlte sich leer und bleiern an und ihre Lider verweigerten ihr den Dienst, sobald Silja sie zu öffnen versuchte.

Doch da war noch mehr. Was war das für ein seltsames Gefühl um ihre Körpermitte herum? Langsam tastete sie an ihrer Seite entlang und schrie erschrocken auf. Sie war nackt! Wo war ihr Slip? Entsetzt riss sie die

Augen auf und blickte direkt in das Gesicht von Magnus, der seitlich von ihr saß und sie im Schein einer abgedunkelten Lampe betrachtete.

„Ganz ruhig, Silja“, sagte er mit sanfter Stimme. „Es ist alles in Ordnung. Du bist in Sicherheit!“.

Sie wollte widersprechen, allein ihre Stimme versagte den Dienst. Deshalb räusperte sie sich und krächzte schließlich heiser: „In Sicherheit? Ich habe nichts an!“

Magnus kratzte sich am Kopf. „Kannst du dich nicht an gestern erinnern?“

Erinnern? Woran? Was war das für ein Raum? Malins Schlafzimmer sah anders aus!

Hatte sie mit Magnus geschlafen? Warum tat ihr Fuß so weh? Und weshalb fühlte sie sich, als sei sie unter die Räder eines Lastwagens geraten? Silja wurde heiß und kalt zugleich, eine Gänsehaut überzog ihren gesamten Körper – sogar unter dem dicken Wollpullover. Aber sie war unfähig, die Gedankenfetzen, die durch ihr Gehirn jagten, in Worte zu fassen.

„Versuch dich zu entspannen, Silja.“ Magnus klang, als spräche er mit einem unmündigen Kind. Dabei war sie keines.

Warum, verdammt nochmal, trug sie keine Unterwäsche?

Magnus schien ihr die Verwirrung anzusehen, denn er sagte leise: „Du warst gestern auf dem Vetteberg, Silja. Während des Gewitters. Erinnerst du dich?“

Tatsächlich. Sie erinnerte sich. Es war kalt gewesen. Sehr kalt. Und nass. Darüber hinaus unglaublich beängstigend!

„Du hast dir den Knöchel verstaucht und konntest nicht laufen. Ich habe dich gefunden und nach Hause gebracht."

Nach Hause? Das war nicht ihr Zuhause. Und Malins auch nicht. Er sprach wohl von seinem eigenen.

„Du warst klitschnass und eiskalt, deshalb mussten wir dir alles ausziehen. Aber keine Sorge. Du hast es selbst erledigt – unter der Decke. Ich habe nicht hingesehen."

Sie hatte sich selbst ausgezogen? In seinem Bett? Silja wusste nichts davon. Allein die Tatsache, dass er behauptete, nicht zugesehen zu haben, beruhigte sie ein wenig.

„Unser alter Hausarzt Mads Lind war gestern Abend hier und hat deinen Knöchel untersucht."

Aha. Daher der Verband. Und diese Stimme in ihrem Kopf. Da war die Erinnerung an einen Mann, der ihr Tee gegeben hatte. Das Chaos in Siljas Gehirn begann, sich zu lichten. Magnus' Erklärungen brachten zunehmend Klarheit und ließen die Panik, die ihr die Luft abzuschnüren gedroht hatte, langsam abebben.

„Mads kommt nachher nochmal vorbei. Dann kannst du mit ihm sprechen."

Der Ansatz eines Lächelns zeichnete sich auf Magnus' Gesicht ab. Er sah müde aus. Hatte er in dem Sessel geschlafen? Oder etwa gar nicht, weil sie offenbar sein Bett belegte?

„Ich muss mal …", krächzte Silja. Sie spürte, das Blut in ihre Wangen schießen.

„Oh!" Magnus kratzte sich ein weiteres Mal am Kopf. Offenbar fühlte er sich unbehaglich. Nun, diesbezüglich konnten sie sich die Hände reichen.

„Warte, ich hole ein Duschtuch.“

Hatte er ihr nicht zugehört? Sie musste dringend pinkeln. Zum Duschen fühlte sie sich viel zu schwach. Im Grunde genommen wollte sie das kuschelige Bett gar nicht verlassen. Aber es war ein Notfall!

Doch bevor Silja seine wunderliche Aussage mit ihrer fehlenden Unterhose in Zusammenhang bringen konnte, hatte Magnus bereits, wie angekündigt, ein großes Handtuch besorgt und half ihr, sich aufzusetzen. Während sie noch überlegte, was sie als Nächstes tun sollte, hatte er sie sanft zur Bettkante gedreht und ihre Unterschenkel darüber gehoben. Dabei ging er äußerst umsichtig vor.

„Stell dich auf den gesunden Fuß“, befahl er und schlug die Bettdecke zur Seite, wobei er ihr unverwandt in die Augen sah.

Sie starrte wie hypnotisiert zurück.

Auf ihn gestützt zog sich Silja hoch und er schlang das Handtuch um ihre Hüften, ohne dabei den Blick zu senken. Anschließend hob er sie hoch und trug sie wortlos ins Badezimmer.

Durch den dicken Wollpullover und sein Sweatshirt hindurch spürte Silja seinen Herzschlag. Sein Gesicht war ihrem ganz nah. Magnus’ Atem streifte ihre Wange. Den Ausdruck seiner Augen vermochte sie nicht zu deuten.

Ehe sie sich versah, stellte er Silja direkt vor der Toilette ab.

„Ich warte draußen. Ruf mich, falls dir schwindelig wird“, ließ Magnus verlauten und verschwand ohne ein weiteres Wort.

Silja sank verwirrt auf die Porzellanschüssel. Immer mehr Bruchstücke des vergangenen Abends tauchten vor ihrem inneren Auge auf. Die Erinnerung an das Gewitter, den Regen und die Kälte ließen sie erschaudern. Rückblickend fiel ihr ein, welche Erleichterung sie empfunden hatte, als das scheinbar Unmögliche eingetreten und Magnus erschienen war. Sie besann sich an den schwierigen Abstieg über die nasse Treppe und an die kurze Autofahrt. Zuletzt versuchte sie, sich die Geschehnisse im Haus ins Gedächtnis zu rufen. Lediglich die Ereignisse nach ihrer unmittelbaren Rettung blieben schemenhaft. Wie sie aus ihrer nassen Kleidung gekommen und durch den Arzt untersucht worden war, hatte sie nicht verinnerlicht. Trotzdem gab es keinen Grund an Magnus Darstellung zu zweifeln, denn alles, an das sie sich erinnerte, entsprach seiner Aussage. Und auch eben hatte er sich sehr taktvoll verhalten.

Vorsichtig stand Silja auf, schlang sich das Handtuch um die Hüfte und humpelte zum Waschbecken.

„Ich bin fertig!“, rief sie anschließend und Magnus kam herein.

Ohne ein Wort nahm er sie erneut auf den Arm, was Siljas Puls ein klein wenig in die Höhe schnellen ließ, und trug sie zum Bett zurück. „Wenn du mir sagst, wo ich deine Klamotten finde, hole ich dir ein paar Unterhosen und einen Pyjama oder etwas Ähnliches, bevor Mads wiederkommt.“

Obwohl ihr die Vorstellung, wie Magnus ihre Wäsche durchwühlte, nicht sonderlich behagte, war Silja einverstanden und sank in die Kissen, während er das Haus verließ.

Kapitel 20 – Magnus

Nachdem Magnus Silja die gewünschten Kleidungsstücke gebracht hatte, ließ er sie allein, damit sie sich anziehen konnte. Kurz darauf klingelte Mads Lind an seiner Tür und stattete ihnen den angekündigten Besuch ab.

„Guten Morgen. Na, wie geht es meiner abenteuerlustigen Patientin?"

Silja lächelte schwach. „Es tut mir leid, euch solche Umstände zu verursachen."

„Nicht der Rede wert!", wehrte der Arzt ab. „Der Dank für deine Rettung gebührt ausschließlich diesem jungen Mann hier. Ich bin froh, ein wenig helfen zu können. Aber der wahre Held steht neben mir." Mads klopfte Magnus anerkennend auf die Schulter, was diesem recht unangenehm war, da er ungern im Mittelpunkt stand.

Glücklicherweise hatte der Arzt Besseres zu tun, als Magnus zu huldigen. Stattdessen komplimentierte er ihn aus dem Zimmer, um Silja und ihren Knöchel gründlich zu untersuchen. Anschließend rief er Magnus wieder herein.

„Ich bin ganz zufrieden", sagte er lächelnd. „Silja ist nicht mehr so blass wie heute Nacht und ihr Puls, die Temperatur und die Atmung sind absolut im grünen Bereich."

„Wie steht es um den Knöchel?", erkundigte sich Magnus. „Müssen wir in die Klinik?"

Mads schüttelte den Kopf. „Er ist verstaucht, wie ich bereits sagte. Ich habe einen Kompressionsverband angelegt. Mehr kann man nicht tun, außer dem Fuß für einige Tage absolute Ruhe zu gönnen und ihn so oft wie möglich hoch zu lagern. Falls es Silja guttut, könnt ihr ihn auch ein wenig kühlen. Nicht zu lang wohlgemerkt!"

„Das kriegen wir hin."

„Davon gehe ich aus. Ich schaue heute Abend wieder vorbei. Bis Dienstag oder Mittwoch braucht unsere Patientin absolute Ruhe. Kannst du dich solange um sie kümmern?"

Magnus musterte seinen unfreiwilligen Gast. Silja war die Bitte des Arztes sichtlich unangenehm. Trotzdem sah er keine andere Möglichkeit, als dass sie bei ihm blieb. „Klar. Zwar habe ich einen größeren Auftrag, für den ich in den nächsten Wochen viel in der Werkstatt vorzubereiten habe. Aber ich kann vorerst Büroarbeit machen und mich um Silja kümmern. Für zwei bis drei Tage ist das kein Problem."

Sie öffnete den Mund, um zu widersprechen, doch Mads schnitt ihr das Wort ab.

„Also, abgemacht. Silja bleibt hier und heute Abend zeige ich dir, wie du den Verband fachgerecht anlegst, damit ich nicht so oft vorbeikommen muss. Außerdem erhält sie später eine Thrombosespritze. Vorsichtshalber. Und denkt bitte daran: Absolute Bettruhe und vorerst keine Besucherströme!"

„Vielen Dank, Mads", murmelte Silja erschöpft.

„Keine Ursache. Ich habe übrigens letzte Nacht Linnea Olsson aufgegabelt, die sich große Sorgen um dich gemacht hat. Sie wollte gerade hier klingeln, als ich ging.“

„Oh!“ Silja runzelte die Stirn.

„Ich hatte sie angerufen“, gestand Magnus, „habe ihr aber später geschrieben, dass ich dich gefunden hatte.“

„Nun, ich habe mir gestattet, sie grob in Kenntnis zu setzen. Das war hoffentlich in deinem Sinn. Linnea sagte, sie sei deine Freundin.“

„Das stimmt.“

„Dann ist ja alles gut. Bis später, meine Liebe.“ Der Arzt schloss seine Tasche und ließ sich von Magnus hinunterbegleiten. An der Tür wies er ihn an: „Gezuckerten Tee kann sie weiterhin trinken und zu Mittag sollte sie etwas Leichtes zu sich nehmen. Eine Suppe wäre optimal.“

„Wird erledigt.“

„Weißt du, Magnus, vielleicht tut es dir ganz gut, ein paar Tage nicht in die Werkstatt zu gehen. Du solltest die Zeit nutzen, um zwischendurch selbst etwas auszuspannen.“

„Wir werden sehen …“

„Ich meine das ernst. Sie macht übrigens einen sehr netten Eindruck, falls dir das nicht aufgefallen sein sollte.“

„Wer?“

„Silja natürlich. Wer sonst?“

„Mag sein.“

„Das Leben besteht nicht nur aus Arbeit, Arbeit und noch mehr Arbeit, Magnus. Mit dreißig sollte man auch andere Prioritäten haben.“

„Ich bin neunundzwanzig.“

„Ein gutes Alter für eine Beziehung.“

„Wenn du das sagst …“

„Hör auf einen alten Mann, mein Junge. Die Zeit verrinnt von Jahr zu Jahr schneller und lässt sich nicht zurückdrehen. Genieße deine Jugend. Du musst es ja nicht gleich so übertreiben wie dein Bruder.“ Mads zwinkerte ihm verschwörerisch zu, bevor er sich abwandte. „Ich komme heute Abend gegen sieben wegen der Spritze vorbei“, rief er mit zum Gruß erhobener Hand, bevor er in seinen Wagen stieg und davonfuhr.

Nachdenklich schloss Magnus die Tür. Sein Magen knurrte und er überlegte, wann er zuletzt etwas gegessen hatte. Es war auf dem Frühlingsfest gewesen, das, obwohl es erst zwölf Stunden her war, in weiter Ferne zu liegen schien. So viel war geschehen, seit das Gewitter zum Abbruch des ersten größeren Events des Jahres geführt hatte. Und nun teilte er sein Haus erzwungenermaßen mit Silja, seiner unberechenbaren Nachbarin, von der er noch immer nicht wusste, was von ihr zu halten war. Nur eins konnte er mit Sicherheit sagen: Langweilig wurde es mit ihr nie.

„Hunger?“, fragte er, derweil er sein zweckentfremdetes Schlafzimmer betrat, das binnen einer Nacht zum Krankenlager mutiert war.

„Es tut mir so leid“, erwiderte Silja mit einer schuldbewussten Miene.

„Das ist keine Antwort.“

„Aber es ist mir wahnsinnig peinlich, dir solche Umstände zu machen.“ Sie biss sich auf ihre Unterlippe und folgte jeder seiner Bewegungen mit den Augen.

„Wie es aussieht, können wir beide an der Situation zurzeit wenig ändern. Allerdings habe ich von Mads klare Anweisungen erhalten, dich gut zu versorgen. Würdest du deshalb bitte meine Frage beantworten?"

„Erst wenn du meinen Dank und meine Entschuldigung angenommen hast."

„Ich akzeptiere beides. Was möchtest du essen?"

„Dasselbe wie du."

„Du weißt doch gar nicht, was ich sonntags frühstücke." Verständnislos runzelte Magnus die Stirn. Warum sagte sie nicht einfach, was sie wollte? Mussten Frauen immer um den heißen Brei herumreden?

„Egal. Ich möchte dir auf keinen Fall unnötige Umstände machen. Also ich meine: mehr als ohnehin." Silja rutschte tiefer unter die Bettdecke, während sie ihn weiterhin unverwandt anstarrte.

Auf einen Essenswunsch ihrerseits wartete er allerdings vergeblich.

Magnus überlegte kurz, ob er weiter nachhaken sollte, denn ihre Sturheit ärgerte ihn, entschied sich aber dagegen und verschwand wortlos ins Erdgeschoss. In der Küche kochte er Eier, röstete Toastbrot und brühte Kaffee und Tee auf. Im Anschluss belud er ein Tablett und stieg die Treppe wieder hinauf.

„Bitte, such' dir aus, was du magst, ich esse den Rest."

Zu seinem Erstaunen, verputzte Silja, nachdem er ihr geholfen hatte, sich aufzurichten und sein Kopfkissen in ihren Rücken zu stopfen, ein hartgekochtes Ei und mehrere mit Marmelade bestrichene Brote. Dazu trank sie zwei Tassen gesüßten Tee, wie Mads es ihr geraten hatte.

„Jetzt fühle ich mich besser“, erklärte sie mit einem beinahe niedlichen Lächeln.

Magnus nickte anerkennend. „Für eine Frau langst du ganz schön zu.“

„Was soll das denn heißen?“

„Na, ja. Ich dachte, ihr pickt immer bloß am Essen, um ja nicht zuzunehmen oder so.“

„Ich bin gerade dem Tod entronnen! Da werde ich ja wohl etwas essen dürfen!“

„Sag ich doch.“

„Nein, das hast du nicht gesagt.“

„Klar habe ich das!“

„Es klang wie Kritik.“

„Falsch. Es war ein Kompliment!“

„Ein Kompliment?“ Siljas Blick schwankte zwischen Unglauben und Fassungslosigkeit.

Warum waren Frauen nur so kompliziert? Magnus kratzte sich nachdenklich am Kopf. „Ja, es war pure Anerkennung dafür, dass du nicht so ein Zuckerpüppchen bist.“

„Du hast eine seltsame Art, Komplimente zu verteilen, Magnus Fredriksson.“

„Und du hast scheinbar eine unheilvolle Vorliebe dafür, dich in schwierige Situationen zu manövrieren.“

„Dem kann ich kaum widersprechen ...“ Silja seufzte. „Obwohl ich mich längst entschuldigt habe.“

„Es war ja auch kein Vorwurf, sondern lediglich eine Feststellung.“ Magnus nahm das Tablett und wandte sich ab.

„Isst du gar nichts?“, fragte Silja.

„Ich gehe jetzt in die Küche und frühstücke den Rest.“

„Bleibst du nicht hier?“ Ihre Stimme klang enttäuscht.

Er hielt inne. Warum in aller Welt sollte er in ihrer Gegenwart essen? Noch dazu in seinem eigenen Schlafzimmer, das zurzeit nicht einmal sein Eigen war? „Du brauchst Ruhe, hat Mads gesagt."

„Sicher, aber du wirst ja kaum singend durchs Zimmer tanzen, während du frühstückst."

„Das tue ich gewöhnlich nicht", antwortete Magnus, ohne eine Miene zu verziehen.

„Ich fände es schön, wenn ich dir beim Essen Gesellschaft leisten dürfte, so wie du mir", erklärte Silja und nagelte ihn mit einem entschlossenen Blick fest.

Ihre Augen waren blau mit einer leichten Tendenz ins Gräuliche, wie Magnus in diesem Moment feststellte. Siljas Iris erinnerte ihn an das Meer. Nicht an das Wasser der Nordsee an schönen, sonnigen Tagen, sondern an den Farbton, den es in der kühlen und regnerischen Jahreszeit annahm. Dann nämlich, wenn die Wellen vom Wind nach vorne gepeitscht gegen das Hafenbecken und die vorgelagerten Inseln schlugen. Und mit dieser blaugrauen Einfärbung vermittelte das Meer den Küstenbewohnern einen unmissverständlichen Eindruck seiner Stärke und Unberechenbarkeit.

Genauso unberechenbar wie Silja, dachte Magnus. Die Farbe passte zu ihr – keine Frage.

Er fing ihren Blick auf, der abwartend und bittend auf ihm ruhte. Auch wenn es ihm nicht behagte, seine Gewohnheiten zu durchbrechen und er nicht wusste, worüber sie miteinander sprechen sollten, ließ er sich ungeachtet seines Unmuts mit dem Tablett in den Sessel sinken, in dem er die Nacht verbracht hatte und biss in eines der übrigen Marmeladenbrote.

Silja lächelte, was ihn gleichzeitig freute, wie es ihn
nervös machte. Er würde die Frauen wohl niemals verstehen!

Kapitel 21 – Silja

Vom Bett aus beobachtete Silja Magnus, während er aß.

Obwohl er versuchte, es sich nicht anmerken zu lassen, sah er übernächtigt aus. Die leichten Ringe unterhalb seiner Augen sprachen Bände und in Kombination mit den ungekämmten Haaren sowie den Bartstoppeln, die sich auf Kinn, Oberlippe und Wangen abzeichneten, ließen sie ihn ein bisschen verwegen aussehen.

Im positiven Sinne, wie sie fand, denn zugleich strahlte Magnus eine unerschütterliche Ruhe aus, die ihr ein wohliges Gefühl der Geborgenheit vermittelte, sobald sie ihn ansah.

Wie ein Fels in der Brandung oder der Retter in der Not.

Diese Erkenntnis traf sie völlig unvermittelt und missfiel ihr sehr. Immerhin war er exakt der Mann, der sie ständig dazu verleitete, ihre schlechteste Seite zu zeigen und sich nach Kräften zu blamieren. Was war nur aus ihrem Vorsatz geworden, ihm unter allen Umständen aus dem Weg zu gehen? Stattdessen lag sie nun halbnackt in seinem Bett und ließ sich von ihm umsorgen. Peinlich war das – absolut unerträglich!

Und trotzdem hatte sie dieses schmerzhafte Ziehen in ihrer Magengegend verspürt, als er aufgestanden war, um mit dem Tablett den Raum zu verlassen. Denn egal, wie sehr sie seine Nähe auch verwünschte, so wenig konnte sie umhin, sie gleichzeitig herbeizusehnen. Es war paradox.

Außerdem spukte ihr diese *eine* Frage durch den Kopf, seit sie wieder im Vollbesitz ihrer geistigen Kräfte war und sich von Minute zu Minute besser fühlte. Sie brannte ihr regelrecht unter den Nägeln.

Da sich eine unangenehme Stille auszubreiten drohte, Magnus aber nicht der passende Partner für eine ausgefeilte Small-Talk-Konversation zu sein schien, platzte es förmlich aus Silja heraus: „Du hast mir bisher nicht erzählt, was dich gestern bei dem Unwetter auf den Vetteberg getrieben hat."

Entgeistert hob er den Kopf und sah sie an.

„Warum hast du mich dort oben überhaupt entdeckt? Ich hatte nämlich längst jegliche Hoffnung auf Rettung aufgegeben", bohrte sie weiter.

Bedächtig kaute er zu Ende, schluckte gemächlich herunter und erwiderte endlich: „Malin hatte mich angerufen."

„Malin?" Siljas Gedanken fuhren Achterbahn. „Wieso wusste meine Cousine ...?"

„Sie wusste gar nichts. Woher auch? Sie wollte dich sprechen. Warum, weiß ich nicht. Aber weil du weder mobil noch über das Festnetz erreichbar warst, fürchtete sie, du könntest Fjällbacka klammheimlich verlassen haben, ohne ihr Bescheid zu geben."

Empört richtete sich Silja im Bett auf. „Das würde ich niemals tun!"

Magnus nickte und schob sich den letzten Rest des Brotes in den Mund.

„Das erklärt noch immer nicht, weshalb du auf dem Vetteberg warst", hakte Silja nach, weil sie sich kein bisschen klüger vorkam als zuvor.

Ohne Hast beendete Magnus sein Mahl, studierte Siljas Miene und erklärte schließlich: „Da Malins Haus vollständig unbewohnt aussah, ging ich mit dem Ersatzschlüssel hinüber, klopfte und öffnete letztendlich die Tür, aber du warst nicht da. Danach rief ich Malin zurück."

Silja saß noch immer hochaufgerichtet im Bett. Angespannt lauschte sie seinen Worten.

„Ich versprach ihr, herauszufinden, wo du stecktest und sie gab mir deine Handynummer, unter der du – wie wir beide wissen – nicht erreichbar warst. Schließlich rief ich Linnea an, um sie zu auszufragen, denn am Hafen hatte sie mir erzählt, du seist nach Hause gegangen."

„Woher hattest du Linneas Nummer? Sie sagte mir neulich, ihr würdet euch kaum kennen."

„Stimmt. Aber Malte ist eine verlässliche Adresse, wenn es um die Telefonnummern von Frauen zwischen zwanzig und dreißig geht. Ich nehme an, es gibt wenige zwischen Göteborg und Oslo, deren Kontaktdaten er nicht parat hat." Magnus seufzte.

„Du meine Güte! Hast du ganz Fjällbacka meinetwegen in Aufruhr versetzt?"

„Nicht ganz. Obwohl Linnea natürlich sehr besorgt war. Deshalb habe ich sowohl ihr als auch Malin kurze Infos geschickt, sobald du eingeschlafen warst."

In Siljas Hals bildete sich ein Kloß, den sie umgehend herunterschluckte. „Danke", murmelte sie nur.

Um ihre Rührung zu überspielen, hakte sie schnell nach: „Und woher wusstest du, wo du mich finden würdest? Ich hatte niemandem Bescheid gesagt. Um ehrlich zu sein, war es eine sehr spontane Entscheidung, mir den Sonnenuntergang anzusehen." Silja stockte. Keinesfalls wollte sie Magnus an ihre unangenehme Unterhaltung über seinen Zwillingsbruder erinnern.

Doch, falls ihm diese ebenfalls in den Sinn gekommen war, ging er zumindest taktvoll darüber hinweg. „Während des Telefonats mit Linnea kam mir der Gedanke, du könntest auf dem Felsen sein, weil du ihn mal erwähnt hattest und obwohl es total unwahrscheinlich war, wusste ich, ich würde keine Ruhe finden, bis ich nachgeschaut hatte."

„Und daraufhin bist du trotz des Unwetters auf den Vetteberg gestiegen und hast mich gesucht?" Silja stockte der Atem. Noch nie hatte ein Mensch etwas Derartiges für sie getan.

Magnus zuckte mit den Schultern. „Ich hatte ja keine Wahl. Du warst irgendwo zwischen dem Hafen und Malins Haus verloren gegangen und aus deinen Erzählungen wusste ich, wie gerne du dort oben bist."

„Jetzt nicht mehr." Fröstelnd schlang Silja die Arme um ihren Oberkörper.

„Du solltest dich hinlegen", mahnte Magnus und zog ihr, kaum, dass sie der Aufforderung gefolgt war, die Bettdecke bis zum Kinn. Für Bruchteile von Sekunden streifte er dabei mit der Hand ihr Gesicht. Ein aufregendes Prickeln überzog Siljas Haut. Weshalb reagierte sie auf eine derart harmlose Geste?

„Mads macht mir die Hölle heiß, falls ich nicht gut für dich sorge."

Ein Lächeln huschte über ihr Gesicht. „Aber du sorgst doch fantastisch für mich. Tatsächlich hat sich, seit ich ein Teenager war, niemand mehr derart um mich gekümmert.“

„Vermutlich war es nicht notwendig“, murmelte Magnus und strich sich gedankenverloren über sein von Bartstoppeln übersätes Kinn.

Fasziniert verfolgte Silja seine Handbewegung und unterdrückte den unerklärlichen Drang, ebenfalls mit den Fingerspitzen darüber zu fahren.

Zu ihrem Bedauern erhob er sich. „Ich räume jetzt die Küche auf. Eine Weile wirst du sicher allein zurechtkommen.“

Es war, als habe sie ihn mit ihrer Bemerkung verschreckt. Bedauernd schaute Silja ihrem Retter nach, der durch die Tür verschwand und dessen Schritte sich zügig entfernten.

Kapitel 22 – Linnea

Da Linnea die Versorgung mit Informationen über Siljas Gesundheitszustand durch Magnus als absolut unzureichend empfand, versuchte sie mehrfach ihre Freundin an die Strippe zu bekommen. Dies war wiederum scheinbar unmöglich, weshalb sie schließlich unter den eingegangenen Anrufen Magnus' Nummer herausfischte und ihn persönlich mit seiner mangelnden Kommunikationsfähigkeit konfrontierte.

„Hej! Ich bin's Linnea. Sag mal, wie geht es Silja?"

„Ich habe dir doch geschrieben, dass es ihr gut geht."

„Ist das dein Ernst?"

„Wieso?"

„Ich habe deine Nachricht etwa zwanzigmal gelesen. Sie lautete exakt ,*Silja gefunden. Sicher zuhause*'. Ist das deine Interpretation von ,*Es geht ihr gut*'?"

„Ja, schon."

Linnea ließ ein abgrundtiefes Seufzen hören. „Wäre es eventuell möglich, dir weitere Details zu entlocken?"

„Was willst du denn wissen?"

„Na, alles! Das versteht sich wohl von selbst."

Für einem Moment herrschte Totenstille in der Leitung und Linnea fürchtete schon, Magnus könne aufgelegt haben, doch stattdessen antwortete er: „Deine Freundin muss sich ausruhen. Sie ist gestern oben auf dem Vetteberg ausgerutscht, hat sich den Knöchel verstaucht und war völlig durchnässt und ergo unterkühlt. Mads Lind schaut regelmäßig nach ihr und ich koche ihr Tee und Suppe."

Obwohl sich Linnea im Klaren darüber war, gerade eine ungewöhnlich detaillierte Beschreibung von Magnus erhalten zu haben, für die sie sich tunlichst bedanken sollte, konnte sie nicht umhin, stattdessen fassungslos auszurufen: „Was in aller Welt hat sie *dort oben* gewollt?"

Um weitere Informationen zu erhalten, riss sie sich jedoch zusammen und ergänzte in einem normalen Tonfall: „Entschuldige. Ich kann einfach nicht glauben, dass Silja bei dem Gewitter dort hochgegangen ist. Besonders, da sie sich nicht wohlfühlte und eigentlich nach Hause wollte."

„Über ihre Gründe haben wir nicht gesprochen. Fakt ist, dass es noch nicht gewittert hat, als sie entschied, sich den Sonnenuntergang anzusehen."

„Sie wollte sich den Sonnenuntergang ansehen?" Linnea traute ihren Ohren kaum. „Obwohl sie sagte, es gehe ihr nicht gut? Und am Hafen war das Fest. Den Sonnenuntergang kann sie sich jeden Abend anschauen. Ich verstehe das alles nicht."

„Da wirst du sie selbst fragen müssen. Aber nicht vor Mittwoch oder Donnerstag. Bis dahin hat Mads ihr nämlich absolute Ruhe verordnet."

„Darf ich wenigstens mal kurz vorbeikommen? Nur für fünf Minuten?"

„Kein Besuch!"

„Bitte, Magnus. Du würdest mich nicht mal bemerken."

„Nein.“

„Alternativ könnte ich sie zumindest anrufen.“

„Ihr Telefon ist seit dem Sturz hinüber.“

„Oh! Kannst du mich vielleicht an sie weiterreichen?“

„Nein, denn ich habe genaue Instruktionen erhalten und werde Siljas Gesundheit nicht aufs Spiel setzen.“

„Du bist ja schlimmer als ein Gefängnisaufseher!“

„Ich nehme nicht an, dass du eine Antwort auf diese Aussage erwartest?“

„Tue ich nicht. Bitte leg nicht auf. Wie geht es Siljas Knöchel?“

„Er ist verstaucht. Das sagte ich doch bereits.“

„Und was bedeutet das?“

„Sie muss ihn hochlegen.“

„Und weiter?“

„Wir kühlen ihn regelmäßig.“

Linnea ballte die Fäuste, weil sie Magnus jedes Wort aus der Nase ziehen musste. Glücklicherweise sah er es nicht. „Aber vom Knöchel und der Unterkühlung abgesehen, ist alles okay?“

„Sie schläft viel, isst allerdings erstaunlich gut.“

„Na, immerhin. Sonst noch irgendwelche Informationen für eine besorgte Freundin?“

„Das ist alles.“

„Na, gut. Darf ich dich wieder anrufen, Magnus?“

„Wenn du es für notwendig erachtest ...“

„Allerdings. Drück Silja bitte von mir und gib ihr einen dicken Kuss!“

„Das werde ich auf keinen Fall tun.“

„Im übertragenen Sinne. Grüß sie ganz lieb von mir.“

„Kann ich machen. Hej då, Linnea.“

Die Verbindung wurde gekappt. Sprachlos starrte die junge Frau auf ihr Mobiltelefon.

Wo waren eigentlich die Männer, speziell Magnus, gewesen, als die Mitteilungsfreude und Spontanität verteilt wurden? Vermutlich hatte er zu dem Zeitpunkt gerade in der Abteilung für Präzision und Zuverlässigkeit angestanden. Nicht umsonst eilte ihm in ganz Fjällbacka der Ruf voraus, sehr gute Tischlerarbeiten abzuliefern und die Gewissenhaftigkeit in Person zu sein.

Kapitel 23 – Magnus

Im Laufe des Sonntags stellte Magnus verwundert fest, dass Silja ihm an diesem Tag keinen einzigen Grund zur Klage geboten hatte. Das war ein Novum, das ihn verwirrte.

Über die mittägliche Suppe hatte sie sich ehrlich gefreut und den Teller mit wenig Hilfe brav leer gelöffelt. Davon abgesehen befolgte sie alle Ratschläge, ohne zu murren, versuchte zu schlafen, wenn er sie dazu aufforderte und war die Disziplin in Person.

„Linnea lässt dich herzlich grüßen und im übertragenen Sinne schickt sie dir Umarmungen und Küsse", richtete Magnus Silja aus. Bei der Erwähnung der Intimitäten fühlte er sich leicht unbehaglich, wollte sich aber dennoch möglichst genau an Linneas Botschaft halten.

„Danke!". Ein Strahlen überzog Siljas Gesicht.

Die Erwähnung der Freundin schien ihr deutlich mehr Freude zu bereiten als seine Anwesenheit, wie Magnus ernüchtert feststellte.

„Hast du Linnea getroffen?", wollte sie wissen.

„Nein. Sie rief vorhin an, um sich nach dir zu erkundigen."

„Wie lieb."

Magnus schüttelte das Oberbett auf und deckte Silja anschließend gewissenhaft zu. „Ist dir noch kalt?"

„Kaum.“

„Möchtest du Radio hören?“

Überrascht sah sie ihn an. „Sehr gern! Es ist ziemlich langweilig, nur herumzuliegen.“

„Das kann ich mir vorstellen.“

In seinem Arbeitszimmer förderte Magnus ein tragbares Rundfunkgerät mit Antenne zutage. „Es ist ein altes Modell. Hoffentlich rauscht es nicht zu sehr. Ich stelle es auf den Nachttisch, dann kannst du es selbst bedienen.“

„Vielen Dank.“ Silja beugte sich vor, um einen Blick auf das Gerät zu werfen. Dabei kam sie Magnus sehr nah, der neben dem Bett kniete, wo sich eine Steckdose befand. Mit einem Lächeln folgte sie jeder seiner Bewegungen mit den Augen, was ihn aus der Fassung zu bringen drohte. So schnell wie möglich ergriff er deshalb die Flucht, wobei er etwas von „Büroarbeit“ und „Wäsche waschen“ vor sich hinmurmelte.

Als es gegen Abend klingelte, öffnete Magnus, in der Erwartung Mads Lind zu sehen. Stattdessen stand Lucas Olsson mit einem bemüht höflichen Gesichtsausdruck vor der Tür. Der prächtige Rosenstrauß in seinen Händen erinnerte Magnus an die allgegenwärtigen Werbespots der Blumenläden zum demnächst anstehenden Muttertag und an eine Episode seines Lebens, die er zu verdrängen versuchte ....

Sein Anblick erfreute den Tischler kein bisschen. Trotzdem rang er sich Haltung ab.

„Hej! Ich möchte Silja besuchen. Nur ganz kurz“, erklärte Lucas und schickte sich an, einen Fuß über die Schwelle zu setzen, ohne eine Antwort abzuwarten.

Diesbezüglich hatte er allerdings die Rechnung ohne Magnus gemacht, der ihn um Haupteslänge überragte und allein durch seine breiten Schultern den Eingang vollständig blockierte. Zudem hielt er die Tür mit einer Hand fest, sodass der unangemeldete Besucher nicht passieren konnte.

„Tut mir leid, Lucas. Silja schläft und darf laut ärztlicher Anordnung keinen Besuch empfangen."

„Ich möchte kurz nach ihr sehen. Das wird ja wohl erlaubt sein."

„Wie ich deiner Schwester bereits gesagt habe, ist es das nicht."

Der Blick, den Lucas Olsson ihm daraufhin zuwarf, war kaum dazu angetan, eine tiefgehende Freundschaft zwischen ihnen zu begründen, doch das störte Magnus wenig. Ungerührt und wortlos hielt er Lucas stechenden Augen stand, bis dieser für einen Moment den Kopf senkte und schließlich hervorstieß: „Wehe, du nutzt ihre Situation aus! Lass bloß die Finger von ihr, Fredriksson!"

„Na, na, na! Wer wird denn gleich so aufbrausend werden?", ertönte die Stimme von Mads Lind vom Gartentor her. „Immer mit der Ruhe, meine Herren."

Mit wenigen Schritten eilte er herbei und sah stirnrunzelnd von einem zum anderen.

„Hej, Mads", sagte Magnus ruhig. „Vielleicht könntest du Lucas erklären, dass Silja noch nicht in der Lage ist, Besuch zu empfangen?"

Der pensionierte Arzt nickte. „Das ist wahr. Silja ist sehr angeschlagen und ich habe ihr absolute Ruhe verordnet. Du wirst dich weitere zwei bis drei Tage gedulden müssen. Das habe ich aber deiner Schwester bereits erklärt."

Lucas presste schweigend die Zähne aufeinander, was seine Kiefermuskulatur bedrohlich hervortreten ließ.

„Na, gut", gab er sich schließlich geschlagen. „Würdest du ihr zumindest meine herzlichsten Grüße ausrichten und diese Rosen überreichen?"

Widerstrebend nahm Magnus den zugebenermaßen sehr geschmackvollen und äußerst üppigen Blumenstrauß entgegen, den Lucas ihm hinhielt.

„Natürlich", erwiderte er hölzern. „Vielen Dank."

„Na, dann wollen wir mal", sagte Mads leichthin und schob Magnus vor sich her ins Haus.

Kaum dass die Tür hinter ihnen ins Schloss gefallen war, warf er einen bedauernden Blick auf die Rosen. „So ist das also. Schade! Ich finde, Silja hätte gut zu dir gepasst. Lucas Olsson wirkt immer so verbissen, findest du nicht?"

Magnus schwieg und starrte wortlos auf die Blumen in seiner Hand. Sie Silja an Lucas Stelle zu überreichen, behagte ihm überhaupt nicht. Das letzte Mal, als er einen ähnlich prachtvollen Strauß in Händen gehalten hatte, war er mehr enttäuscht und gedemütigt worden, als er sich je hätte vorstellen können: Die Rosen und den Verlobungsring im Gepäck war er vor knapp sechs Jahren leise in Ingers Wohnung geschlichen, um ihr einen Antrag zu machen – lächelnd und voller Zuversicht, dass sie „Ja" sagen würde. Bei der Erinnerung daran, wie ihm der Strauß aus der Hand geglitten war, als er sie mit Malte im Bett erwischt hatte, überkam ihn noch immer Übelkeit.

Blumen als Symbol der Zuneigung hatte Magnus seither aus seinem Leben verbannt. Und nun sollte ausgerechnet er den Liebesboten spielen? Zumal ihm Lucas nicht einmal sonderlich sympathisch war.

Und Silja? Sie irritierte ihn unablässig, aber sie imponierte ihm auch. Wie sie, ohne mit der Wimper zu zucken, kompetent und schnell den Reifen gewechselt hatte ... Das Bild von der jungen Frau, die ohne zu zögern losgelegt, und sich keinen Deut dafür interessiert hatte, wie sie in ihren abgewetzten Kleidern und mit ihrem verschwitzten und verschmutzten Gesicht auf ihn wirken musste, hatte sich tief in sein Gedächtnis gebrannt. Immer, wenn er seither an Silja dachte, kam ihm zuerst diese Szene in den Sinn.

Nach seiner Einschätzung passte sie gar nicht zu Lucas. Sie war praktisch veranlagt und hatte in ihrem Leben schon einige traurige Erfahrungen machen müssen. Vielleicht waren ihre Anflüge von Widerborstigkeit der Tatsache geschuldet, dass sie viel zu früh erwachsen werden und Verantwortung übernehmen musste?

Silja war keins dieser Püppchen, die Männer wie Lucas und Malte aufgrund ihrer schnellen Autos, Motorräder oder Boote anhimmelte. Und obwohl sie ausgesprochen hübsch war, schienen schicke Kleider und aufwendiges Make-Up in ihrem Leben keine Rolle zu spielen. Silja war einfach sie selbst und dafür zollte ihr Magnus Respekt.

Nachdenklich rieb er sich mit der Hand über das stoppelige Kinn.

„Du solltest eine Vase suchen." Der Arzt klopfte ihm sanft auf die Schulter. „Ich schaue derweil nach unserer Patientin. Hat sie etwas gegessen?"

Magnus bemühte sich, die verstörenden Gefühle, die das Grünzeug und Silja bei ihm auslösten, abzuschütteln. „Wie ein Scheunendrescher", erklärte er gedankenverloren.

„Das hört man gern!" Lachend stieg Mads die Treppe hinauf.

Nachdem Magnus die florale Pracht notdürftig im erstbesten Gefäß mit passendem Durchmesser untergebracht hatte, stellte er die Blumen zunächst in der Diele ab.

In der folgenden Viertelstunde lernte er unter Mads fachkundiger Aufsicht, einen Stützverband anzulegen. Anschließend entfernte er sich diskret, während der Arzt Silja die Thrombosespritze verpasste. „Das muss man aushalten, sofern man zur Untätigkeit verdammt ist, meine Liebe!", hörte er Mads durch die offene Tür sagen. „Aber tröste dich: Bei Magnus professioneller Pflege bist du sicher im Nullkommanichts wieder auf den Beinen und damit mich und meine lästigen Spritzen los."

Silja lachte. „Ich bin selbst schuld. In der Dämmerung auf dem Felsen herumzulaufen, war keine gute Idee."

„Durch Schaden wird man klug", erwiderte Mads weise und packte seine Tasche. „Ab sofort komme ich lediglich abends vorbei, um dich zu spritzen. Den Rest schafft Magnus allein. Und ich denke, spätestens am Mittwoch kannst du aufstehen."

Magnus, der jedes Wort verfolgt hatte, trat wieder ins Zimmer.

„Ein großes Kompliment an unseren Tischler", sagte Mads lächelnd. „Ich habe nichts zu beanstanden. Silja macht sehr gute Fortschritte."

„Das liegt nicht an mir", wehrte Magnus ab.

„Oh, doch, mein Lieber. Ich bin mir sicher: Falls dir deine Bretter irgendwann zu langweilig sein sollten, könntest du jederzeit in einem medizinischen Beruf arbeiten, so gewissenhaft wie du bist."

Bevor er ging, wandte sich der Arzt um. „Hej då, Silja. Sobald du wieder fit bist, solltest du deinem Retter mal eine ganz dicke Umarmung verpassen. Er hat es verdient."

Peinlich berührt schaute Magnus zur Seite. Aus den Augenwinkeln nahm er trotzdem wahr, wie Silja errötete. Kein Wunder, wenn Mads solche unpassenden Sprüche klopfte. Zumal sie ja offensichtlich frisch in Lucas verliebt war. Warum auch immer. Magnus fand nichts Anziehendes an Linneas Bruder. Allerdings sah er ihn auch nicht aus der Perspektive einer Frau. Was wusste er schon von der wahren Liebe!

Nachdem der Arzt gegangen war, räumte Magnus im Erdgeschoss auf. Dabei gerieten die Blumen unablässig in sein Sichtfeld, doch er fühlte sich noch nicht bereit, sie Silja zu überreichen, besonders nach Mads taktloser Bemerkung.

Schließlich konnte er aber nicht länger umhin, als hinaufzugehen und nahm die Rosen mit.

„Die hat Lucas Olsson vorbeigebracht", erklärte er zögernd, als er neben dem Bett stand. „Und ich soll dich von ihm grüßen." Während er den Strauß, der in Ermangelung einer Vase in einem ausgespülten Leimeimer Quartier bezogen hatte, auf den Nachttisch stellte, beobachtete er Siljas Reaktion. Wie nicht anders zu erwarten gewesen war, riss sie beim Anblick des geschmackvollen Arrangements die Augen auf. Der Name ihres Verehrers trieb ihr erneut die Röte ins Gesicht. Frisch verliebt also. Na, großartig!

Magnus ärgerte sich, weil er zugeben musste, wie ihn das wurmte. Dabei ging ihn Siljas Liebesleben ebenso wenig an, wie sie das seines Bruders. Niemand war hier irgendjemandem Rechenschaft schuldig und das war auch gut so. Eine Ausrede murmelnd verließ er eilig den Raum.

Kapitel 24 – Silja

Verwirrt und leicht gereizt starrte Silja nach Magnus überstürztem Abgang auf die prachtvollen Rosen. Für den Bruchteil einer Sekunde hatte ihr der Atem gestockt, als er sie hereingetragen hatte. Sobald er dagegen zu sprechen begann, war die Ernüchterung über sie gekommen wie ein Schwall eiskaltes Wasser. Tatsächlich zitterte sie beinahe wie in der vorangegangenen Nacht. Warum, vermochte sie sich selbst kaum zu erklären.

Neutral betrachtet waren die Blumen äußerst edel. Wer auch immer sie arrangiert hatte, verstand sein Handwerk. Doch ihre Herkunft behagte Silja nicht. Weshalb schenkte ihr Lucas Olsson nach *einem* gemeinsamen Ausflug solch prächtige Rosen, die jeden Außenstehenden denken lassen musste, sie seien verlobt?

Nach ihrem Empfinden war dieser Strauß kein selbstloses Genesungsgeschenk, sondern eine glasklare Besitzerklärung. Ob Magnus das auch so interpretiert haben mochte?

Silja musste sich eingestehen, dass ihr allein der Gedanke die Zornesröte ins Gesicht trieb. Sie wollte nicht, dass irgendjemand eine Verbindung zwischen ihr und Lucas herstellte – am allerwenigsten Magnus. Aber warum scherte sie eigentlich, was er dachte? Aus welchem

Grund störte es sie bei ihm so viel mehr als bei allen anderen?

Sie grübelte. Dabei ließ sie sich tief ins Kissen sinken
und starrte die weißgetünchte Holzdecke des Schlafzimmers an.

In Fjällbacka wohnte sie nur vorübergehend. Im
Grunde genommen konnte es ihr gänzlich gleichgültig
sein, was die Bewohner des Ortes von ihr dachten. Magnus bildete da keine Ausnahme. Sobald sie endgültig
entschieden hatte, was sie mit ihrem Leben anstellen
wollte, würde sie ihn vermutlich nie wieder sehen. Und
nach all den Blamagen war das auch definitiv besser so.

Eine Frage trieb sie allerdings um: Warum löste das
Wissen, dass ihre Wege sich bald für immer trennen
würden, einen derart mächtigen Kloß in ihrer Kehle
aus, der ihr schier den Atem nahm?

Und weshalb schien allein der Gedanke daran, sie mit
aller Macht zu Boden zu drücken, als drohe einer der
Felsblöcke, die über der *Kungsklyftan* schwebten, auf
sie zu stürzen und sie zu zermalmen?

Seit diesem Morgen hatte sich Silja beständig besser
gefühlt. Jede Hilfestellung durch Magnus hatte zu ihrer
Genesung beigetragen. Die ermutigenden Worte des
Arztes, die wohlige Wärme der Bettdecken und die
himmlische Ruhe taten ihr Übriges. Mit jeder Stunde,
die verstrich, schien das Leben, das sie auf so leichtfertige Weise aufs Spiel gesetzt hatte, in ihren Körper zurückzukehren. Und sie war dankbar dafür. Besonderen
Dank empfand sie gegenüber Magnus, der sie gerettet
hatte und nun völlig selbstlos und uneigennützig ver

sorgte, der für sie kochte und seine Arbeit hintenan-
stellte und der ihr sein Bett überließ, während er selbst
im Sessel übernachtete.

Siljas Blick wanderte von den Blumen zur Türöffnung, durch die Lärm aus der Küche heraufdrang. Als
ihr klar wurde, dass sie Magnus Bett mehrere weitere
Tage mit Beschlag belegen würde, stellten sich die feinen Härchen in ihrem Nacken und auf ihren Armen
auf. Ein Gefühl von Schuld bemächtigte sich ihrer. Wo
mochte er währenddessen schlafen? Ein Gästebett
hatte sie bei ihm bisher nicht gesehen. Aber er konnte
unmöglich eine weitere Nacht in dem Sessel verbringen.

Ob sie ihn fragen sollte?

Magnus war allerdings kein übermäßig gesprächiger
Typ.

Würde er ihr überhaupt antworten?

Und noch etwas quälte Silja: Ihre Arbeitsstelle! Keine
zwei Wochen war es her, dass Ebba sie bis zu den Sommerferien eingestellt hatte und nun fiel sie vermutlich
eine ganze Woche lang aus. Was sollten Linnea, Heli
und Ingrid von ihr denken? Wie würden die Kinder
und Eltern reagieren?

„Abendessen!" Schwungvoll betrat ihr Retter in eben
diesem Moment das Schlafzimmer. Mit dem Tablett im
Arm blieb er mitten im Raum stehen. Sein Blick ruhte
gedankenverloren auf dem von Lucas Rosen belagerten
Nachttisch.

„Gib es mir." Es kostete Silja Kraft, sich ohne seine
Hilfe aufzusetzen, doch beim zweiten Versuch, gelang
es ihr.

„Du sollst dich nicht anstrengen", tadelte Magnus.

„Geht schon", wiegelte Silja ab und griff nach dem Tablett, während Magnus sich mit den Rosen suchend im Kreis drehte.

Schließlich stellte er sie auf die Kommode neben der Tür. „Dort kannst du sie gut sehen", meinte er in einem beinahe entschuldigenden Tonfall.

Silja nickte. Der Anblick trug mitnichten zu ihrem Wohlbefinden bei, aber das konnte sie auf keinen Fall laut aussprechen, denn Magnus sollte sie nicht zusätzlich zu allem Schlechten, was er über sie dachte, für undankbar oder übermäßig wählerisch halten.

Deshalb beschloss sie kurzerhand, das Thema zu wechseln. „Wo schläfst du eigentlich heute Nacht?"

Während sie mit einem schlechten Gewissen seiner Antwort entgegenfieberte, bemühte sie sich, ihr wachsendes Unbehagen herunterzuschlucken.

„Auf dem Sofa wahrscheinlich", antwortete Magnus mit einer lapidaren Handbewegung Richtung Treppe.

Die Art, wie er die Relevanz dieser Frage herunterspielte, vergrößerte Siljas Beklommenheit um ein Vielfaches. Offenbar hatte er sich bisher nicht einmal ernsthafte Gedanken über sein heutiges Nachtlager gemacht, dabei war der Abend schon fortgeschritten und sie würde sein breites, bequemes Bett für weitere zwei bis drei Nächte blockieren, sofern sie die Anweisungen des Arztes befolgte.

„Ich könnte ...", setzte Silja zaghaft an.

„Vergiss es!"

„Du weißt doch gar nicht, was ich sagen wollte!", empörte sie sich. Eine Welle von Trotz durchflutete sie. Musste er sie ständig wie ein Kind behandeln?

„Das ist nicht dein Problem."

„Aber meine Schuld!“

Magnus lachte rau. Etwas unwirsch fuhr er sich durch die kurzen, dunkelblonden Haare. „Hier geht es um deine Gesundheit. Mach dir um mich keine Sorgen. Ich habe schon auf Autositzen und Fußböden geschlafen.“

„Nicht meinetwegen!“

„Du bist genauso stur und kratzbürstig wie deine Cousine Malin. Es besteht absolut kein Zweifel über eure Verwandtschaft.“

„Und das aus dem Mund des größten Dickschädels aller Zeiten!“

„Wann war ich bitte ein Dickschädel?“

„Immer! Seit dem Tag unseres ersten Zusammentreffens.“

„Wer hat sich denn mit Nachdruck geweigert, mein widerrechtlich annektiertes Badezimmer zu verlassen?“

„Und wer hat ohne Erlaubnis meine persönlichen Sachen durchwühlt, weil er sich unverschämterweise im Recht dazu wähnte?“

„Ich sicher nicht.“

Ruckartig setzte Silja zu einer Armbewegung an, die das Tablett auf ihrem Schoss gefährlich ins Wanken brachte. Geistesgegenwärtig hielt sie es fest. „Oh, doch!“

Anklagend richtete sie den Zeigefinger ihrer freien Hand auf Magnus, was sie allerdings beinahe aus dem Gleichgewicht und das Abendessen endgültig ins Rutschen brachte.

Mit zwei Schritten war Magnus bei ihr und rettete das Tablett vor dem freien Fall.

„Das hast du nun von deiner Uneinsichtigkeit. Mads hat dir ausdrücklich Ruhe verordnet, also halt dich gefälligst daran.“

Silja richtete sich auf. „Ich lasse mir von dir nicht vorschreiben, was ich zu tun oder zu lassen habe!“

„Ebenso wenig lasse ich falsche Beschuldigungen gegen mich im Raum stehen. Ich habe deine Sachen nicht durchwühlt, sondern lediglich in Malins Haus hinübergeschleppt.“

„Woher wusstest du dann, wie viele Bücher ich besitze?“

„Weil sich einer deiner tonnenschweren Kartons beim Absetzen geöffnet hat.“

Silja nahm jeden Zentimeter seines Gesichtes sorgsam unter die Lupe. Er wirkte absolut integer. „Es war wirklich keine Absicht?“, hakte sie nach.

„Natürlich nicht. Für wen hältst du mich?“

Erschöpft über den Disput sank Silja, soweit das Tablett es zuließ, auf das Kopfkissen zurück und schloss die Augen. „Wenn ich das nur wüsste …“

Zu ihrem Entsetzen klang seine Stimme plötzlich ganz nah, als er leise anmerkte: „Menschen, die sich versehentlich in fremden Häuser einquartieren, sollten auch mit den Fehlern anderer nachsichtig sein.“

Silja blinzelte ins Licht und sah Magnus an, der sich über sie und das Tablett gebeugt hatte und so greifbar war, wie selten zuvor. Sie schluckte. „Auf jeden Fall bist du der nachtragendste Mensch, den ich kenne. Wie oft willst du mir die Verwechslung eigentlich noch vorhalten?“, fragte sie müde.

Überraschenderweise verzogen sich seine Lippen zu einem spöttischen Lächeln, was ihren Puls beschleunigte.

„Merkst du eigentlich nicht, wieviel Spaß es mir macht, dich damit aufzuziehen, Silja?“

Magnus Augen blitzten für einen kurzen Moment belustigt auf und sie spürte seinen warmen Atem ihre Wange streifen, bevor er sich langsam wieder aufrichtete. Ihr heftig pochendes Herz schien für kurze Zeit stillzustehen, bevor es sich allmählich beruhigte. Silja vergaß vor Schreck über die körperliche Wirkung, die er in ihr auslöste, beinahe zu atmen. Was um Himmels willen ging hier vor sich?

Kapitel 25 – Magnus

„Damit du dich ausruhen kannst, werde ich mir jetzt deinen Vorschlag zu Herzen nehmen und ein Ersatzbett suchen", verkündete Magnus betont munter. „Irgendwelche Einwände, gnädige Frau?"

Silja schüttelte den Kopf.

Eilig verließ Magnus das Schlafzimmer. Er wurde wirklich nicht schlau aus ihr. Manchmal war sie beinahe unwiderstehlich, so wie vor wenigen Sekunden, als er ihr so unerhört nah gekommen war. Er wusste selbst nicht, was in ihn gefahren war, sich direkt über sie zu beugen, während er sie neckte. Kaum dass er ihren überraschten Blick bemerkt hatte, sah er sich nämlich mit dem Problem konfrontiert, mit aller Kraft der Versuchung zu widerstehen, diesen Moment bis in alle Ewigkeit auszudehnen. Kein kluger Schachzug! Zumal er wusste, dass sie vergeben war.

Überdies kam sie ihm meist vor, wie die halsstarrigste Kratzbürste der ganzen Welt.

Warum konnte sie nicht ein einziges Mal akzeptieren, was er sagte, anstatt in offene Rebellion auszubrechen?

Noch dazu ständig diese unbegründeten Anschuldigungen gegen seine Person.

Hatte er vorhin wirklich ernsthaft gedacht, sie habe sich durch das Ereignis des Vorabends in ein pflegeleichtes Geschöpf verwandelt, das seine Unterstützung dankbar annahm?

Welch ein Irrtum!

Er konnte es kaum erwarten, bis Silja endlich in Malins Haus zurückkehrte und ihn nicht länger von der Arbeit abhielt.

Grimmig nickte Magnus mit dem Kopf. Oh, ja! Er hatte wahrlich genug Sinnvolleres zu tun und seine Kunden wussten seinen Einsatz stets zu schätzen.

Während Malte sein männliches Ego aus permanent wechselnden Frauengeschichten nährte, erhielt er selbst regelmäßig Wertschätzung für seine Arbeit. Und im Gegensatz zu Maltes kurzlebigen Affären, waren seine Werke von Dauer.

Verwundert über sich selbst kratzte sich Magnus am Kopf. Seit wann verglich er sein Leben mit dem seines Bruders? Sie hatten außer ihrem äußeren Erscheinungsbild rein gar nichts gemein.

Im Gegenteil: Malte war wie ein Schmetterling, der von Blüte zu Blüte flatterte und nie sesshaft wurde.

Er hingegen lebte sein beständiges Leben mit einem Eigenheim, einer Werkstatt, dem ständig wachsenden, sehr zufriedenen Kundenstamm und stets zu wenig Tagesstunden, um alles zu bewältigen, was auf seiner Agenda stand.

Im Vergleich zu Malte war er eher wie ein Elefant: Sein Leben verlief auf den immergleichen Pfaden, er war stark und geduldig, hatte im Gegensatz zu seinem Bruder einen ausgeprägten Gemeinschaftssinn und ein gutes Gedächtnis, was dazu führte, dass er auch ein wenig nachtragend war. In Bezug auf Maltes Vergehen sogar mehr als das: Dessen Vertrauensbruch konnte Magnus partout nicht vergessen. Doch sofern er das Kapitel „Inger" außen vor ließ, hatte er ein sehr erfülltes Dasein!

Mitten in diese gewichtigen Gedanken hinein platzte Malin, die sich telefonisch nach dem Wohlbefinden ihrer Cousine erkundigte und ebenso wie Linnea genau wissen wollte, was vorgefallen war.

„Hej, Magnus! Hur är läget?" (Wie ist die Lage?)

„Allt under kontroll!", erwiderte er wahrheitsgemäß. (Alles unter Kontrolle!)

Damit gab sich seine Nachbarin natürlich nicht zufrieden und so wiederholte Magnus, was er schon Lucas Schwester berichtet hatte.

„Du musst dir keine Sorgen machen, Malin. Bis Mittwoch ist Silja wieder ganz die Alte. Das sagt auch Mads Lind."

„Wer?"

„Der pensionierte Landarzt. Er kommt täglich vorbei und sieht nach ihr."

„Ich glaube, ich habe dir bisher gar nicht sagen können, wie dankbar ich dir bin, Magnus."

Der Tischler schwieg verblüfft. Eine friedliche, wertschätzende Malin? Es geschahen noch Zeichen und Wunder. Er wusste nicht so recht, was er antworten sollte und brummte deshalb nur: „Das ist doch selbstverständlich. Wann kommst du eigentlich heim?"

Malin lachte. „Vermisst du mich etwa?"

„Na ja." Magnus Gehirn rotierte, um eine passende Antwort zu finden. „Es wäre sicher gut für Silja, jemanden in ihrer Nähe zu haben", erwiderte er schließlich.

„Sehr diplomatisch ausgedrückt."

Magnus schwieg.

„Weißt du, mein Auftrag hier in Dänemark ist so gut wie erledigt, wobei ich ursprünglich darüber nachgedacht hatte, meine Rückreise etwas hinauszuzögern."

„Warum das?"

„Nenn mich hinterhältig, wenn du willst, aber ich hoffte, je länger ich fortbliebe, desto heimischer würde sich Silja in Fjällbacka fühlen. Dann bliebe sie mit etwas Glück auf Dauer in meiner Nähe und das fände ich cool. Denn wir standen uns als Kinder sehr nah und ich möchte in dieser schwierigen Zeit unbedingt für sie da sein. Sie ist beinahe wie eine Schwester für mich, weißt du?"

„Vielleicht reist sie einfach ab, falls du deine Rückfahrt zu lange hinauszögerst", wandte Magnus ein.

„Nein! Sie hat versprochen, mindestens so lange zu bleiben, bis wir ein paar Ausflüge unternommen haben."

„Du bist intrigant!", stellte Magnus fest, schmunzelte allerdings insgeheim über Malins Taktik. „Aufgrund ihrer derzeitigen Verfassung musst du dir keine Sorgen machen, dass sie Hals über Kopf verschwinden könnte. Silja wird noch eine Weile Ruhe brauchen. Außerdem hat sie doch einen Arbeitsvertrag mit Ebba Holmgren, oder?"

„Stimmt auch wieder. Wie es scheint, steht meiner Rückkehr nichts mehr im Wege", verkündete Malin vergnügt. „Ein paar Tage wird es allerdings dauern, bis ich dich mit meiner Anwesenheit erfreuen kann."

Nachdem Malin lachend aufgelegt hatte, holte sich Magnus etwas zu trinken. Eigentlich klang seine Nachbarin ganz nett. Zumindest auf die Entfernung. Solange sie lediglich sporadisch aus Dänemark anrief, konnte man erstaunlich gut mit ihr auskommen. Magnus überlegte, ob Siljas Cousine möglicherweise nicht ganz so anstrengend war, wie er immer angenommen hatte.

Derart positiv gestimmt, rieb er sich unternehmungslustig die Hände. Jetzt galt es lediglich, das eigene Bett zurückzuerobern, damit er ausreichend Schlaf bekam.

In Vorfreude auf diesen Moment richtete er sich auf dem Sofa eine provisorische Übernachtungsmöglichkeit. Auch wenn er zuvor Silja gegenüber getönt hatte, es sei ihm völlig gleichgültig, wo er schlafe, so entsprach das nicht ganz der Wahrheit. Die Zeiten, in denen er im Sommer am Strand einer Schäreninsel oder auf der Rückbank eines Transporters genächtigt hatte, waren längst vorbei.

Wer hart arbeitete, brauchte erholsame Ruhephasen. Aber das musste Silja nicht wissen, denn je mehr sie sich entspannte, desto schneller konnte sie wieder selbst für sich sorgen.

Deshalb beschloss Magnus, sie – völlig ungeachtet ihrer Aufmüpfigkeit – in den nächsten Tagen nach Strich und Faden zu verwöhnen, damit sie spätestens am Mittwoch in der bestmöglichen Verfassung sein Haus verlassen würde.

Gedankenverloren starrte er auf das für seine Körperlänge viel zu kurze Sofa. Zwei Tage und drei Nächte noch, das ließ sich aushalten und danach würde er wie gewohnt schalten und walten können.

Er würde Silja in den nächsten Tagen jeden Wunsch von den Lippen ablesen. Das sollte ihre Genesung mit Sicherheit vorantreiben. Im Geiste klopfte er sich für diesen Plan selbst auf die Schulter.

Um das Tablett abzuholen und nach seinem Gast zu sehen, kehrte Magnus schließlich ins Obergeschoss zurück, wo er Silja schlafend in seinem Bett vorfand. Für einen Moment betrachtete er an den Türrahmen gelehnt ihre entspannten Gesichtszüge. Sie so friedlich daliegen zu sehen, erwärmte Magnus Herz. Behutsam trat er an ihre Seite, rückte fürsorglich die Bettdecke zurecht und schaltete das Licht aus. Danach schlich er aus dem Zimmer.

Kapitel 26 – Silja

Am Montag erwachte Silja gut erholt und staunte nicht schlecht über Magnus zuvorkommende Art. Obwohl zu keinem Zeitpunkt Anlass zur Klage bestanden hatte, so war das Frühstück an diesem Tag üppiger als sonst, er brachte ihr die aktuelle Tageszeitung, schüttelte, während sie im Bad war, gründlich ihr Bett auf und strich die Laken glatt, lüftete das Zimmer, brachte ihr in schönster Regelmäßigkeit Kühlakkus für ihren Knöchel und war überaus aufmerksam und fürsorglich.

Sie begann sich zu fragen, was seine Laune derart beflügelt haben mochte.

Als er sich zum dritten Mal erkundigte, ob es ihr gutgehe, erwiderte sie deshalb: „Es ging mir nie besser, aber du kommst doch so überhaupt nicht zum Arbeiten. Wolltest du nicht heute Bürosachen erledigen?"

„Genau. Das mache ich jetzt. Du kannst ja derweil lesen, was auf der Welt so vor sich geht."

Silja nickte und schlug die überregionale Tageszeitung *Göteborgs-Posten* auf, die Magnus ihr gebracht hatte. Eine Weile las sie hochkonzentriert, bis ihre Arme schwer wurden. Sie rollte vom Rücken auf die Seite. Dabei vollführte sie eine unbedachte Bewegung, die ihr Knöchel übelnahm. Darüber hinaus erschwerte die neue Position das Lesen des unhandlichen Formats deutlich. Deshalb versuchte Silja es im Sitzen, gab jedoch schließlich frustriert auf, schaltete das Radio ein und starrte für eine endlose halbe Stunde seufzend unter die Zimmerdecke. Deren Holzmaserung kannte sie inzwischen zur Genüge, aber ihr Mobiltelefon hatte bei dem Sturz den Geist aufgegeben und einen Fernseher gab es in Magnus Schlafzimmer nicht. Linksseitig stand das Bett direkt an der weißgestrichenen Außenwand und am Fußende gab es ein Fenster, das einen Ausblick in den Nachbargarten bot. Über Eck befand sich Magnus Kleiderschrank und an der Tür eine Kommode. Des Weiteren gab es den Nachttisch, der rechts von ihr das Radio und den Wecker beherbergte. All das hatte Silja bereits stundenlang betrachtet und hätte sein Schlafzimmer mit geschlossenen Augen im Detail beschreiben können. Wie sollte sie sich bloß die Zeit vertreiben?

Ihr Elternhaus kam ihr in den Sinn und Siljas Herz wurde schwer. Hatte Lennart alle übrigen persönlichen Dinge in der Zwischenzeit herausgeschafft? War es ihr gelungen, in den zwei Tagen mit Malin wirklich alles zu finden, woran ihr Herz hing? Jetzt, da sie zur Untätigkeit verdammt war, juckte es Silja in den Fingern, nach *Skåne län* zurückzukehren. Auch wenn sie inzwischen Malins Einschätzung teilte, dass sie dort nicht allein leben sollte, so wollte sie doch ein letztes Mal durch das Haus streifen und ihrem Vater auf diese Weise nah sein. Auch zum Grab ihrer Eltern zog es Silja in diesem Moment. Wurde es nicht Zeit, es zu bepflanzen? Jetzt da der Frühling endgültig Einzug hielt?

Für eine Weile versank sie in Melancholie. Mit eisernem Griff hielt die Trauer sie fest und ließ keine positiven Gedanken zu. Doch dann entkam Silja dem Trübsal, indem sie die letzten Tage und Stunden Revue passieren ließ. Sobald sie sich in Erinnerung rief, welches Glück sie hatte, dank Magnus nach ihrem unfreiwilligen Abenteuer auf dem Weg der Besserung zu sein, begann sie sich leichter zu fühlen.

Als er nach einer kleinen Ewigkeit wieder vorbeischaute, um sich zu erkundigen: „Kann ich irgendetwas für dich tun?“, freute sich Silja beinahe genauso sehr, ihn zu sehen, wie zwei Tage zuvor auf dem Vetteberg.

„Mir ist sterbenslangweilig!“, verkündete sie mit einem bemitleidenswerten Gesichtsausdruck.

„Oh!“ Magnus knetete ratlos sein Kinn.

Wie Silja feststellte, hatte er noch immer keine Zeit gefunden, sich zu rasieren, aber der sprießende Drei-Tage-Bart ließ ihn männlicher wirken, als seine Größe und arbeitsbedingte Muskulatur es ohnehin vermittelten und das gefiel ihr zunehmend gut.

„Magst du dich zu mir setzen?“, bat sie, um zu verhindern, dass er, irgendeine Aufgabe brummend, gleich wieder verschwinden würde.

Magnus runzelte die Stirn. Er schien widersprechen zu wollen, nickte überraschenderweise aber und nahm im Sessel neben dem Bett Platz.

„Soll ich dir aus der Zeitung vorlesen?“, fragte er.

Silja traute ihren Ohren kaum. „Das ist ja ein cooler Vorschlag. Allerdings fühle ich mich inzwischen bestens informiert, was in Schweden und dem Rest der Welt so passiert ist.“ Lächelnd deutete sie auf das Radio.

„Hm“, brummte Magnus daraufhin.

„Hast du etwas anderes zu lesen?“, fragte sie schnell, damit er nicht gleich wieder davonlief.

„Fachzeitschriften für Tischler.“

„Na ja“, meinte Silja gedehnt. „Die sind bestimmt für Laien eher uninteressant, oder?“

„Das fürchte ich allerdings auch …“

„Besitzt du keine Bücher?“

„Oh, doch! Thriller! Und Science-Fiction.“

„Sonst nichts?“

„Russische Literatur …“

„Okay.“ Hoffnungsvoll setzte sich Silja auf.

„ … auf Russisch!“

„Was?“ Sie musterte ihn überrascht. „Du kannst Russisch?“

„Hab mal angefangen, es zu lernen“, gab er zu.

Silja lachte. „Vielleicht wäre es besser, du würdest mir eines meiner Bücher holen.“

„Sag bloß, du erteilst mir die Freigabe, deine Kartons zu durchwühlen.“ Magnus Stimme klang ein wenig spöttisch, was Silja ihm nicht verübeln konnte.

„Lieber nicht. Die habe ich bislang selbst nicht durchgesehen. Aber vielleicht bringst du mir mein Lieblingsbuch. Es liegt drüben bei Malin im Schlafzimmer …“

„Dein Lieblingsbuch? Was könnte das wohl sein?“

Silja lächelte. „Mein Vater hat es mir zum fünfzehnten Geburtstag geschenkt. Seither lese ich es immer, wenn ich krank bin.“

„Okay. Wenn du möchtest, gehe ich rüber, hole die Post rein, gieße Malins Privatdschungel und bringe es dir.“

„Danke.“

Sobald Magnus leise das Zimmer verließ, kuschelte sich Silja unter die Decke und döste wenige Minuten später ein. Die Zeitungslektüre hatte sie mehr gefordert, als sie es für möglich gehalten hatte. Sie schlief beinahe eine halbe Stunde lang, wie die Digitalanzeige des Weckers auf dem Nachttisch ihr verriet, sobald sie wieder erwachte. Auf der Treppe erklangen Magnus Schritte und kurz darauf erschien sein Kopf in der Türöffnung.

„Hast du das Buch gefunden?", erkundigte sich Silja.

„Meinst du dieses? *Stolz und* …", Magnus warf einen Blick auf das Cover. „*Stolz und Vorurteil?*"

„Ja, genau. Es ist mein absolutes Lieblingsbuch von Jane Austen."

Magnus händigte ihr das abgegriffene Geschenk ihres Vaters aus. Dabei trafen sich ihre Finger und eine Gänsehaut überzog Siljas Arm.

Seine Hand zuckte zurück und er blieb unschlüssig neben dem Bett stehen.

„Kann ich sonst noch etwas für dich tun?"

„Du willst es mir nicht vorlesen, oder?"

Er kratzte sich am Kopf. „Ich glaube nicht, dass ich der Richtige bin, um dir einen … äh … einen Liebesroman oder anderes gefühlsduseliges Zeugs vorzulesen. Thriller sind, ehrlich gesagt, eher mein Genre. Oder spannende Krimis."

„Diese Geschichte ist so viel mehr als ein Liebesroman …" Bittend sah Silja zu ihm auf, woraufhin er sich mit einem kaum hörbaren Seufzer auf dem Sessel niederließ, aufgrund der zunehmenden Dämmerung die Nachtischlampe anschaltete und den Roman aufschlug.

Sobald er zu lesen begann, schloss Silja die Augen und lauschte mit klopfendem Herzen den ersten Sätzen ihrer Lieblingsgeschichte, die sie noch nie aus dem Mund eines Mannes vernommen hatte. Magnus tiefe, ruhige Stimme eignete sich hervorragend zum Vorlesen, wie ihr nach wenigen Abschnitten klar wurde. Ein entspanntes Lächeln breitete sich auf Siljas Gesicht aus und ein leiser Seufzer entrang sich ihrer Kehle.

„Du schläfst jetzt aber nicht ein, oder?", fragte Magnus irritiert.

„Natürlich nicht!" Empört hob Silja den Kopf. „Ich genieße es, dir zuzuhören."

„Wirklich? Ich bin eigentlich kein großer Vorleser."

„Das sehe ich anders. Du hast eine wahnsinnig schöne Stimme. Und du liest sehr gut."

„Na ja." Mit einem undefinierbaren Gesichtsausdruck rutschte Magnus auf dem Sessel in eine andere Position, bis er sich schließlich erneut in die Lektüre des Klassikers vertiefte, und Silja mit seiner klangvollen Art zu lesen, in eine andere Welt entführte.

Während sie den wohlbekannten Worten lauschte, kuschelte sie sich behaglich in die Kissen und ein gelöstes Lächeln breitete sich auf ihrem Gesicht aus.

Kapitel 27 – Magnus

Magnus genoss das Vorlesen weit weniger als Silja das Zuhören. Andererseits nahm er jedes Mal, wenn er von ihrem Lieblingsbuch aufblickte, ihre entspannte Miene wahr und musste sich eingestehen, dass es ihm gefiel, sie so zu sehen. Weil Silja glücklich wirkte, seitdem er ihr vorlas, hielt er länger durch als ursprünglich geplant. Schließlich hatte er aber genug von den Liebeleien der Bennet-Schwestern, weshalb er das Buch zur Seite legte.

„Gefällt es dir?", wollte Silja umgehend wissen.

„Hm", brummte Magnus nichtssagend. „Die Hälfte der Leute ist entweder sehr arrogant oder heillos naiv. Ich hoffe, diese Elisabeth verliebt sich nicht in den snobistischen Darcy."

Silja lachte laut heraus. „Doch! Genau das tut sie."

„Versteh' einer euch Frauen." Der Tischler stand auf und schob den Sessel zur Seite. „Hast du Hunger?"

„Ein bisschen."

„Wenn du wieder auf die Beine kommen willst, solltest du ab sofort feste Nahrung zu dir nehmen", erklärte Magnus. „Ich werde jetzt etwas Anständiges kochen. Immer Suppe – das hält ja kein Mensch aus."

„Aye, aye, Sir." Silja salutierte, was er mit einem Grinsen quittierte.

Pfeifend stieg er die Treppe hinab und durchstöberte seinen Kühlschrank und die Vorräte. Nach einer kurzen Zwiesprache mit seinem knurrenden Magen beschloss er, dass ihm am Ende eines langen Tages als Krankenpfleger mit aufgezwungener Liebesromanlektüre der Sinn nach schlichter heimischer Hausmannskost stand. Schnell suchte er Töpfe und Pfannen zusammen und begann, in der Küche zu werkeln.

Als er schließlich mit dem dampfenden Essen ins Schlafzimmer trat, schreckte Silja aus dem Halbschlaf hoch.

„Schaffst du es, dich allein hinzusetzen?", fragte Magnus.

Sie nickte und stopfte sich ein Kopfkissen in den Rücken.

„Das riecht lecker. Ich muss in einem Fünf-Sterne-Restaurant gelandet sein."

„Es gibt eines meiner Lieblingsgerichte: *Köttbullar* mit Kartoffelpüree, Sahnesauce und Preiselbeer-Kompott", erklärte Magnus und stellte das Tablett mit dem Teller und einem Wasserglas vorsichtig auf der Bettdecke ab.

„Sieht toll aus", lobte Silja, „und ich esse gerne Fleischbällchen, bloß ist es viel zu viel!"

„Das schaffst du schon", erklärte Magnus und wandte sich zum Gehen.

„Falls du ein zweites Tablett hast, könnten wir gemeinsam essen", schlug Silja munter vor.

Diese Idee behagte Magnus zwar nicht übermäßig. Allerdings verstand er, dass sie es inzwischen leid war, ständig auf die Decke und die Wände seines Schlafzimmers zu starren und deshalb beim Abendessen sogar lieber mit ihm vorliebnahm, als gar keine Gesellschaft zu haben.

Um nicht ungastlich zu erscheinen, verwarf er die verlockende Vorstellung, sich mit seiner Portion unten vor dem Fernseher niederzulassen und trabte stattdessen gehorsam in die Küche, um ein zweites Tablett hervorzukramen.

Während er sich wieder zu Silja gesellte, überlegte er fieberhaft, worüber sie sich unterhalten könnten. Mit seiner Arbeit wollte er sie keinesfalls langweilen, aber sein Erfahrungsschatz in Bezug auf Gespräche mit den weiblichen Einwohnern Fjällbackas beschränkte sich größtenteils auf die Planung ihrer Küchen- oder Wohnzimmereinrichtung. Während er krampfhaft nach einem passenden Thema suchte, fiel sein Blick auf Jane Austens Klassiker.

„Da ich dieses Buch ganz sicher nicht zu Ende lesen werde, verrat mir ruhig, warum sie sich auf diesen Snob einlässt."

„Er ist gar kein Snob", erwiderte Silja kauend. „Er wirkt nur so. Alle halbwegs romantisch veranlagten Frauen träumen von Mister Darcy, denn er entpuppt sich als wahrer Gentleman und Held der Geschichte."

„Womit wir ein weiteres Mal bei dem Punkt angelangt wären, dass ich euch niemals verstehen werde."

„Falls es dich wirklich interessiert: Er entwickelt sich im Laufe der Zeit sehr positiv, gesteht seine Fehler ein und erweist Elisabeth einen wahren Liebesdienst. Wenn du mehr wissen willst, musst du die Geschichte selbst lesen."

„Sehe ich aus wie jemand, der an chronischer Langeweile leidet?"

„Im Gegenteil. Ich finde aber – und mit dieser Meinung stehe ich keineswegs allein da –, dass du es mit deiner Arbeitswut übertreibst.“

„Ich bin nun mal der einzige Tischler hier. Die Leute verlassen sich auf mich.“

„Sie würden es auch verstehen, wenn du dir einen regelmäßigen Feierabend gönnen würdest. Du kochst übrigens sehr gut.“

„Danke!“

„Warum gehst du nicht mal aus?“

„Mit wem denn? Mit einer der abgelegten Freundinnen meines Bruders? Oder mit deiner chaotischen Cousine?“, erkundigte sich Magnus spöttisch.

„Malin ist nicht chaotisch, sondern kreativ. Eine Künstlerin durch und durch. Ein wahrer Freigeist!“

„Ist das die neue Umschreibung für konfus und kopflos?“

„Hast du jemals ihre Fotos gesehen? Sie sind sensationell. Malin versteht ihr Handwerk und verdient zu Recht gutes Geld damit. Genau wie du mit deinen hochwertigen Möbeln.“

„So habe ich das noch nie betrachtet.“

„Ich frage mich, was sie dir getan haben mag, dass du sie so ablehnst.“

„Ich lehne Malin nicht ab ...“

„Doch, das tust du!“

„Sie war vom ersten Tag an völlig unberechenbar. Und ich mag es, wenn alles seine Ordnung hat. Sofern ich so arbeiten würde, wie deine Cousine, brächte ich kein einziges brauchbares Möbelstück zustande.“

„Demnach hältst du mich wohl ebenfalls für total chaotisch?“

„Nachdem du an deinem ersten Tag nackt in meiner Dusche standest, kurz darauf auf Malins Dach herumgeturnt bist, mich mit meinem Bruder verwechselt und mir Vorwürfe wegen seines ausufernden Liebeslebens gemacht hast und ich dich eine halbe Gewitternacht lang suchen und von unserem Felsplateau retten musste? Wie käme ich denn dazu ...?“

„Also: Ja!“ Silja schob das Tablett von sich weg. Auf ihrer Stirn bildete sich eine Zornesfalte und sie kniff verärgert die Augen zusammen. Offenbar hatte sie die Ironie in seiner Stimme überhört, denn sie klang verstimmt, als sie sagte: „Keine Sorge: Spätestens übermorgen ziehe ich zurück in Malins Haus. Ich werde schon klarkommen. Dann herrscht in deinen vier Wänden wieder die himmlische Ruhe und Ordnung, die du so magst und um Malin und mich kannst du einen großen Bogen schlagen.“

„So habe ich das nicht gemeint, Silja.“

„Ich denke schon. Eins aber noch: Nimm bitte zur Kenntnis, dass ich dir für meine Rettung und deine anschließende Hilfsbereitschaft sehr dankbar bin.“

Stirnrunzelnd sah Magnus Silja an. Es wunderte ihn selbst, dass die äußerst verlockende Vorstellung sie loszuwerden, ihm plötzlich gar nicht mehr erstrebenswert erschien. Warum nur versetzte ihn ihre erfreuliche Ankündigung, sein Bett und sein Haus zu räumen, kein bisschen in Hochstimmung? Stattdessen hatte er mit wachsendem Unbehagen ihren Vorwürfen gelauscht.

Gedankenverloren schüttelte Magnus den Kopf. „Das ist nicht nötig.“

„Was soll das jetzt wieder heißen? Gestattest du mir nicht mal, dir zu danken?", erkundigte sich Silja konsterniert.

„Alles, was ich getan habe, war reine Nachbarschaftshilfe. Eine Selbstverständlichkeit sozusagen."

„Weißt du was, Magnus? Du bist ein schrecklicher Spießer und Langweiler, ein Arbeitstier ohne Privatleben und ein miesepetriger Einsiedler, aber egal, wie sehr du dich dagegen auch sträuben magst, ich bin dir unendlich dankbar. Denn du hast mich aus einer schier aussichtslosen Situation befreit. Möglicherweise verdanke ich dir sogar mein Leben. Und deshalb bist du mein Held. Sieh zu, wie du damit klarkommst!"

Mit blitzenden Augen und hochaufgerichtet im Bett sitzend schleuderte Silja ihm diese Worte entgegen. Dabei sah sie aus wie die Reinkarnation einer antiken Rachegöttin auf dem Zenit ihrer Karriere.

Magnus wusste kaum, wie ihm geschah. „Dein Held? So wie dieser Mister Darcy, den alle Frauen lieben?", fragte er verwirrt.

„Nein! *So* ganz sicher nicht!", widersprach Silja heftig, streckte ihm das Tablett entgegen und ließ sich, kaum dass er es ihr abgenommen hatte, der Länge nach auf die Matratze fallen. Mit einer schwungvollen Bewegung drehte sie sich anschließend zur Wand.

Magnus schluckte. Hilflos starrte er auf den ihm demonstrativ zugewandten Rücken. Zitterte Silja etwa? Er wagte nicht, sie anzusprechen. Stattdessen stellte er ihr Essen leise neben die Rosen und trug sein eigenes wortlos hinunter.

In der Küche ließ er sich auf einen Stuhl sinken.

Weshalb gelang es Silja und ihm nicht ein einziges Mal, sich wie zwei erwachsene Menschen zu unterhalten? So schwer konnte ein bisschen Small-Talk unmöglich sein!

Beide Ellenbogen auf den Esstisch gestützt fuhr er sich mehrfach zweifelnd durch die Haare. Im Grunde genommen konnte es ihm gleichgültig sein, ob Silja ihm dankbar war oder nicht. Schließlich lautete sein erklärtes Ziel, sie in spätestens zwei Tagen loszuwerden und sich direkt im Anschluss daran wieder in die Arbeit zu stürzen. Stattdessen fühlte er sich nach jeder Meinungsverschiedenheit mit ihr richtig schlecht und sah ihrem ersehnten Auszug obendrein mit einem undefinierbaren Unbehagen entgegen. Magnus gab sich selbst Rätsel auf.

Während er die Tischplatte anstarrte, als ob sie ihm eine Antwort schulde, erschien Siljas Lächeln vor seinem inneren Auge sowie ihr entspannter Gesichtsausdruck während des Vorlesens. Magnus Herzschlag beschleunigte sich bei dem Gedanken und sein Mund wurde trocken. Plötzlich fielen ihm Lucas Worte ein: *„Wehe, du nutzt ihre Situation aus!"*

In diesem Moment zog sich sein Inneres schmerzhaft zusammen und die Erkenntnis traf ihn wie einen Faustschlag in die Magengrube: Er war dabei, sich zu verlieben! Ausgerechnet in Silja, die ihm ständig Vorwürfe machte und sein gut organisiertes Leben durcheinanderwirbelte. Ein ungläubiges Stöhnen entrang sich seiner Kehle. Wie war es möglich, Gefühle für eine Frau zu entwickeln, die so gegensätzlich war und obendrein bereits vergeben?

„Lass bloß die Finger von ihr, Fredriksson!", hallte Lucas' Stimme in seinem Kopf nach.

Linneas Bruder hatte Recht. Dem war nichts hinzuzufügen.

Im Zeitlupentempo ließ Magnus seinen Kopf auf die Tischplatte sinken. Dabei rief er sich Siljas Worte ins Gedächtnis. Wie hatte sie ihn genannt? *Einen schrecklichen Spießer und Langweiler, ein Arbeitstier ohne Privatleben und einen miesepetrigen Einsiedler.*

Wie wenig sie von ihm hielt, war damit eindeutig belegt. Sein Verstand zog aus dieser Abfuhr die notwendigen Konsequenzen. Dumm nur, dass sein Herz, das aufmüpfige Ding, sich Null dafür zu interessieren schien. „Du mieser Verräter", murmelte Magnus matt und presste seine Stirn gegen die glatte Oberfläche.

Vollständig reglos brütete er über seine Lage, bevor er zuletzt widerstrebend und entgegen Mads Empfehlung beschloss, seinen Kontrahenten um Siljas Herz für den kommenden Tag einzuladen. Wahrscheinlich war Lucas' Anwesenheit für Siljas Genesung dienlicher als seine, denn sie passten nicht zueinander und das galt es zu akzeptieren!

Kapitel 28 – Silja

Unterdessen war Silja ihr vorangegangener Gefühlsausbruch unendlich peinlich. Wie versteinert lag sie in Magnus Bett. Ihre Vorwürfe gegen ihn echoten anklagend in ihrem Inneren. Beinahe schienen die Wände des Zimmers sie ein ums andere Mal auf sie zurückzuwerfen wie quirlige Pingpongbälle. Instinktiv zog Silja den Kopf ein.

Hatte sie sich tatsächlich hinreißen lassen, Magnus zuerst als *„ihren Helden"* zu bezeichnen, um ihn direkt im Anschluss nach allen Regeln der Kunst zu beleidigen? Sie wusste gar nicht, welche ihrer Aussagen sie mehr beschämte.

Jeglicher Appetit war ihr gründlich vergangen und als sie sich schließlich aus der unbequemen Seitenlage auf den Rücken zurückdrehte, verursachte ihr der Anblick des Rosenstraußes Übelkeit.

Der einzige Mann, der augenscheinlich ihre Nähe suchte, löste nichts in ihrem Inneren aus.

Der Mann hingegen, der sich rein gar nichts aus ihr machte, ja, sie sogar lieber heute als morgen loswerden wollte, brachte ihre Emotionen durcheinander wie ein tropischer Wirbelsturm, der mit ungebremster Kraft auf Land traf.

Was hatte dieser Tischler nur an sich, dass er sie ständig aus der Fassung brachte, die schlechteste Version ihrer Selbst zu Tage förderte und sie bei jeder sich bietenden Gelegenheit animierte, ihn vor den Kopf zu stoßen?

Silja zog die Bettdecke bis zum Kinn.

Sie wollte schlafen.

Sie wollte die vorangegangene Unterhaltung vergessen.

Sie wollte *ihn* vergessen.

Doch, was sie auch tat, Magnus beherrschte ihre Gedanken. Seine grünen Augen folgten ihr, egal, wie sehr sie sich wand. Verzweifelt stöhnte Silja auf. „Verschwinde!", zischte sie. Allein Magnus' fiktives Konterfei blieb davon restlos unbeeindruckt.

Mit bis zum Zerreißen gespannten Nerven schlug sich Silja beide Hände vor das Gesicht. Weshalb verfolgte er sie bis in ihr Innerstes?

Was er von Malin und ihr hielt, hatte Magnus unmissverständlich erklärt. Dabei hatte er ihr alle ihre Fehltritte – in der ihm eigenen Gründlichkeit – noch einmal anschaulich bewusst gemacht.

Dass er sie verachtete, war ein offenes Geheimnis.

Am einfachsten erschien es ihr, dieses Gefühl zu erwidern. Wenn sie ihn ebenso geringschätzte, waren sie quitt und konnten in Frieden aneinander vorbei leben, bis sie Fjällbacka im Sommer vermutlich verlassen würde.

Erleichtert seufzte Silja auf. Das war die Lösung: Sie wollte Magnus ebenso verschmähen wie er sie und alles war perfekt.

Unglücklicherweise erschien der unbedingt zu Verachtende in diesem Moment aufs Neue und räusperte sich.

„Ich habe nachgedacht", ließ Magnus schleppend verlauten, „und bin zu dem Schluss gekommen, dass wir zur Beschleunigung deiner Genesung bei einer von Mads Regeln eine Ausnahme machen sollten." Er schluckte.

Irritiert sah Silja ihn an. Welche Vorgabe des Arztes wollte er außer Kraft setzen und wozu? Plante er, sie bereits heute oder morgen in Malins Haus hinüber zu bringen, damit sie sehen konnte, wie sie allein klarkam? Verdient hätte sie es!

„Sicher täte es dir gut, Lucas wiederzusehen", fuhr Magnus stockend fort. „Deshalb werde ich Linnea morgen früh kontaktieren und ihn hierher einladen."

„Nein!", entfuhr es Silja entsetzt.

„Nein?"

„Auf keinen Fall!" Panik durchflutete sie. Linneas Bruder war der letzte Mensch, den sie sehen wollte.

„Aber ..." Magnus kratzte sich verwirrt hinter dem Ohr. „... er ist immerhin dein Mister Darcy, oder etwa nicht?"

„Lucas? Wie kommst du denn darauf?" Vor Schreck drohte sich Siljas Stimme zu überschlagen und mündete schließlich in ein entsetztes Krächzen.

„Na ja, die Rosen ..."

Sie schnaubte wütend. „Ich weiß nicht, warum er mir Rosen schickt. Wir waren genau einmal zusammen mit dem Boot draußen. Zu dritt! Linnea hat uns begleitet."

„Demzufolge bist du nicht mit Lucas zusammen?"

„Natürlich nicht."

„Und auch nicht in ihn verliebt?“

Siljas Herz krampfte sich zusammen. Wie kam er bloß auf den absurden Gedanken, sie habe Gefühle für den sommersprossigen Lucas, den sie kaum kannte?

„Nein. Absolut nicht!“

Sein bestürzter Blick löste den Knoten in Siljas Brust. Der große, gelassene Tischler, ihr gewissenhafter Retter in der Not, schien mit einem Mal völlig aus der Fassung gebracht zu sein. Magnus wirkte in dieser Sekunde heillos überfordert, ja, beinahe verletzlich und das berührte sie zutiefst.

Mit einer ungeheuren Wucht überkam Silja eine Erkenntnis. Sie drohte sie zu überrollen wie das Unwetter zwei Tage zuvor und nahm ihr beinahe die Luft zum Atmen.

Sie hatte sich in diesen Mann verliebt! Nicht in Lucas. Nein, in Magnus!

Das war auch der Grund, weshalb er sie ständig aus der Ruhe brachte. Irgendwann in den vergangenen Tagen musste er sich klammheimlich und von ihr gänzlich unbemerkt in ihr Herz geschlichen haben! Seine Fürsorge, seine Zuverlässigkeit und seine Hilfsbereitschaft hatten ihre Wirkung nicht verfehlt. Deshalb war ihr Puls stets in die Höhe geschnellt, wenn er sie getragen oder sich ihr genähert hatte. Ob dieser Erkenntnis schluckte Silja schwer.

Überwältigt von ihren Gefühlen starrte sie ihn an und senkte schließlich den Kopf, um ihre überbordenden Emotionen zu verbergen. Für den Bruchteil einer Sekunde hatte sie glatt vergessen, wie wenig Magnus im

Gegenzug von ihr hielt. Somit brach die kurzzeitig aufgeflammte Euphorie umgehend in sich zusammen – wie ein Kartenhaus bei einem kräftigen Windstoß.

„Du liebst Lucas nicht?", wiederholte Magnus mit zweifelnder Stimme.

Silja schüttelte heftig den Kopf, wandte sich ihm zu und mit einem Mal platzte es aus ihr heraus: „Ich habe mich in einen anderen verliebt. Leider hat er kein Interesse an mir."

Erschrocken schlug sie sich die Hand vor den Mund. Was hatte sie getan? Ein weiteres Mal war ihr loses Mundwerk mit ihr durchgegangen und hatte sie Dinge ausposaunen lassen, die sie besser für sich behalten hätte.

„Verstehe", murmelte Magnus und starrte sichtlich betreten über sie hinweg auf einen unbestimmten Punkt an der Wand.

Na, großartig – sie war ein Genie!

Nun hatte sie sich ein weiteres Mal blamiert, ihm unnötiges Unbehagen verursacht und darüber hinaus bei ihrem Gastgeber sinnlose Schuldgefühle ausgelöst. Denn man mochte Magnus manches vorwerfen, aber dass sie unglücklich in ihn verliebt war und er diese Gefühle nicht erwiderte, war wirklich nicht seine Schuld. Es war schlicht und ergreifend Pech oder ganz mieses Karma. Und das magisch anzuziehen – wie das Licht die Motten – schien seit jeher Siljas Spezialität zu sein.

Kapitel 29 – Magnus

Magnus Brust hob und senkte sich in einem ungewohnt schnellen Rhythmus. Siljas unerwartetes Geständnis, einen anderen als Lucas zu lieben, brachte ihn völlig aus dem Konzept. Zwar war er erleichtert, dass ihr Herz nicht Linneas Bruder gehörte, aber sie in den Armen eines Unbekannten zu wissen, machte die Situation keinen Deut besser.

Siljas Gespräch am Nachmittag des Festes fiel ihm wieder ein. Dort hatte sie mit einem Mann namens Lennart telefoniert, was sie sehr aufgewühlt zu haben schien. Aber es war müßig, darüber nachzugrübeln. Vermutlich würde er nie herausfinden, wer der Kerl war.

Kurzentschlossen reichte er Silja sein Mobiltelefon.

„Wenn Lucas in deinem Leben keine Rolle spielt, werden wir zumindest Linnea für morgen einladen. Ein kurzer Besuch deiner Freundin schadet sicher nicht. Ich finde, du machst hervorragende Fortschritte und etwas Ablenkung wird dir guttun." Magnus zwang sich zu einem Lächeln.

„Danke." Zweifelnd sah Silja ihn an, doch da er ihr ermunternd zunickte, wählte sie Linneas Nummer.

Wie Magnus beinahe schon befürchtet hatte, gab es für Linnea nach dem Anruf kein Halten mehr. Es verging nicht einmal eine halbe Stunde, bis sie mit einem entschuldigenden Lächeln und einer Packung Pralinen vor seiner Tür stand. Das Wörtchen „morgen“ musste sie geflissentlich überhört haben. Seufzend ließ er sie ein und führte sie ins Obergeschoss.

„Aber nur ganz kurz!“, mahnte er. „Du solltest eigentlich frühestens in ein bis zwei Tagen herkommen.“

„Ich musste mich unbedingt davon überzeugen, wie es Silja geht.“ Mit einem unschuldigen Lächeln zog Linnea die Schultern hoch.

„Verstehe“, murmelte Magnus. „Trotzdem solltest du in einer halben Stunde verschwunden sein. Ich kann nicht riskieren, dass Mads dir bei seiner abendlichen Visite begegnet ...“

Linnea lachte. „Das möchte ich auch nicht riskieren, um ehrlich zu sein.“

Magnus bedeutete ihr, ihm ins Schlafzimmer zu folgen.

„Besuch für dich“, sagte er zu Silja, sobald er den Raum betreten hatte.

Linnea umarmte ihn spontan. „Du bist ein wahrer Schatz, Magnus. Weißt du das? Ich bin dir so dankbar, dass du über deinen Schatten gesprungen bist und ich schon heute herkommen durfte.“

Magnus sah, dass sie es ehrlich meinte, aber eine zweite Frau, die innerhalb so kurzer Zeit ihre Dankbarkeit zum Ausdruck brachte und ihm dabei obendrein um den Hals fiel, war zu viel für den Tischler. Eilig verließ er das Zimmer und zog die Tür hinter sich zu. Mit klopfendem Herzen blieb er an den Rahmen gelehnt stehen.

„Hej, du Wahnsinnige!", hörte er Linnea rufen. „Wie geht es dir?"

Siljas Antwort drang nicht zu ihm durch, dafür Linneas entsetzter Ausruf: „Sind das etwa die Blumen meines Bruders? Oh, Himmel, wie unpassend! Das wirkt ja, als wolle er dir einen Antrag machen."

In diesem Punkt stimmte Magnus mit Linnea überein. Seit er wusste, dass Lucas und Silja kein Paar waren, erschien ihm der prächtige Strauß ebenfalls äußerst deplatziert.

Um die beiden Frauen nicht länger zu belauschen, schlich er auf leisen Sohlen ins Erdgeschoss, wo er erfolglos versuchte, sich auf seinen Bürokram zu konzentrieren.

Eine knappe halbe Stunde gewährte er den Freundinnen, dann allerdings ging er hinauf und klopfte an.

„Herein!", schmetterte Linnea übermütig.

Unsicher steckte Magnus den Kopf durch die Tür. „Es wird langsam Zeit, fürchte ich."

„Du hast Recht." Linnea nickte zustimmend. „Wir haben gar nicht auf die Uhr geachtet. Siljas Geschichte war einfach zu spannend."

„Muss sie wirklich schon gehen?"

Siljas trostlose Miene berührte Magnus und so lenkte er ein.

„Also gut. Noch fünf Minuten!".

Beinahe kam Magnus sich vor wie seine eigene Mutter, wenn Malte und er früher um eine Verschiebung der Schlafenszeit gebettelt hatten. Ein Lächeln umspielte seine Lippen, als er erneut die Tür schloss und mit festen Schritten die Treppe hinunterging.

Kapitel 30 – Linnea

Linnea schaute ihm versonnen nach. „Eigentlich ist er gar nicht so übel, oder? Ich meine, er war am Samstag ziemlich in Sorge um dich."

Silja schwieg.

„Oh, übrigens", fuhr Linnea munter fort. "Ich habe dir außer den Pralinen noch etwas mitgebracht ..." Sie stürzte sich kopfüber in die Tiefen ihrer Umhängetasche und förderte schließlich ein Mobiltelefon zu Tage. „Es ist uralt und hat ein paar Kratzer, aber es funktioniert einwandfrei. Ich dachte, du könntest es vorübergehend nutzen, bis du dir ein neues Handy gekauft hast."

Silja strahlte über das ganze Gesicht. „Das ist ja lieb von dir. Vielen Dank!"

„Komm, wir bringen es gleich zum Laufen. Wo ist dein altes?"

„Dort drüben auf der Kommode."

Mit wenigen Handgriffen steckte Linnea Siljas Sim-Karte um und drückte ihr das Mobiltelefon in die Hand. „Hast du deine Kontakte auf der Karte gespeichert?"

„Klar!"

„Sehr gut! Probiere es aus. Ruf mich an."

Folgsam wählte Silja Linneas Nummer. In ihrer Tasche begann es zu brummen.

„Super! Jetzt können wir wenigstens wieder telefonieren und uns schreiben." Linnea war sehr zufrieden mit sich.

„Erzähl mir bitte, welche Zerstörung das Unwetter vor Ort angerichtet hat. Wie sieht der Garten des Hortes aus?", erkundigte sich Silja.

„Alles in Ordnung. Es gab keine nennenswerten Schäden. Die meisten abgeknickten Äste sind schon beiseite geräumt. Ebbas Mann und ihr Sohn Nils waren bereits rund um den Kinderhort aktiv. Im Hafen gab es lediglich kleinere Schäden an einigen Booten, habe ich gehört. Nichts Dramatisches zum Glück."

Silja seufzte erleichtert.

„Magnus war übrigens ein absolutes Vorbild", schloss Linnea ihren Bericht. „Er packt wirklich überall mit an. Am Samstag war er einer der letzten, die heimgegangen sind."

„Hm", brummte Silja mit gesenktem Kopf.

„Natürlich sprechen momentan alle hauptsächlich davon, wie er dich vom Vetteberg gerettet hat", schwärmte Linnea.

Entsetzt sah Silja auf. „Was heißt: Alle sprechen davon?"

„Na ja, wenn Mads Lind plötzlich bei Magnus ein- und ausgeht, bleibt das den Nachbarn natürlich nicht verborgen ..." Linnea kicherte amüsiert. „Was dachtest du denn?"

„Du meinst, ich bin der Mittelpunkt des Gemeindeklatsches?" Silja schnitt eine Grimasse, woraufhin Linnea laut herauslachte. „Viele wundern sich, warum du nicht rechtzeitig vom Vetteberg herunterkamst, als das Gewitter aufzog. Aber Mads und ich erklären allen, dass dein Sturz dich daran gehindert hat."

„Großartig, jetzt weiß ganz Fjällbacka, was für ein Tollpatsch ihre neue Vorschullehrerin ist."

„Ach, Quatsch. Sowas könnte beinahe jedem passieren. Außerdem gilt Magnus in dem Zusammenhang ohnehin die meiste Aufmerksamkeit. Keiner kann glauben, wie professionell er sich seit Tagen um dich kümmert. Ich meine, wir wissen alle, wie hilfsbereit er ist. Normalerweise lädt er allerdings niemanden zu sich ins Haus ein. Das ist so gar nicht seine Art." Nachdenklich sah Linnea ihre Freundin an.

„Wohl nicht", antwortete diese jedoch einsilbig und drehte kurzzeitig den Kopf zur Wand.

„Ist das alles, was du dazu zu sagen hast? Du hättest bei dem Gewitter umkommen können – oder anschließend an Unterkühlung sterben!" Aufgeregt legte Linnea Silja die Hände auf die Schultern und zwang sie, sich ihr wieder zuzuwenden. „Magnus hat all das verhindert!"

„Ja, natürlich. Dafür bin ich ihm auch unendlich dankbar."

„Das klingt, als hättest du es einstudiert. Immerhin hat er auf dem Felsen sein eigenes Leben riskiert."

„Stimmt", erwiderte Silja.

„Und dass er dich hier einquartiert hat – absolut spontan wohlgemerkt – ist ganz und gar untypisch für ihn."

„Ja." Siljas Stimme klang erschöpft.

Linnea studierte ausgiebig die Gesichtszüge ihrer Freundin. „Entschuldige. Du siehst sehr angeschlagen aus. Ich überfordere dich wahrscheinlich mit meinem

Gequassel und dabei sollte ich überhaupt nicht hier sein, wenn es nach Mads ginge."

Silja nickte stumm.

„Du musst jetzt schlafen", befand Linnea fürsorglich, „denn du wirkst völlig erschöpft und ich zwinge dir hier stundenlange Gespräche auf. Es tut mir so leid."

Zu ihrer Überraschung griff Silja jedoch, als Linnea aufstehen und sich verabschieden wollte, nach ihrem Arm und hielt ihn fest.

„Das ist es nicht", sagte sie leise. „Mir geht es schon viel besser."

„Das glaubt man aber nicht, wenn man dich so sieht." Zweifelnd legte Linnea den Kopf schief. „Ich hoffe, Lucas aufdringliches Geschenk hat dir nicht die Laune vermiest. Das würde ich ihm nämlich sehr übelnehmen!"

„Nein, daran liegt es auch nicht ...", widersprach ihre Freundin matt.

Dessen ungeachtet machte Linnea ihrem Unmut Luft: „Versteh mich nicht falsch: Ich liebe Lucas. Er ist mein großer Bruder. Nur seine verkrampfte Art, um jeden Preis eine Freundin finden zu wollen, hindert ihn daran zu zeigen, was für ein netter Kerl er eigentlich ist."

Silja schwieg.

„Du darfst ihm das bitte nicht nachtragen. Er hat es sicher gut gemeint. Leider besitzt Lucas überhaupt keine Geduld und schießt gelegentlich übers Ziel hinaus." Linnea fuhr mit der Zunge mehrfach über ihre Schneidezähne. Das tat sie manchmal, wenn sie nervös war. Und eine Verstimmung zwischen ihrer neuen Freundin und ihrem Bruder machte sie definitiv nervös.

„Schon gut, ich bin ihm nicht böse." Beschwichtigend legte Silja ihre Hand auf Linneas Unterarm. „Und es geht auch gar nicht um Lucas. Ich bin bloß so erschrocken über mich selbst, weißt du?"

„Weil du dich am Samstag in Schwierigkeiten gebracht hast?"

„Nein, weil ich mich in den falschen Mann verliebt habe ..."

„Du hast dich verliebt?", rief Linnea erstaunt aus.

„Pscht!", zischte Silja. „Bist du verrückt?"

„Entschuldige!", flüsterte Linnea aufgeregt. „Wer ist denn der Glückliche?"

„Tja, das ist das Problem. Als ich es angedeutet habe, war er alles andere als glücklich darüber." Silja seufzte tief.

„Wie meinst du das?" Linnea hatte wieder zu einem normalen Tonfall zurückgefunden, dachte aber nicht mehr im Entferntesten daran, das Krankenbett nach dieser aufregenden Neuigkeit wie versprochen zu verlassen.

„Wie soll ich das wohl meinen? Mir ist klar geworden, dass ich ihn liebe, obwohl ich weiß, dass er mich für eine Nervensäge hält. Keine gute Voraussetzung für eine Beziehung, oder?"

„Wer? Wer hält dich für eine Nervensäge? Nun sag schon!"

„Versprich mir, mit niemandem darüber zu reden."

„Großes Wikingerehrenwort!"

„ ... auch nicht mit Lucas!"

„Ich schwöre es – bei Odins verbliebenem Auge, dem mächtigen Thor und allen anderen Göttern unserer Vorfahren."

„Ich fühle mich kein bisschen ernst genommen“, beschwerte sich Silja.

„Entschuldige!“

„Es ist …“

In diesem Moment klopfte es an der Tür und Magnus Kopf erschien. „Sorry, die Zeit ist um.“

„Oh, Magnus! Du hast ja so recht!“, flötete Linnea, sprang auf und schob ihn kurzerhand aus dem Raum hinaus. „Nur noch eine Minute. Bitte! Wir haben gerade etwas ganz Wichtiges zu besprechen.“

Bevor er die Chance hatte zu protestieren, schlug die Tür bereits vor seiner Nase zu und Linnea hüpfte wie ein aufgeregtes Fohlen auf einer sonnigen Frühlingswiese zu Silja zurück. „*Wer* ist es? Nun sag schon!“ Erwartungsvoll beugte sie sich vor.

„Er.“

„Wer?“

„Na, er.“ Verstohlen deutete Silja auf die Zimmertür.

„Magnus?“ Linneas Ausruf war wohl etwas zu heftig ausgefallen, denn der Genannte drückte sofort erneut die Klinke herunter. „Ja, bitte?“

Silja schüttelte energisch den Kopf.

Linnea sah verwirrt von einem zum anderen. „Äh …“

„Du hast mich gerufen?“

„Ja. Nein. Eigentlich wollte ich sagen, Magnus hat Recht, ich muss jetzt los.“ Während sie aufstand, versuchte Linnea, weitere Informationen aus Siljas Miene abzulesen, die vor Schreck kreidebleich geworden war und sie lediglich verschwörerisch anstarrte.

Magnus trat näher.

„Du meine Güte“, sagte er entsetzt. „Silja sieht völlig fertig aus. Du musst wirklich sofort gehen, Linnea.

Mads dreht mich durch den Fleischwolf, wenn er sie so vorfindet."

An Silja gewandt fuhr er streng fort: „Du solltest ein wenig schlafen. Ruh dich bitte aus."

„Das wird das Beste sein", warf Linnea ein und spähte an ihm vorbei zu ihrer Freundin hinüber, in der Hoffnung noch irgendwelche Zeichen zu erhaschen. Doch die einzige Geste, die sie wahrnahm, war Siljas Hand, die sie aus dem Zimmer zu scheuchen schien und ihr Zeigefinger, den sie, sobald Magnus sich umgedreht hatte, vor ihre Lippen hielt, um Linnea an ihr Versprechen zu erinnern. So verließ diese schweren Herzens und mit einem Dutzend unbeantworteter Fragen, die ihr auf der Seele brannten, am Montagabend Magnus Fredrikssons Haus.

Kapitel 31 – Silja

Erschöpft sank Silja in die Kissen.

Ob es klug gewesen war, Linnea gegenüber mit offenen Karten zu spielen? Hoffentlich behielt sie ihr deprimierendes Geheimnis für sich.

In Bezug auf ihr nächtliches Abenteuer jedenfalls schien Linnea nicht gerade die Verschwiegenheit in Person zu sein. Andererseits ließ sich ein solches Ereignis in einer Kleinstadt wohl kaum unter den Teppich kehren. Hier kannte schließlich jeder jeden und das Unwetter war gewiss auch ohne ihr Zutun seit Tagen *das* Gesprächsthema.

Andererseits bestand die Möglichkeit, dass Linnea, nun da sie von ihren Gefühlen für Magnus wusste, Lucas von seiner Besessenheit für Silja ablenken würde und das käme ihr sehr gelegen. *Ein* verworrenes und unerquickliches Verhältnis zu einem Mann reichte für Siljas Bedürfnisse völlig aus.

Mitten in ihre Überlegungen hinein platzte Magnus, der Linnea hinausbegleitet hatte. „Brauchst du noch etwas?"

„Nein, vielen Dank." Kam es Silja nur so vor oder hörte sich ihre Stimme furchtbar steif an? Sie wusste nicht, wie sie Magnus begegnen sollte, nachdem sie ihre Gefühle offenbart hatte und ihm dies sichtlich unangenehm gewesen war.

Durch das Klingeln von Linneas ausrangiertem Telefon wurde sie aus diesen Gedanken gerissen.

„Du hast ein Handy?", fragte Magnus erstaunt.

„Oh, ja. Das hat Linnea mir mitgebracht. Entschuldige mich kurz."

Silja nahm das Gespräch an. Am anderen Ende der Leitung meldete sich ihr Bruder. „Ich habe mir überlegt, ob du nicht wieder in unser Elternhaus ziehen möchtest, sobald du bei Malin fertig bist", verkündete er unverblümt.

„Wie meinst du das?"

„Nun, ja. Du könntest dich um alles kümmern und mir anteilig Miete zahlen."

„Ach, jetzt auf einmal? Ich dachte, du wolltest es unbedingt verkaufen?", fauchte Silja aufgebracht.

„Bisher hat sich kein ernsthafter Interessent gefunden ..."

„Und warum ziehst du nicht selbst in das Haus und zahlst *mich* aus?"

„Sehe ich so aus, als ob ich in der Provinz vergammeln wollte?"

„Weißt du, Lennart, ich bin gerade nicht in der Stimmung, mit dir zu streiten. Ich denke, wir unterhalten uns ein andermal." Entrüstet über so viel Unverfrorenheit seitens ihres Bruders legte Silja auf.

„Alles in Ordnung?" Magnus sah sie eindringlich an.

„Ja. Ja, alles okay." Silja bemühte sich um ein unverfängliches Lächeln.

Als wollte es sie Lügen strafen, meldete sich das Mobiltelefon erneut zu Wort.

„Jetzt reicht's aber!" Mit einem wütenden Gesichtsausdruck schnauzte Silja: „Was willst du noch?"

„Schau mal, nach Pappas Tod waren wir beide emotional nicht auf der Höhe. Es ist nicht optimal gelaufen zwischen uns.“

„Du findest, es sei nicht optimal gelaufen zwischen uns? Wie wäre es, mal darüber nachzudenken, an wem das gelegen haben könnte?“

„Ich würde mich gerne mit dir versöhnen, Silja. Willst du nicht mal übers Wochenende herkommen, damit wir in Ruhe reden können?“

„Nein, Lennart, ich kann nicht *mal eben* zu dir fahren. Es sind über 400 Kilometer. Falls du dich mit mir aussöhnen möchtest: Schön! Lass uns reden, aber du könntest ja auch nach Fjällbacka kommen. Und jetzt hör bitte auf, mich anzurufen. Ich bin gerade bei einem Bekannten und melde mich in den nächsten Tagen von zuhause aus bei dir, wenn ich nachgedacht habe.“

Genervt schaltete Silja das Telefon aus. Dabei stieg jedoch gleichzeitig ein warmes Gefühl in ihr auf.

Zuhause: Silja ließ dieses Wort nachhallen, das sie gerade im Zusammenhang mit Fjällbacka benutzt hatte.

Zuhause: Das war Zeit ihres Lebens Südschweden gewesen.

Verwundert stellte sie fest, wie sehr sie sich in den vergangenen Wochen gefühlsmäßig von *Skåne län* entfernt hatte. Schneller und weiter als sie es für möglich gehalten hätte.

Und ihr hübscher neuer Wohnort, die atemberaubende Natur, Linneas Freundschaft sowie die netten Kolleginnen im Hort waren nicht die einzigen Gründe dafür. Unauffällig musterte Silja Magnus, der mit einem unbehaglichen Gesichtsausdruck mitten im Zimmer stand. Ihr Gegenüber hatte auch seinen Anteil daran, dass die Westküste sich innerhalb so kurzer Zeit für sie derart heimisch anfühlte. Auch wenn er dies wohl kaum würde hören wollen ...

„Ich geh mal runter, denn Mads sollte jeden Moment eintreffen." Magnus Stimme klang ungewöhnlich rau.

Silja nickte zustimmend und er verließ den Raum.

Obwohl er ihre Gefühle nicht erwiderte, fand sie ihren großgewachsenen Retter mittlerweile äußerst anziehend. Ihr Herz pochte heftig in ihrer Brust, während Tränen der Enttäuschung in ihre Augen traten. Schnell wischte sie sie mit dem Ärmel ihres Pyjamaoberteils fort.

Nicht auszudenken, falls Magnus zurückkehrte und sie so vorfand. Sie musste sich zusammenreißen. Ein bis zwei Tage, dachte sie. Nur noch ein bis zwei Tage mit ihm unter einem Dach ...

Kapitel 32 – Magnus

Schwerfällig stieg Magnus die Stufen hinab.

Schon wieder dieser Lennart! Was wollte er bloß ständig von Silja? Warum ließ er sie nicht in Ruhe?

Magnus musste sich sehr beherrschen, um nicht zurückzugehen, Silja fest in die Arme zu schließen und ihr zu sagen, dass er ihr helfen wolle, von dem Kerl loszukommen. Es war unübersehbar, wie sehr diese unsäglichen Anrufe sie aufwühlten und Magnus wünschte, sie könne einen Schlussstrich unter ihr altes Leben ziehen. Was auch immer sie mit Lennart verband, es quälte sie.

Warum trat er so hartnäckig zurück auf den Plan, nachdem er offenbar ihr gemeinsames Haus längst hatte verkaufen wollen?

Musste er ausgerechnet jetzt eine Versöhnung anstreben?

Und viel wichtiger: War Lennart der Mann, den Silja zu lieben glaubte, der dieses Gefühl jedoch nicht erwiderte?

Magnus war alles andere als erfahren in komplizierten Herzensangelegenheiten, aber er war sich sicher, dass Liebeskummer besser vorüberging, wenn man die Anrufe und Streitereien mit dem Ex-Partner hinter sich ließ.

Warum also musste dieser Lennart mit Macht zurück auf die Bildfläche drängen, nachdem Magnus sich endlich darüber klar geworden war, was Silja ihm bedeutete und sie ihre anfängliche Abneigung gegen ihn verloren zu haben schien?

Mitten in diese selbstzerstörerischen Überlegungen hinein, klingelte Mads Lind an der Tür und Magnus ließ ihn ein.

„Und, wie steht es um unsere Patientin?", erkundigte sich der Arzt gutgelaunt, stockte aber, als er Magnus Miene sah.

„Ich dachte, zwei, drei Tage ohne deine Bretter täten dir mal gut. Leider scheint das Gegenteil der Fall zu sein", konstatierte er betroffen.

Magnus winkte ab. „Gehst du allein hoch? Du weißt ja, wo du Silja findest."

Mit zusammengekniffenen Augen unterzog ihn der Arzt einer ausgiebigen Musterung. Danach verschwand er und Magnus hörte, wie er sich, oben angekommen, freundlich nach Siljas Befinden erkundigte.

Magnus blieb mit einem leicht mulmigen Gefühl im Erdgeschoss zurück. Er hoffte inständig, Silja habe sich in der kurzen Zeit seit Linneas Verschwinden erholt und ihren Besuch Mads gegenüber nicht erwähnt. Denn der Arzt war ein freundlicher Mann, dem zugleich der Ruf vorauseilte, ungehalten zu reagieren, wenn man sich nicht an seine Anweisungen hielt. Die wenigen munteren Wortfetzen, die zu Magnus herunterdrangen, ließen allerdings darauf schließen, dass Mads keinen Verdacht geschöpft hatte.

Schon wenig später tauchte er in der Küche auf.

„Silja sieht sehr müde aus“, verkündete er. „Aber davon abgesehen ist alles Bestens: Den Knöchel scheint sie ebenso vorbildlich geschont wie gekühlt zu haben ...“

Magnus nickte zustimmend.

„ ... und ihre Vitalwerte sind absolut in Ordnung. Ich habe ihr die Spritze gegeben und werde morgen Abend noch einmal vorbeikommen.“

Abwartend sah Magnus ihn an. Würde ihr gemeinsames Abenteuer damit am Mittwoch zu Ende gehen?

„Ab morgen soll sie aufstehen. Ich habe ein Paar Krücken im Wagen, die gebe ich dir gleich.“

Schweigend folgte ihm Magnus zu seinem Auto.

„Hier. Du musst sie lediglich auf Siljas Größe einstellen.“

„Okay und wann kann sie umziehen?“

„Du Ärmster! So wie du aussiehst, schläfst du auf dem Sofa mehr schlecht als recht ...“ Mads klopfte ihm bedauernd auf die Schulter.

„Das auch ...“, gestand Magnus zögerlich.

„Und was plagt dich außerdem? So schwerfällig kenne ich dich gar nicht.“ Prüfend sah Mads ihn an.

„Ich – ähm – ich denke, es ist gut, wenn Silja wieder zu Malin zieht.“ Nervös wuschelte sich Magnus durchs Haar.

„Findest du das Zusammenleben mit einem anderen Menschen so anstrengend? In deinem Alter sollte man kein so eingefleischter Junggeselle sein, Magnus.“

„Das ist es nicht, Mads.“

„Sondern?“

„Es ist irgendwie kompliziert.“

„Jetzt mal raus mit der Sprache, mein Junge!“

Magnus spürte, wie er sich verspannte. Über Emotionen zu sprechen war nun wirklich nicht sein Ding. Sollte er Mads die Wahrheit sagen? Andererseits hatte er niemand anderen, mit dem er über seinen verwirrenden Gefühlszustand sprechen konnte. Er seufzte schwer.

„Ich glaube, ich habe mich … also ich finde Silja … also ich meine …“

„Ja?“

Ein zweifelnder Blick des Arztes ließ ihn einmal tief Luft holen. „Möglicherweise habe ich mich verliebt“, murmelte Magnus betreten.

„In Silja?“, fragte Mads erfreut. „Das ist ja großartig!“ Ausgelassen knuffte er Magnus gegen dessen Oberarm.

Dieser allerdings teilte seine Begeisterung in keiner Weise.

„Es fühlt sich aber nicht so an“, widersprach Magnus lahm.

„Unsinn! Was gibt es Schöneres auf dieser Welt als die Liebe? Was sagt Silja dazu?“

„Um Himmels willen! Ich habe es ihr natürlich nicht gesagt!“

Mads starrte ihn sprachlos an. „Natürlich nicht … Wieso auch?“, fragte er schließlich.

„Eben!“ Magnus nickte erleichtert.

„Es wäre ja völlig abwegig, der Frau, die du liebst, ein Zeichen zu geben.“

Unsicher sah Magnus ihn an. „Meinst du wirklich?“

„Natürlich *nicht*, du Hornochse! Geh hin und sag es ihr! Am besten sofort, bevor dich der Mut verlässt oder du ein Dutzend Ausreden findest.“ Mads schob ihn vor sich her in Richtung des Hauses.

„Aber", meldet sich Magnus erneut zu Wort und blieb ohne Vorwarnung stehen, „ ... sie ist in einen anderen verliebt."

„Ach, ja ... Lucas!"

„Nein, in den nicht."

„Oh!" Mads sah angesichts der Neuigkeiten etwas verwirrt aus. „Das ist natürlich dumm. Bist du dir ganz sicher?"

Seufzend nickte Magnus. „Ich war dabei, als sie am Telefon mit ihm gestritten hat. Es ging um den Verkauf eines Hauses."

„So ein Pech, mein Junge! Ich hätte es dir von Herzen gegönnt!" Der Arzt erwog das Gehörte kurz. „Wenn es allerdings so ist, wie du sagst, werde ich sehen, dass wir Silja morgen Abend gemeinsam umquartieren. Wann kommt denn ihre Cousine zurück? Bis dahin werde ich weiterhin bei ihr vorbeischauen. Dann kannst du ihr besser aus dem Weg gehen. Tut mir wirklich leid, Magnus."

Er winkte und stieg ins Auto. Magnus blieb in der Diele stehen und sah ihm gedankenverloren nach.

Einen Hornochsen hatte Mads ihn genannt. Keine sehr nette Bezeichnung, aber womöglich zutreffend. Mit Frauen kannte sich Magnus einfach nicht aus. Vielleicht machte er tatsächlich alles falsch, dennoch erschien es ihm ebenso abwegig wie egoistisch, sich Silja zu offenbaren, wenn sie selbst zugab, in einen anderen verliebt zu sein. Was sollte das bringen, außer dass sie sich beide schlecht fühlten?

Kapitel 33 – Silja

Um keinesfalls weitere Anrufe ihres Bruders entgegen nehmen zu müssen, ließ Silja ihr Ersatzhandy den gesamten Abend über ausgeschaltet. Zwar hätte sie allzu gern mit Linnea gesprochen, doch den Namen *Lennart* auf dem Display aufblinken zu sehen, wollte sie um jeden Preis vermeiden. Zudem fürchtete sie, Magnus könne etwas von einem möglichen Telefonat mit ihrer Freundin aufschnappen, das nicht für seine Ohren bestimmt sei. Noch tiefer als ohnehin schon wollte sie in seiner Achtung unter keinen Umständen sinken.

Und Malin konnte und wollte sie auch nicht stören.

Besser war es, früh zu schlafen und diesen unerfreulichen Tag tunlichst hinter sich zu lassen.

Am Dienstagmorgen wurde Silja recht früh von den Strahlen der Frühlingssonne geweckt, die durchs Fenster schienen und sie an der Nase kitzelten. Ein Blick ins Freie weckte den unstillbaren Drang in ihr, die frische Frühlingsluft einzuatmen. Die Chance, die die Krücken boten, die Magnus ihr im Auftrag von Mads überreicht und am Vorabend auf ihre Größe eingestellt hatte, verstärkte dieses Bedürfnis noch.

Vorsichtig kramte sie die wenigen Alltagsklamotten hervor, die Magnus ihr aus Malins Haus mitgebracht hatte, humpelte ins Bad, froh, ihm dabei nicht zu begegnen, und zwängte ihren Fuß vorsichtig durch die Hosenbeine ihrer einzigen Jogginghose. Obenherum entschied sie sich als Ausgleich zu ihren legeren Beinkleidern für eine Bluse.

Noch hatte sie nichts von ihrem Gastgeber gesehen oder gehört und so beschloss Silja verwegen, die steile Treppe im Alleingang in Angriff zu nehmen.

Sie betrachtete die Stufen zunächst kritisch, beschwor sie inbrünstig, ihr gewogen zu sein, klemmte sich anschließend eine Krücke unter den Arm, stützte sich auf die zweite, hielt sich mit der freien Hand am Geländer fest und hüpfte vorsichtig hinab.

Erleichtert stellte sie fest, wie gut das Experiment funktionierte. Sieben Stufen rang sie auf diese Weise nieder, kam sich bereits vor wie eine Heldin aus dem Marvel-Universum und hatte die Mitte der Treppe erreicht, als ihr die lose Krücke entglitt und mit einem ohrenbetäubenden Getöse ins Erdgeschoss hinunterpolterte. Dort landete sie direkt vor Magnus' Füßen, der gerade mit Eierkartons beladen zur Haustür hereinkam.

„Bist du wahnsinnig!", brüllte er, stellte seinen Einkauf ab und sprang die ersten sechs Stufen hinauf. Direkt unterhalb von Silja blieb er stehen und starrte sie fassungslos an. Auge in Auge. Silja versuchte, seinen Blick zu deuten.

Obwohl sie sich ärgerte, die Krücke verloren zu haben, und ihn keinesfalls hatte erschrecken wollen, fand sie seine Reaktion stark übertrieben.

„Entschuldige. Ich wollte keine Macken auf deiner Treppe hinterlassen."

„Macken auf meiner Treppe?“ Magnus fuhr sich wie wild durch die Haare. „Hier geht es nicht um Macken auf der Treppe! Du hättest kopfüber hinunterstürzen können!“

Ein unüberhörbarer Vorwurf schwang in seiner Stimme mit.

Silja schluckte. „Ich hatte alles unter Kontrolle“, versicherte sie verlegen, „und war äußerst vorsichtig.“

„Sag mal, lernst du eigentlich niemals dazu?“

„Ich wollte einfach nur frische Luft schnappen“, verteidigte sich Silja. „Und du warst weit und breit nicht zu sehen.“

„Ich war kurz bei Agathe und habe frische Eier fürs Frühstück geholt. Es konnte ja niemand ahnen, dass du gleich nach dem Aufstehen auf solche idiotischen Ideen verfällst.“

„Ab morgen werde ich allein in Malins Haus sein. Da muss ich auch die Treppen hinauf- und hinunterkommen.“

„Heute ist nicht morgen.“ Magnus Stimme duldete keinen Widerspruch. „Bis dahin bist du noch etwas fitter und außerdem wollte ich das Treppensteigen heute mit dir üben. Aber du musst ja immer sofort umsetzen, was dir gerade durch den Kopf schwirrt. Egal, wie unsinnig oder gefährlich es auch sein mag.“

Warum war er bloß so wütend auf sie?

Gereizt richtete sich Silja ein wenig mehr auf, um ihn auf der oberen Stufe wenigstens um einige Millimeter zu überragen. „Ich bin erwachsen. Nimm das bitte zur Kenntnis.“

„Hoffentlich kommt Malin bald heim. Ich halte das nicht länger aus.“

„Ich kann nicht fassen, dass du Malins Rückkehr herbeisehnst.“

„Darüber bin ich genauso erstaunt wie du, glaub’ mir!“

Ungehalten taxierten sie sich.

Schließlich seufzte er resigniert.

„Ich gehe jetzt rückwärts Stufe für Stufe hinunter und du folgst mir. Falls du stolperst, fange ich dich auf.“

Für einen Moment fühlte Silja bei dem Gedanken, von ihm aufgefangen zu werden, und aufs Neue in seinen starken, hilfsbereiten Armen zu liegen, Tränen in sich aufsteigen. Doch sie blinzelte die nahende Bedrohung weg. Um nichts in der Welt wollte sie vor Magnus vor Rührung und Sehnsucht anfangen zu weinen.

„Ist was?“

„Ich habe wohl eine Wimper im Auge ...“

„Soll ich mal nachschauen?“

Alles, nur das nicht!

„Nein, danke. Es geht schon.“

„Du lässt dir nicht gerne helfen, oder?“

„Neulich nachts schon, um ehrlich zu sein.“

Kopfschüttelnd sah Magnus ihr dabei zu, wie sie Stufe um Stufe hinab hüpfte.

Auf der vorletzten kam Silja zu ihrem eigenen Schrecken ins Straucheln und fand sich unversehens in seinen Armen wieder.

„Siehst du“, brummte er ganz nah an ihrem Ohr, hob sie hoch und trug sie zum Esstisch, wo er Silja sanft absetzte. „Lauf nicht weg. Ich mache jetzt Frühstück.“

„Vielen Dank. Ich hole nur schnell meine Krücke.“

Bevor Magnus widersprechen konnte, war Silja in die Diele zurückgehüpft und beugte sich vor, um die abtrünnige Gehhilfe einzusammeln.

In der Küche hörte sie Magnus etwas wie ‚das widerborstigste Wesen der Welt‘ murmeln, was sie jedoch ignorierte.

Wenn er geahnt hätte, dass sie lediglich seinen Blicken zu entkommen trachtete …

Den größten Teil des Tages verbrachte Silja auf der Terrasse, wo Magnus ihr ein kuscheliges Lager aus einem Gartenstuhl und Decken zusammengestellt hatte. Auch einen Hocker gab es, auf dem sie ihren angeknacksten Fuß hochlagern konnte. Dort genoss sie gleichermaßen das großartige Wetter wie das Alleinsein.

Genießerisch lauschte Silja dem Zwitschern der Vögel und sog mit allen Poren die nach Frühling riechende Luft ein. Die Sonnenstrahlen wärmten ihr Gesicht.

Die Erschöpfung der letzten Zeit schien von der leichten Brise, die sanft ihre Wangen streichelte und ihr Haar zerzauste, mühelos davongeweht zu werden. Es hatte beinahe etwas Magisches.

Nach den langen, schwedischen Wintern war das Frühjahr seit jeher Siljas liebste Jahreszeit. Aufgrund der schweren Erkrankung ihres Vaters hatten die Kälte und die Dunkelheit der letzten Monate besonders auf ihr gelastet. Nicht einmal ihr geliebtes Weihnachtsfest hatte daran etwas ändern können. Kurz nach der Schneeschmelze war schließlich die Zeit des Abschieds von Karl gekommen, was sie endgültig aus der Bahn geworfen hatte.

Bevor Malin aufgetaucht war, hatte sich Silja wie der einsamste Mensch der Welt gefühlt.

Der diesjährige Frühling symbolisierte somit in mehrfacher Hinsicht einen Neuanfang und gerade an diesem Tag spürte Silja, wie ihr eine Last von der Seele genommen wurde.

Beinahe schien es, als trügen die ersten Schmetterlinge, die sie in Magnus Garten entdeckte, jeder für sich einen kleinen Teil ihres Kummers fort. Beschwingt beobachtete Silja, wie sie auf der Suche nach den ersten Blüten durch die Luft flatterten. So schön und so vergänglich zugleich – wie die fernen Tage ihrer glücklichen Kindheit.

Im gleißenden Sonnenlicht schwand die Ohnmacht anlässlich der tiefsitzenden Trauer um ihren Vater und sogar die recht frische Erinnerung an das Unwetter fühlte sich mit einem Mal weit weniger bedrohlich an.

In diesem idyllischen Moment fiel ein Schatten auf Silja.

„Was für eine hübsche Erscheinung!"

Sie hatte Magnus nicht kommen hören. Wollte er sich zu ihr setzen?

„Neben deinem Anblick verblasst sogar dieser wunderschöne Frühlingsmorgen!"

Irritiert blinzelte Silja gegen das Licht an. War ihrem Gastgeber sein Kaffee nicht bekommen? Seit wann raspelte er in ihrer Gegenwart übertrieben Süßholz?

„Darf ich mich zu dir setzen?"

„Das kann ich dir wohl kaum verbieten", konterte Silja.

„Mich wundert, dass die Schmetterlinge sich auf die kleinen, unscheinbaren Blüten setzen, wenn doch die edelste Knospe hier neben mir ruht."

Silja traute ihren Ohren kaum. Um ihn besser ansehen zu können, kniff sie ihre Augen zusammen und schirmte sie mit der Hand gegen die Sonne ab.

Magnus hatte sich umgezogen. Und rasiert. Sogar im Gegenlicht wirkte er wie aus dem Ei gepellt.

Silja blinzelte.

Er hatte Gel in den Haaren und ... Moment! Das war nicht Magnus, der da vor ihr stand und Komplimente wie aus Casanovas „Handbuch für Neueinsteiger" verteilte!

„Malte?"

„Stets zu Diensten."

Bevor Silja antworten konnte, erschien der wahre Magnus auf der Terrasse.

Unverblümt richtete sein Zwillingsbruder das Wort an ihn: „Seit wann umgibst *du* dich mit hübschen Frauen? Ich dachte, dein Interesse beschränkt sich auf gefällte Bäume."

„Was willst du hier?" Magnus Stimme klang schneidend.

„Nachsehen, was an den Gerüchten dran ist, dass du neuerdings den guten Samariter und Krankenpfleger spielst. Beim Anblick deiner Patientin ist mir aber klar geworden, *warum* du es tust."

„Das bezweifle ich!"

Malte lachte.

In Siljas Ohren klang es gekünstelt.

„Wieso? Gedenkst du nicht, dich für deine Hilfe ent-
lohnen zu lassen? Falls du kein Interesse hast, mache
ich deiner sexy Vorschullehrerin gerne den Hof ...“

„Verschwinde! Dein Benehmen ist ekelhaft!“

Silja, die Maltes Anmache gleichermaßen unpassend
wie unangenehm fand, beobachtete mit Erleichterung,
wie Magnus sich seinem Bruder drohend näherte. In
diesem Moment wurde ihr bewusst, dass die Zwillinge
sich bei den Äußerlichkeiten nicht nur in Bezug auf
Kleidung, Rasur und Haarstyling unterschieden, sondern auch durch ihren Körperbau. Zwar hatten sie die
gleiche Größe, doch Malte war weniger muskulös als
Magnus. Und die Statur war es – abgesehen von seiner
Stimme und der grenzwertigen Wortwahl – auch gewesen, die sie trotz der eingeschränkten Sichtverhältnisse
hatte zweifeln lassen, wer dort vor ihr stand.

Der unerwünschte Gast deutete feixend eine Verbeu-
gung an und trollte sich von dannen.

„Entschuldige!“ Magnus rieb sich mit einem müden
Gesichtsausdruck die Stirn. „Ich hätte viel dafür gegeben, dir diesen Auftritt zu ersparen.“

„Zumindest weiß ich jetzt, dass du nicht übertrieben
hast.“ Silja zwang sich zu einem Lächeln. „Ihr seid wirklich grundverschieden!“

Kapitel 34 – Silja

Am Abend kam Mads Lind ein weiteres Mal vorbei und erfreute sich an Siljas Fortschritten. „So gefällst du mir! Im Vergleich zu gestern machst du einen sehr munteren Eindruck. Ich denke, wir können es wagen, dich ins Haus deiner Cousine umzuquartieren."

Diese Ankündigung löste gemischte Gefühle bei Silja aus. Einerseits war sie unendlich erleichtert, den unerquicklichen Diskussionen mit Magnus zu entrinnen.

Andererseits versetzte ihr die Vorstellung, nicht mehr in seiner unmittelbaren Nähe zu sein, einen Stich.

„Ich helfe euch", verkündete Mads munter. „Und die Krücken kannst du so lange behalten, bis du wieder sicher auf zwei Beinen unterwegs bist."

Silja sah zu Magnus hinüber, der mit undurchdringlicher Miene und vor der Brust gekreuzten Unterarmen im Türrahmen stand. Falls er Erleichterung verspürte, so ließ er sie sich nicht anmerken. Oder war es reine Höflichkeit? Er war ein seltsamer Kauz. Silja wurde einfach nicht schlau aus ihm.

Sie hatte ihre wenigen Habseligkeiten, die sich in Magnus Schlafzimmer befanden, bereits am Nachmittag in die Reisetasche gepackt und so stand ihrem Aufbruch nichts im Weg. Dieses Mal begleitete Mads Silja die Treppe hinab, während Magnus mit Schlüssel und Tasche vorausging.

Nach dem Aufschließen von Malins Haustür verabschiedete er sich umgehend und machte kehrt.

„Na, er hatte es ja mega-eilig, mich loszuwerden“, murmelte Silja deprimiert.

Forschend sah Mads sie an. „Meinst du?“

„So schnell, wie Magnus verschwunden ist …“

„Er wird seine Gründe haben.“ Auch Mads hatte jetzt ein Pokerface aufgesetzt. Aus seiner Miene konnte Silja ebenso wenig herauslesen wie kurz zuvor aus der des Tischlers.

„Klar“, antwortete sie leichthin. „Endlich ist er die Chaotin los und kann sich wieder in seiner Werkstatt verkriechen.“

„Nun, er hat bestimmt viel zu tun. Das hat er immer. Aber wieso glaubst du, dass er so schlecht über dich denkt?“

„Weil er es gesagt hat.“

Mads trat einen Schritt näher und musterte Silja eindringlich. „Hat er dich wirklich so bezeichnet?“

„Nicht wörtlich. Allerdings suhlt er sich geradezu darin, mir meine Verfehlungen aufzulisten und mich mit Malin zu vergleichen, die er für absolut chaotisch hält.“

„Das klingt gar nicht nach dem Magnus, den ich kenne. Und es deckt sich auch keineswegs mit meinen Erkenntnissen.“

„Welchen Erkenntnissen?“ Silja kräuselte irritiert die Stirn.

Mads lächelte wissend, ignorierte ihre Frage aber. „Erzähl mir doch mal, wie *du* Magnus findest.“

„Wer ich?“

„Siehst du hier sonst noch jemanden, den ich gemeint haben könnte?“

Zu ihrem Ärger errötete Silja.

„Interessant", murmelte Mads und wechselte erneut das Thema: „Hast du eigentlich einen Freund in Südschweden?"

Verwundert starrte Silja ihn an. „Wie kommst du denn darauf?"

„Ist das nicht eine naheliegende Frage? Bei einer hübschen, jungen Frau?"

Silja schluckte. Mit Komplimenten konnte sie gar nicht gut umgehen. Seit der Bekanntschaft mit Malte noch weniger ...

„Nein, ich habe keinen Freund", erklärte sie schließlich.

Ihre Antwort schien Mads zu überraschen, was Silja wiederum erstaunte. So außergewöhnlich fand sie sich nicht, dass es ausgeschlossen war, Single zu sein.

„Ich habe lange meinen todkranken Vater gepflegt", schob sie zur Erklärung nach. „Nebenbei musste ich arbeiten. Deshalb hatte ich keine Zeit für eine Beziehung."

„Verstehe. Mein herzliches Beileid zu deinem Verlust."

„Danke."

„Gibt es sonst etwas in Südschweden, das dich dort hält?"

Silja fand seine Fragen recht ungewöhnlich, antwortete aber wahrheitsgemäß: „Nein, meine Schulfreunde sind über das ganze Land verstreut, mein Bruder ist vor Ewigkeiten weggezogen und meine Mutter starb bereits vor Jahren."

„Hast du denn keinen Kontakt zu deinem Bruder?"

Silja entfuhr ein wütendes Schnauben. „Lennart ruft nur an, wenn er etwas von mir will. Zuerst hatte er es total eilig, mich aus unserem Elternhaus zu werfen, um es zu verkaufen. Nun, da sich das Ganze als komplizierter herausstellt als gedacht, ist er auf die Idee verfallen, ich könnte dorthin zurückziehen und ihm Miete bezahlen."

Mads pfiff durch die Zähne. „So ist das also!" Er lachte.

„Ich finde das nicht besonders lustig."

Bisher war der Arzt Silja sehr sympathisch gewesen, heute fand sie ihn hingegen nicht sonderlich taktvoll.

„Entschuldige!" Mads schmunzelte. „Du hast natürlich Recht. Das Verhalten deines Bruders ist überhaupt nicht nett, sondern eher egoistisch und rücksichtslos."

Silja nickte. Zu der Einsicht war sie ebenfalls gelangt, weshalb sie eine Aussprache mit Lennart zurzeit mied.

„Sag mal", bohrte Mads nach, „war Magnus während des Streits mit deinem Bruder anwesend?"

Für einen Moment stutzte Silja. Seine Fragen wurden immer seltsamer. Trotzdem überlegte sie und nickte schließlich, was Mads zu einem erneuten Lachen animierte und sie in noch tiefere Verwunderung stürzte.

„Darf ich ganz offen zu dir sein, Silja?" Ohne ihre Antwort abzuwarten, nahm Mads auf Malins Sofa Platz und klopfte herausfordernd auf das Polster.

Zögernd ließ sich Silja neben ihm nieder. Abwartend sah sie ihn an.

„Ich fasse mal kurz zusammen: Du hattest seit längerer Zeit keinen Freund. Dein Bruder und du haben das Haus eurer Eltern geerbt, seid euch aber uneins, was damit geschehen soll. Und darüber habt ihr kürzlich am Telefon gestritten?"

Silja nickte.

„Als ich dich nach Magnus fragte, bist du errötet. Sag mir bitte ehrlich, ob du ihn magst. Ich werde es niemandem erzählen. Großes Mads-Lind-Ehrenwort!"

Für einen Moment verschlug es Silja die Sprache. Der Arzt hatte sich vorbildlich um ihre Genesung gekümmert, aber um psychologischen Beistand hatte sie ihn nicht gebeten.

Mads beugte sich vor und sah ihr fest in die Augen. „Heraus damit, Silja! Bist du in Magnus verliebt?"

Unter seinem wachsamen Blick nahm sie die Farbe einer im fortgeschrittenen Reifungsprozess befindlichen Tomate an, was ihr zugleich peinlich war, wie es sie maßlos ärgerte. Und seine Indiskretion setzte noch eins obendrauf!

„Ich nehme an, das heißt ja?"

„Was sollen diese persönlichen Fragen?"

„Das erkläre ich dir, sobald du mir ehrlich geantwortet hast."

Ein wenig aufsässig, weil er so hartnäckig war und sie außerdem überrumpelt hatte, starrte Silja zur Decke. Dabei stieß sie jedoch widerstrebend hervor: „Ja! Ich bin in Magnus verliebt. Erklärst du mir bitte, warum du unbedingt darauf herumhacken musst?"

„Ich wusste es!", triumphierte Mads.

Seine Hochstimmung verbesserte Siljas Laune kein bisschen.

„So, meine Liebe, Zeit für die Wahrheit: Du liebst Magnus und er liebt dich und ihr glaubt beide, dass der jeweils andere nichts von euch wissen will. Was sagst du nun?"

Silja hatte ihren Blick ruckartig auf Mads gerichtet, als er ihr seine vermeintliche *Wahrheit* unter die Nase rieb.

„Das kann nicht sein! Magnus kann mich nicht leiden!"

„Er behauptet das Gleiche von dir." Mads schmunzelte. „Junge Liebe: Ist sie nicht schön?"

„Was soll das heißen?"

„Nun, er hat mir – und jetzt lehne ich mich sehr weit aus dem Fenster und hoffe, du weißt das zu würdigen und gehst diskret mit dieser Information um – er hat mir gestern verraten, dass er sich in dich verliebt hat, du aber einen Ex-Freund hättest, über den du nicht hinweg seist."

„Das ist totaler Quatsch. Warum sollte er so etwas denken?"

„Sag du es mir! Er war sich absolut sicher. Du hättest ihm selbst erzählt, Gefühle für einen anderen Mann zu haben."

„Das habe ich nicht!", begehrte Silja auf, stockte jedoch. Sie wich seinem abwartenden Blick aus. „Nein, das darf nicht wahr sein! Ich habe es tatsächlich gesagt. Zwar habe ich es weder so formuliert noch gemeint ..." Stöhnend schlug sie sich beide Hände vors Gesicht. „ ... sondern, dass ich mich in einen Mann verliebt habe, der meine Gefühle nicht erwidert."

„Und dabei dachtest du an Magnus?"

Siljas Herz raste. Ihr Schädel dröhnte. Magnus hatte sie missverstanden! Betreten sah sie Mads an und nickte.

„Dann wäre das wohl geklärt." Zufrieden rieb er sich die Hände. „Sprich mit ihm und arbeitet bitte an eurer

Kommunikation. Sie ist grauenvoll! So könnt ihr unmöglich eine Beziehung führen."

Er stand auf. „Aber bevor du das in Ordnung bringst, leg dich aufs Sofa und mach den Bauch frei. Ich werde dir jetzt die vorerst letzte Thrombosespritze verpassen, meine Liebe."

Kapitel 35 – Magnus

Sobald Magnus die Tür geschlossen hatte, atmete er tief durch. Erleichterung durchflutete ihn.

Endlich wieder allein!

Endlich wieder Herr im eigenen Haus!

Endlich wieder tun und lassen, was er wollte!

Es war vollständig still – beinahe zu still.

Er beschloss, als Erstes sein Bett in Besitz zu nehmen. Ruckzuck war die Bettwäsche gewechselt, doch beim Hinaustragen stieg ihm ein vertrauter Geruch in die Nase. Er schnupperte an den Bezügen. Sofort umfing ihn ein leichter Duft von Lavendel. Siljas Duschgel! Mit geschlossenen Augen atmete Magnus mehrfach tief ein und aus. Dann stürmte er zur Waschmaschine, stopfte die Textilien in die Trommel und schlug die Klappe zu.

Als die Maschine ihrer Arbeit nachging, lehnte er sich erschöpft an die Wand. Was nun?

Gedankenverloren richtete er zwei Teller, stellte einen davon auf ein Tablett und schlug sich mit der flachen Hand vor die Stirn. Er war allein! Ab sofort war das Essen von wackeligen Tabletts oben im Schlafzimmer Geschichte! Entschlossen räumte er den zweiten Teller weg.

Verrückt! Wie konnte man sich in derart kurzer Zeit so sehr an die Anwesenheit einer fremden Person gewöhnen?

Demonstrativ schaltete Magnus zum Essen den Fernseher ein, was ihm in den letzten Tagen verwehrt geblieben war.

Auf Knopfdruck war es dadurch mit der Ruhe vorbei, besonders da es in diesem Moment an seiner Tür klingelte. Hatte Mads ihm noch etwas mitzuteilen oder vermisste Silja irgendeines ihrer Kleidungsstücke?

Nein, es war Linnea. „Meinst du, Mads nimmt mir einen Besuch bei Silja übel?"

„Das musst du ihn selbst fragen."

„Ist er oben? Sein Wagen steht vor dem Haus."

„Vermutlich ist er noch bei ihr."

„Oh, wohnt sie wieder drüben bei Malin?"

„Ja", antwortete Magnus knapp.

„Und?" Linnea sah in forschend an.

„Was und?"

„Wie fühlst du dich?"

„Großartig", versicherte er. „Warum klingelst du nicht nebenan und unterhältst dich mit Mads und Silja?"

„Eigentlich fände ich es ziemlich cool, mich mal mit *dir* zu unterhalten."

Magnus starrte sie mit offenem Mund an. „Mit mir? Wozu? Brauchst du eine neue Küche?"

Linnea kicherte. „Ist das der einzige Grund, der dir für ein Gespräch einfällt, Magnus Fredriksson?"

Statt einer Antwort brummte er nur. Vermutlich klang er wie ein Bär, den man beim Winterschlaf störte. Magnus schwieg.

„Offensichtlich ja. Du wirst es nicht glauben, aber es gibt noch andere Dinge im Leben als die Planung, Herstellung und Montage von Möbeln."

„Tatsächlich? Ist mir bisher nicht aufgefallen."

Erstaunt blickte er Linnea hinterher, die einfach an ihm vorbei in seine Diele marschiert war. Das schien bei den Olssons eine genetisch bedingte Angewohnheit zu sein, auch wenn er es in Lucas Fall verhindert hatte.

„Sag bloß, du möchtest mit mir über das Leben plaudern."

„Warum nicht? Es gibt da nämlich eine Sache, die mich brennend interessiert ..." Urplötzlich drehte sich Linnea zu ihm um. „Warum kannst du Malin und Silja so wenig leiden?"

Magnus stöhnte. „Jetzt fängst du auch noch damit an."

„Ich finde, es ist eine berechtigte Frage."

„Wer hat denn behauptet, dass ich sie nicht leiden kann?"

„Sowas spricht sich rum ... Apropos Dorfklatsch: Ist es nicht geschäftsschädigend, wenn die Einwohner von Fjällbacka erfahren, wie du über deine Kunden denkst?"

„Malin und Silja sind nicht meine Kunden, sondern meine Nachbarn und niemand weiß, was ich denke."

„Ich schon! Jetzt zum Beispiel denkst du: Warum lässt sie mich nicht einfach in Ruhe?"

„Das würde vermutlich jeder in meiner Situation denken. Aber danke für das Stichwort: Warum lässt du mich eigentlich nicht in Ruhe?"

„Ich versuche, Frieden zwischen Silja und dir zu schaffen."

„Wir sind gar nicht im Krieg."

„Da ist anderes zu mir durchgedrungen."

„Deine Quellen würden mich wirklich sehr interessieren.“

„Schon mal was von Diskretion gehört?“

„Schickt Lucas dich?“

„Um Himmels willen, nein! Dem habe ich gar nicht erzählt, dass Silja wieder Besuch empfangen darf. Ich muss ihm ohnehin schonend beibringen“, sie rieb sich die sommersprossige Nase, „ ...dass Silja sich in einen anderen verliebt hat.“

Schlagartig verdunkelte sich Magnus Miene. „Kannst du jetzt bitte gehen? Ich wollte gerade essen und ...“

„Ist dir das Thema unangenehm?“

„Nein, weshalb?“

„Du erweckst den Eindruck, als ob dir Siljas Liebesleben nicht gleichgültig sei.“

„Falsch! Es ist mir sogar *total* gleichgültig. *Völlig* gleichgültig! *Absolut* gleichgültig! Im Gegensatz zu meinem guten Ruf als Tischler. Deshalb wäre ich dir sehr dankbar, wenn du aufhören würdest, irgendwelche haarsträubenden Geschichten über mich –“

„Sie hatte es nicht leicht, weißt du“, unterbrach Linnea seinen Redefluss. „Silja, meine ich. Vor Jahren ist ihre Mutter an Krebs gestorben und kürzlich ihr Vater. Beide hat sie bis zum Tod gepflegt.“

„Das tut mir leid.“ Magnus kratzte sich hinter dem Ohr. „Das tut mir *wirklich* leid. Ihren Vater hat sie mal erwähnt, aber im Detail wusste ich nichts darüber.“

„Und obendrein ist sie mit diesem Lennart gestraft.“

Bei der Erwähnung dieses Namens entfuhr Magnus ein verächtliches Schnauben. Er wollte nicht über seinen Kontrahenten sprechen.

Linnea betrachtete ihn mit zusammengekniffenen Augen. „Hat sie dir von Lennart erzählt?"

„Nein."

„Also ehrlich, wer so einen Bruder hat, braucht keine Feinde."

„Wie bitte?"

„Zumindest macht er Silja ziemlich viel Ärger. Hat sie quasi über Nacht aus ihrem Elternhaus geworfen, um es so schnell wie möglich an den Mann zu bringen."

„Silja ist Lennarts *Schwester*?"

„Das sagte ich doch."

Magnus rang nach Luft. Seine Gedanken fuhren Achterbahn.

„Geht es dir gut?", erkundigte sich Linnea. „Du bist plötzlich so blass."

„Jaja. Alles super. Lennart ist nicht ihr Freund?"

„Nein, er ist ihr Bruder. Allerdings einer, auf den sie gut verzichten könnte, schätze ich." Misstrauisch sah Linnea ihn an. „Sagtest du nicht, sie habe Lennart gar nicht erwähnt?"

„Stimmt, aber er rief mehrfach an und das hat Silja sehr zugesetzt." Magnus ballte bei der Erinnerung die Fäuste. „Am liebsten hätte ich ihn mir mal vorgeknöpft und ihm gründlich die Meinung gesagt."

„Wirklich?"

„Allerdings!"

„Da wäre ich gern dabei gewesen. Was hättest du ihm denn gesagt?"

„Dass er aus ihrem Leben verschwinden soll, weil er es sonst mit mir zu tun bekommt!"

„Cool!"

„Was findest du cool?"

„Wie sehr du dich für eine Frau einsetzt, die dir – Achtung: Ich zitiere! – *total, völlig und absolut* gleichgültig ist."

Abwehrend verschränkte Magnus die Arme vor der Brust. „Was willst du damit sagen?"

Linnea trat dicht an ihn heran und stellte sich auf die Zehenspitzen. Ihr Gesicht war nun ganz nah. Leise und jede Silbe betonend, erwiderte sie: „Ich habe eher den Eindruck, dass dir Silja *nicht* total, völlig und absolut gleichgültig ist – im Gegenteil."

Herausfordernd funkelte sie ihn an und Magnus holte tief Luft. Es wurde immer schlimmer! Zuerst war Malin in das Nachbarhaus gezogen, danach plötzlich Silja aufgetaucht und nun machte sich Linnea ungefragt in seinem Wohnzimmer breit und analysierte sein Innerstes. Wer um alles in der Welt hatte all diese Frauen in sein Leben gelassen?

Mit einem wissenden Lächeln im Gesicht ging Linnea an ihm vorbei zur Tür. „Ich muss jetzt los. Interessiert es dich übrigens, in wen sich Silja verliebt hat?"

Magnus presste die Lippen aufeinander. Mit finsterer Miene starrte er ihr nach. Wann würde sie endlich Ruhe geben?

„Nicht? Schade. Ich bin sicher, es hätte dich weitergebracht."

„Wer ist es?" Die Frage entschlüpfte Magnus entgegen seiner festen Überzeugung, dass ihn das alles rein gar nichts anging. Aber sein dummes Herz hämmerte dröhnend gegen seinen Brustkorb und er drohte an der Unwissenheit zu ersticken.

Überraschenderweise blieb Linnea daraufhin in der geöffneten Tür stehen, drehte ihren Kopf und zwinkerte ihm über die Schulter hinweg verschwörerisch zu.

„Es ist *der Mann*, der sie bei dem Unwetter gesucht, gefunden, in seinen Armen zum Auto getragen und gesund gepflegt hat. Er muss einen Mordseindruck bei ihr hinterlassen haben. Aber verrat es niemandem! Der Dorfklatsch in Fjällbacka soll Gerüchten zufolge furchtbar sein. Und Silja wird mich mit ihren eigenen Händen erwürgen, wenn sie erfährt, dass ich es weitererzählt habe. Sie ist nämlich felsenfest davon überzeugt, ihr Retter könne sie nicht ausstehen. Unglaublich, oder?“

Mit einem frechen Grinsen verschwand Linnea aus Magnus Blickfeld und einem Paukenschlag gleich krachte die Haustür hinter ihr ins Schloss.

Kapitel 36 – Silja

Den Einstich der Spritze hatte Silja dieses Mal gar nicht bemerkt und auch daran, dass der Arzt gegangen war, erinnerte sie sich nur verschwommen. Ihre Gedanken kreisten allein um Mads Worte. Hatte er allen Ernstes behauptet, Magnus sei in sie verliebt?

Das war unmöglich. Er musste sich irren.

Andererseits hatte er gesagt, Magnus habe es ihm erzählt. Hatte er ihn womöglich missverstanden?

Silja versuchte, sich eine Situation vorzustellen, in der Magnus Fredriksson dem pensionierten Arzt sein Herz ausschüttete. Ungläubig rieb sie sich mit beiden Händen die Schläfen. Wenn sie gestresst war, bekam sie seit Neuestem leicht Kopfschmerzen und sie fürchtete, diese könnten bereits im Anmarsch sein.

Wenn sie allerdings ehrlich zu sich selbst war, ging es ihrem Kopf – abgesehen von einem kolossalen Zustand der Verwirrung – ziemlich gut. Ihr Herz hingegen schien verrückt zu spielen und in ihrer Magengegend rumorte es ebenfalls, als seien sämtliche Schmetterlinge, die sie zuvor beobachtet hatte, auf der Suche nach süßem Nektar in ihrem Bauchraum unterwegs.

„Okay, Silja“, murmelte sie halblaut vor sich hin. „Denk nach!“

Was hatte Magnus *wirklich* über sie gesagt?

Dass sie eine Einbrecherin sei? Geschenkt, denn sie war tatsächlich in sein Haus eingedrungen – wenngleich versehentlich.

Dass sie verrückt sei, auf dem Dach herumzuturnen? Nun ja, wo er Recht hatte, hatte er Recht. Es war eine reichlich dämliche und waghalsige Idee gewesen.

Dass sie zu unzuverlässig sei, um ihr Malins Ersatzschlüssel anzuvertrauen? Seine Zweifel hatten sie verärgert, aber da sie ihren eigenen Schlüssel tatsächlich zuvor im Hort vergessen hatte, konnte sie einem überkorrekten Menschen wie Magnus seine Vorsicht kaum vorwerfen.

Dass sie Ähnlichkeit mit Malin habe und diese eine Chaotin sei? Das war zwar übertrieben, aber ein gewisser Hang zu Spontanität und Durcheinander lag augenscheinlich in der Familie.

Viel wichtiger allerdings erschien Silja in diesem Moment, was Magnus alles *nicht* gesagt hatte!

Offenbar hatte er niemandem von ihrem peinlichen Auftritt in seiner Dusche erzählt und ebenso wenig von ihren haltlosen und deplatzierten Vorwürfen zu seinem Liebesleben.

Stattdessen hatte er ihr plötzliches Verschwinden nach dem Frühlingsfest als Einziger bemerkt, darüber hinaus erahnt, wo sie sich aufhalten könnte und obendrein während des Gewitters sein Leben riskiert, um sie zu finden.

Trotzdem hatte er ihr nach dem Unwetter mit keiner Silbe Vorwürfe gemacht oder sich beschwert, wie viel Zeit und Mühe sie ihn kostete. Stattdessen hatte Magnus einfach getan, was notwendig gewesen war.

Und sein Aufbrausen als die Krücke die Stufen hinuntergesegelt war? Sie hatte zunächst gedacht, es sei ihm um seine kostbare Holztreppe gegangen, obwohl er das sofort abgestritten hatte. Doch nun fiel es ihr wie Schuppen von den Augen: Magnus war tatsächlich um *sie* besorgt gewesen!

Während sich in ihrem Kopf all diese Bruchstücke und Puzzleteile langsam zu einem schlüssigen Gesamtbild zusammenfügten, atmete Silja tief ein.

Mads hatte sich womöglich weder verhört noch geirrt!

Es war durchaus möglich, dass Magnus sie gar nicht so furchtbar fand, wie sie immer angenommen hatte.

Sie musste unbedingt mit ihm sprechen, um Gewissheit zu erlangen!

In Anbetracht der Uhrzeit sowie der bevorstehenden Herausforderung beschloss sie aber, zunächst schlafen zu gehen. Hatte ihr Vater nicht stets empfohlen über schwierige Entscheidungen mindestens eine Nacht verstreichen zu lassen, um eine gewisse Distanz zum Geschehen zu bekommen?

Dieser Ratschlag erschien Silja aufgrund der verzwickten Lage durchaus sinnvoll, besonders da zu befürchten stand, dass sie, sobald Magnus um die Ecke bog, völlig unüberlegt und irrational handeln und ihn damit endgültig vergraulen könnte. Diesen düsteren Gedanken nachhängend wälzte sich Silja über geraume Zeit in Malins Bett hin und her, bis der Schlaf sie endlich übermannte.

Kapitel 37 – Magnus

Rastlos wanderte Magnus in seinem Wohnzimmer auf und ab. Linneas Worte echoten in einer Dauerschleife in seinem Kopf.

Hatte sie die Wahrheit gesagt?

War es möglich, dass Silja *ihn* gemeint hatte, als sie von dem Mann sprach, in den sie sich verliebt hatte, der ihre Gefühle aber nicht erwiderte?

Es erschien Magnus kaum vorstellbar, eine solche Aussage zu treffen, ohne vor Scham in Grund und Boden zu versinken. Allerdings war Silja, im Gegensatz zu ihm, ein sehr spontaner Mensch und nahm obendrein kein Blatt vor den Mund. Und sofern er sich korrekt erinnerte, war ihr die Bemerkung im Nachhinein ziemlich unangenehm gewesen.

Falls Linnea somit Recht hatte, musste er vor dem nächsten Zusammentreffen mit Silja einen genauen Plan entwerfen, wie er vorgehen wollte. Es war sicher unklug, sich in einer derart wichtigen Angelegenheit ausschließlich von seinen Gefühlen leiten zu lassen. Zumal ihm spontan vermutlich rein gar nichts Passendes oder Geistreiches einfallen würde. Mit Kugelschreiber und Papier bewaffnet, setzte er sich deshalb an den Tisch, um eine Übersicht zu erstellen.

Was im Handwerk funktionierte, war sicher auch in der Liebe der richtige Weg. Besagte nicht sogar ein altes Sprichwort, gut geplant sei halb gewonnen?

Ratlos spielte Magnus mit dem Stift herum. Entweder ein Liebesgeständnis ließ sich nicht ganz so leicht ausarbeiten wie ein Möbelstück oder es lag an seiner mangelnden Erfahrung.

Einen, der dies spielend aufwog, gab es zwar, doch es widerstrebte Magnus zutiefst, Malte ins Vertrauen zu ziehen. Zumal dessen Vorstellung über die Dauer und die Tiefe einer erstrebenswerten Beziehung grundsätzlich stark von seiner eigenen abwich.

Genervt und kein bisschen besser präpariert als zuvor, zerknüllte Magnus schließlich das Papier und begab sich ins Schlafzimmer. Seufzend streckte er sich der Länge nach auf seinem lang entbehrten Bett aus und konnte trotzdem nur schlecht einschlafen.

Am Mittwochmorgen beschloss er schließlich, später Silja zu besuchen und sie zu einem Ausflug für das kommende Wochenende einzuladen. Bis dahin würde ihr Knöchel wieder einigermaßen in Schuss sein und die Idee bot einen hervorragenden Vorwand, um nebenan vorbeizuschauen.

Nach einigen Stunden in der Werkstatt beendete Magnus deshalb seine Arbeit frühzeitig. Zuhause tauschte er die Arbeitskleidung gegen eine Jeans und ein Kurzarmhemd, kämmte seine Haare und durchstreifte seinen leicht verwilderten Garten auf der Suche nach ein paar bunten Frühlingsboten. Glücklicherweise wurde er an verschiedenen Stellen fündig und so kam ein kleiner Strauß mit gelben Schlüsselblumen und blauen Leberblümchen zustande, mit dem in der schweißnassen Hand er bei Silja klingelte. Nervös trat Magnus von einem Fuß auf den anderen.

Es dauerte eine kleine Weile, bis die Tür aufschwang.

„Hej, Silja", sagte Magnus verlegen. „Ich wollte mal schauen, wie es dir geht."

„Hej, Magnus." Silja betrachtete ihn ebenso überrascht wie sein Mitbringsel. „Mir geht es gut. Danke." Sie stützte sich auf eine Krücke und fragte ein wenig stockend: „Möchtest du reinkommen?"

Ihrer einladenden Handbewegung folgte Magnus zögerlich.

Obwohl er schon oft bei Malin gewesen war, um während einer ihrer Reisen die Pflanzen zu versorgen, und auch mehrmals, um Silja beizustehen, war er noch nie von so vielen Bedenken begleitet über die Schwelle getreten wie an diesem Tag.

„Die sind für dich." Unsicher streckte Magnus Silja die blaugelben Blüten entgegen und hätte sich selbst ohrfeigen können, weil er nicht selbstbewusster auftrat.

Mit Zollstock und Block ausgestattet betrat er jedes Haus ohne zu zögern, mit Blumenstrauß und Liebesgeständnis im Gepäck sah es hingegen anders aus. Diese Art von Besuch war – abgesehen von dem Desaster vor sechs Jahren – ein Novum für ihn.

„Wie süß! Du bringst mir den Frühling ins Haus. Noch dazu in unseren Nationalfarben." Lächelnd nahm Silja die Leberblümchen und Schlüsselblumen in Empfang. Als sie sich dabei kurz berührten, hätte Magnus am liebsten ihre Hand festgehalten, doch er beherrschte sich.

Humpelnd führte Silja ihn ins Wohnzimmer, wo er mit Freude registrierte, dass Lucas' Rosen recht unauffällig in einer Ecke deponiert worden waren, während Silja seinen kleinen Strauß mitten auf den Couchtisch stellte. „Setz dich doch."

Magnus blieb stehen. Unschlüssig sah er Silja an.

Krampfhaft versuchte er, sich an seine Strategie zu erinnern, aber ihm fiel rein gar nichts ein, was seine Gefühle betraf. Lediglich der angedachte Ausflug kam ihm in den Sinn.

„Geht es deinem Knöchel besser? Du läufst mit *einer* Krücke, wie ich sehe."

„Viel besser", bestätigte Silja lächelnd. Auch sie war stehengeblieben, nachdem er ihr Angebot ignoriert hatte.

„Möchtest du etwas trinken?"

„Nein, danke. Ich wollte nur nach dir sehen und dich fragen, ob du am Wochenende einen Ausflug machen möchtest, falls dein Fuß es zulässt."

Silja wirkte sehr überrascht. Mit einer Einladung von ihm hatte sie offenbar nicht gerechnet, doch sie fing sich recht schnell. „Was für eine tolle Idee!"

Innerlich voller gespannter Erwartung bemühte sich Magnus, äußerlich ganz ruhig zu wirken. Seit der maßlosen Enttäuschung über Ingers und Maltes Vertrauensbruch hatte er keiner Frau mehr erlaubt, sich seinem Herzen zu nähern. Nun fühlte er sich unsicher, was Siljas Wünsche und Erwartungen betraf. Keinesfalls wollte er sie überfordern, aber die Gelegenheit auch nicht ungenutzt verstreichen lassen. Wer wusste schon, wie lange sie noch in Fjällbacka bleiben würde, wenn er nicht endlich über seinen Schatten sprang und ihr seine Gefühle offenbarte? „Was möchtest du gerne sehen? Nordens Ark, den Tierpark mit Schneeleoparden, Tigern und Wölfen in großen Freigehegen? Oder die Felsritzungen aus der Bronzezeit hier in der Gemeinde Tanum? Falls du nicht so weit laufen möchtest, könnten wir auch nach Lysekil fahren und das *Havets hus* besuchen. Das ist ein kleines Meeresaquarium. Ein Museum gibt es dort auch."

Erwartungsvoll sah Magnus Silja an. Wie würde sie reagieren?

Kapitel 38 – Silja

„Das klingt alles super. Erzählst du mir von den Felszeichnungen? Die würde ich wirklich gerne sehen."

Silja sank aufs Sofa und klopfte ebenso auf das Polster, wie Mads es getan hatte. Es funktionierte! Magnus setzte sich neben sie – wenn auch mit einem gewissen Abstand.

War die Einladung zu einem Ausflug seine Form einer Liebeserklärung? Und die Blumen? Silja betrachtete sie gedankenverloren.

„Sie sind nichts Besonderes." Magnus, der ihrem Blick gefolgt war, hob entschuldigend die Schultern.

„Für mich schon." Silja lächelte ihn an. „Ich finde sie wunderschön."

So wie dich! dachte sie.

Aber wie machte man einem notorischen Einsiedler klar, dass er sie – Silja – unbedingt an seiner Seite brauchte?

Wie vermittelte man einem arbeitswütigen Junggesellen, der nichts als Schränke und Küchenmontagen im Sinn hatte, dass seine unberechenbare, fremde Duschen besetzende, an Regenrinnen herumturnende, vor Hühnern flüchtende Nachbarin die unwiderstehliche, begehrenswerte, perfekt zu ihm passende Traumfrau war, auf die er – ohne es zu wissen – sein Leben lang gewartet hatte?

Eine peinliche Stille senkte sich über den Raum.

„Ich muss dich etwas fragen ...“

Zu Siljas Erstaunen war es der sonst oft so wortkarge Magnus, der das Schweigen durchbrach.

„Ja?“

Er räusperte sich und fuhr anschließend mit belegter Stimme fort: „Du sprachst vorgestern davon, nicht Lucas zu lieben, sondern einen anderen Mann.“ Er schluckte. „Ich weiß, es ist furchtbar indiskret, trotzdem möchte ich ..., *ich muss* einfach wissen, wer das ist.“ Während er sprach, fixierte Magnus sie beinahe wie unter Hypnose.

Mitanzusehen, wie er litt, welche Anspannung sich über ihn legte, während er ihre Antwort herbeisehnte, schnürte Silja beinahe die Kehle zu.

Deshalb klang auch ihre Stimme rau, als sie zu sprechen ansetzte. „Ist das nicht offensichtlich?“

„Nicht für mich. Nenn mich einen Trottel, wenn du willst, aber mit euch Frauen kenne ich mich einfach nicht aus. Ich schätze, ich mache alles falsch.“

Vor lauter Rührung über seine Unbeholfenheit traten Silja Tränen in die Augen und in ihrem Hals bildete sich – nicht zum ersten Mal in seiner Gegenwart – der altbekannte Kloß, den sie zu bekämpfen versuchte.

„Siehst du, jetzt bringe ich dich sogar zum Weinen. Ich gehe wohl besser.“

„Nein!“ Silja sah ihn flehentlich an. Gleichzeitig schluchzte sie auf. „Bitte bleib! Ich möchte, dass du hier bei mir bleibst.“

Und weil ihr ausnahmsweise die Worte fehlten, rückte sie ganz nah an Magnus heran, schlang beide Arme um seinen Nacken und sah ihn schniefend an.

Für einen Moment bekam sie Angst vor ihrer eigenen Courage, denn er saß stocksteif da und rührte sich nicht, doch dann umschloss er ihren Oberkörper langsam mit beiden Armen und ein Funkeln trat in seine Augen.

Moosgrün schoss es Silja durch den Kopf. Er riecht nach Holz und Wald und hat so lebhafte, moosgrüne Iris mit bernsteinfarbenen Tupfen. Einfach unglaublich!

Mit einem Arm hielt er sie weiter umschlungen, mit der anderen Hand jedoch wischte Magnus behutsam die Tränen weg, die ihre Wangen hinunterzulaufen begannen.

„Bitte nicht weinen. Ich weiß nicht, wie ich darauf reagieren soll", murmelte er ein wenig hilflos.

„Ich weine überhaupt nicht, sondern freue mich bloß", widersprach Silja schluchzend.

Und weil Magnus sie ratlos ansah, ergänzte sie: „Ich habe dir doch längst gestanden, mich in dich verliebt zu haben."

„Gestanden? Du sagtest, du hättest dich in einen Mann verliebt, der dich nicht mag."

„Ja! Natürlich. Und ich meinte dich!"

„Aber ich mochte dich immer – zumindest habe ich dich nie *nicht* gemocht. Die Wahrheit ist: Du hast mich von Anfang an total verwirrt." Magnus legte die Stirn in Falten. „Ach du meine Güte, macht das irgendeinen Sinn? Jedenfalls: Als du das zu mir sagtest, hatte ich gerade herausgefunden, wie viel du mir bedeutest und war deshalb am Boden zerstört."

„Das wusste ich nicht. Ich dachte, du hättest den Hinweis verstanden und meine Bemerkung auf dich bezogen! Und weil du danach so abweisend reagiert hast ...“

„Unsinn! Ich war nicht abweisend, sondern vor den Kopf gestoßen“, erklärte Magnus. Seine Stimme klang nun wieder viel fester und um seine Mundwinkel herum deutete sich der Ansatz eines Lächelns an.

Endlich! Das Eis schien zu bröckeln. Silja jubilierte innerlich.

Erneut strich ihr Magnus mit den Fingerspitzen über beide Wangen. Seine Berührung war unendlich zart. Sie liebkoste Siljas Haut.

„Ich habe mir in den Hintern gebissen bei der Vorstellung, dass du einen anderen liebst. Zwar war Lucas damit aus dem Rennen, was ein gutes Gefühl war, aber prompt tauchte ein Unbekannter am Horizont auf, was mir den Boden unter den Füßen wegzog. Und kurz darauf hast du mit Lennart telefoniert ...“

„Meinem unverbesserlichen Bruder!“

„Woher sollte ich das wissen? Du hattest ihn nie erwähnt. Ich dachte, er sei dein Ex!“

„Es gibt keinen Ex. Und auch keinen anderen. Für mich gibt es nur dich!“ Eine sanfte Röte überzog Siljas Wangen.

Magnus löste die Umarmung, um beide Hände um ihren Kopf zu legen. „Hast du eine Ahnung, wie unglaublich süß du aussiehst, wenn dir etwas peinlich ist?“

„Jetzt ist es mir doppelt peinlich!“

Irgendwo aus den Tiefen von Magnus Kehle perlte ein leises, tiefes Lachen hervor. „Deshalb werde ich dich auf der Stelle küssen, um dich abzulenken.“

Vor Siljas Augen begann sich bei dieser Ankündigung die Welt zu drehen. Deshalb schloss sie sie schnell und reckte ihm ihr Gesicht entgegen. Ungeduldig sehnte sie die Berührung seiner Lippen herbei. Die Sekunde bis zu ihrem ersten Kuss zog sich bis in alle Ewigkeit, doch endlich spürte sie seinen Atem ganz nah an ihrem Gesicht.

Zunächst war Magnus äußerst zurückhaltend, wurde aber schnell leidenschaftlicher. Silja fühlte sich wie unter Strom und gleichzeitig schwebte sie auf Wolken.

Als Magnus sich schließlich von ihr löste, hatte sie jedes Gefühl für Raum und Zeit verloren.

„Zehn Öre für deine Gedanken!", meinte er lächelnd.

„Du weißt genau, dass es keine Öre mehr gibt!"

„Ich habe noch irgendwo altes Kleingeld in einer Schublade."

„Für eine Bestechung taugt das kaum."

„Schade, ich hätte wirklich gerne gewusst, was dir gerade durch den Kopf geht …"

Silja musste lachen. „Es war ein Feuerwerk aus Empfindungen. Unbeschreiblich aufregend, überwältigend und einfach wahnsinnig schön."

„So wie du", flüsterte Magnus ihr ins Ohr. „Unbeschreiblich aufregend, überwältigend und wunderschön."

„Auch wenn du kolossal übertreibst, erzähl ruhig weiter", ermunterte ihn Silja.

„Reden ist Silber, küssen ist Gold", erwiderte er und näherte sich erneut ihrem Gesicht.

Kapitel 39 – Magnus

Magnus saß auf Malins Sofa und hielt Siljas Oberkörper engumschlungen. Ihr Fuß ruhte seitlich auf einem Kissen.

„Ich fürchte, du wirst etwas Geduld mit mir haben müssen. In Liebesdingen bin ich ziemlich aus der Übung." Verschmitzt lächelnd blickte er auf sie herab.

„Das habe ich gar nicht bemerkt, als wir uns geküsst haben."

„Da du bisher meist schonungslos ehrlich zu mir warst, hoffe ich, dass das der Wahrheit entspricht."

Silja grinste, aber Magnus wurde ernst. „Allerdings gibt es da etwas, das mich beunruhigt. Wie du weißt, bin ich selbstständig und somit sehr unflexibel, was einen Wohnortwechsel betrifft. Bitte sag mir, dass du dir vorstellen kannst, in Fjällbacka zu bleiben, Silja." Hoffnungsvoll sah er ihr in die Augen.

Sie zögerte kurz, bevor sie erwiderte: „Eigentlich sollte die Westküste nur eine Übergangslösung für mich sein. Für die Zeit danach hatte ich noch keine konkreten Pläne. Aber ich gebe zu: Seit ich realisiert habe, was du mir bedeutest, habe ich schon mehrfach darüber nachgedacht, eventuell hierzubleiben."

Magnus seufzte erleichtert. „Was muss ich tun, um dich vollends zu überzeugen?"

„Gib mir ein bisschen Zeit, ja?"

„Ungern, aber ja. Natürlich musst du in Ruhe darüber nachdenken dürfen."

„Vor allem brauche ich eine Festanstellung und eine Wohnung ..."

„Soweit ich weiß, sucht Ebba schon länger nach einer Erzieherin", warf Magnus ein.

„Das stimmt wohl, aber jetzt, da ich gleich in der dritten Woche ausfalle, hinterlasse ich womöglich nicht den besten Eindruck." Silja schnitt eine Grimasse, woraufhin Magnus seine Wange an ihre schmiegte und sie noch enger an sich zog.

„Deine Kolleginnen werden es verstehen. Und bis Montag bekommen wir dich wieder so fit, dass du arbeiten kannst. Das verspreche ich." Zärtlich küsste er sie auf die Stirn und die Schläfen.

Silja gab ein wohliges Seufzen von sich. „Und wie ist es um den Wohnungsmarkt bestellt? Als Handwerker kennst du dich damit sicher aus, oder?"

Magnus stockte, umschlang ihre beiden Hände mit seinen und erwiderte leise: „Ich möchte dich nicht unter Druck setzen und mir ist bewusst, dass wir uns erst seit Kurzem kennen, aber falls du nicht vorübergehend bei Malin wohnen möchtest, die sich bestimmt freuen würde, kannst du natürlich jederzeit hier bei mir ..."

„Hältst du das für eine gute Idee?" Silja biss sich auf die Unterlippe. Wie Magnus mittlerweile wusste, tat sie das immer, wenn sie unsicher war.

„Bitte versteh mich nicht falsch. Ich möchte dich zu nichts drängen, aber du sollst wissen, dass du gerne bei mir einziehen darfst, falls du dir das vorstellen kannst."

„Mit allen meinen Sachen?" Schelmisch sah Silja zu ihm auf.

„Mit allen Büchern und deinem Schaukelstuhl und was du sonst noch so besitzt", erklärte Magnus mit einem heiteren Lächeln. „Ich bin sogar bereit, alles binnen fünf Minuten wieder herüberzutragen, falls du dich für ein Leben mit mir entscheidest."

„Gibst du mir ein paar Tage Zeit, um dich besser kennenzulernen und über dieses verlockende Angebot nachzudenken?" Silja fuhr sich durch das Haar. Unsicher lächelte sie ihn an.

„Natürlich." Liebevoll küsste Magnus sie auf die Nasenspitze, bevor er ihr Lächeln erwiderte.

Er blieb bis zum Abend bei Silja, las ihr jeden Wunsch von den Lippen ab – „Möchtest du etwas trinken?" – und zwang sie, ihren Fuß weiterhin zu kühlen: „Sonst wird das nichts mit unserem Ausflug!". Beim Richten des Abendbrots drückte er sie sanft auf den nächstgelegenen Stuhl, mahnte: „Bitte schone deinen Knöchel!" und schob ihr mit der Begründung „Ich bekomme Ärger mit Mads, wenn du nicht anständig isst ..." liebevoll etwas in den Mund, als sie den Teller wegstellte. Zwischendurch fand er jede Menge Gelegenheit, Silja in die Arme zu nehmen und ausgiebig zu küssen. Zur üblichen Uhrzeit ertönte die Türklingel und Magnus sprang auf. „Das ist bestimmt Mads."

Tatsächlich war es der pensionierte Arzt, der Silja seine allabendliche Aufwartung machte. „Ein Spritze noch, meine Liebe, dann bist du den lästigen alten Mann endlich los."

Silja lachte und warf Magnus einen vielsagenden Blick zu.

Dieser antwortete mit einem breiten Grinsen.

Während Mads die Spritze vorbereitete, legte Magnus Silja beschützend die Hand auf die Schulter.

Mads schmunzelte. „Jetzt scheint sie deutlich mehr zu sein als *nur* die Cousine deiner Nachbarin“, sagte er scherzhaft zu Magnus. „Hier liegt definitiv Liebe in der Luft!“

Silja kicherte verlegen, Magnus hingegen brummte zustimmend.

„Darf ich noch schnell deinen Knöchel anschauen, Silja?“

„Natürlich.“

Geschickt wickelte Mads den Verband ab und warf ihn Magnus zu. „Schön straff aufwickeln, bitte!“

Vorsichtig tastete er das Gelenk ab und bewegte ihren Fuß behutsam in alle Richtungen. „Großartig! Deine Genesung kann sich sehen lassen. Ab dem Wochenende steht einem kleinen Spaziergang nichts mehr im Weg.“

„Magnus will mir die Felszeichnungen aus der Bronzezeit zeigen“, verkündete Silja unternehmungslustig.

Mads zog die Augenbrauen hoch. „Oha, da habt ihr euch etwas vorgenommen. Andererseits hat Magnus ja Übung darin, dich durch die Gegend zu tragen, falls nötig.“

„So wild ist das nicht“, beschwichtigte Magnus schnell, weil er Siljas Besorgnis spürte. „Die Felsen sind über Treppen und kurze Wege von den Parkplätzen aus gut erreichbar.“

„Nun, gegen leichte sportliche Betätigungen ist aus ärztlicher Sicht nichts einzuwenden.“ Mads warf ihnen bedeutsame Blicke zu und Magnus sah, wie Silja errötete.

„Dann will ich euch mal nicht länger stören." Lächelnd stand der Arzt auf.

„Vielen Dank für deine Hilfe", beeilte sich Silja zu sagen.

„Gern geschehen und jederzeit wieder. Wobei du das nicht allzu wörtlich nehmen solltest."

Magnus begleitete Mads bis vor die Tür.

„Kaum, dass du sie endlich losgeworden bist, scheint mir, du hättest sie gerne zurück", neckte der Arzt den Tischler.

Dieser grinste. „In Malins Haus ist Silja nicht aus der Welt und sobald sie gesund und ihre Cousine daheim ist, hoffe ich auf eine gute Lösung für uns alle."

„Davon bin ich überzeugt." Mads nickte. „Und übrigens: Ich bin sehr froh, dass du über deinen Schatten gesprungen bist. Silja tut dir gut, Magnus, das ist unübersehbar. Hej då!"

Nachdenklich kehrte Magnus ins Wohnzimmer zurück. Er spürte, wie Recht Mads mit seiner Einschätzung hatte. Ja, Silja tat ihm unfassbar gut. Er hatte seit Jahren geglaubt, kein Glück in und keine Zeit für die Liebe zu haben. Nun wusste er, dass dies lediglich Ausreden gewesen waren. Jetzt, da er die eine Frau gefunden hatte, die sein Herz zum Galoppieren und ihn selbst beinahe um den Verstand brachte, wollte er sein altes Leben auf keinen Fall zurück. Er würde Mittel und Wege finden müssen, seine Selbstständigkeit und die Beziehung zu Silja gleichberechtigt in sein Leben zu integrieren.

„Zehn Öre für deine Gedanken!" Silja empfing ihn mit einem übermütigen Grinsen.

„Hast du mir nicht eben erklärt, es gebe keine Öre
mehr?“

„Ich habe mir sagen lassen, nebenan lägen ein paar
alte Münzen herum ...“

„Und da hast du dir gedacht, du brichst dort ein und
holst dir welche, um mich zu bestechen?“

„Ich weiß, wo der Nachbar seinen Zweitschlüssel deponiert hat. Er ist diesbezüglich nicht sehr einfalls-
reich“, antwortete Silja verschmitzt.

„Du bist so frech, dass ich dich entweder durchkitzeln
oder übers Knie legen sollte!“

„Küssen wäre mir, ehrlich gesagt, lieber.“

„Mir auch“, sagte Magnus belustigt und nahm Silja in
den Arm. „Viel lieber sogar!“

Später am Abend bestand er darauf, Silja die Treppe
hoch zu begleiten, verabschiedete sich im Anschluss jedoch in Rekordzeit, um nicht in Versuchung zu geraten, über sie herzufallen. Das wäre ihm wenige Stunden nach ihrem ersten Kuss nicht sehr ritterlich vorgekommen.

„Ich schaue morgen nach der Arbeit bei dir vorbei“,
verkündete er deshalb und küsste Silja hastig auf die
Wange.

„Erst so spät?“ Das Bedauern in ihrer Stimme war un-
überhörbar.

„Ich bin leider ziemlich in Verzug, was meinen aktuellen Auftrag angeht. Wenn ich am Wochenende mein
Versprechen halten will – und das möchte ich unbedingt! – muss ich morgen und Freitag ordentlich rein-
klotzen.“

„Verstehe!“ Silja seufzte sehnsuchtsvoll.

Ihr Anblick bescherte ihm weiche Knie, weshalb Magnus sein Heil in der Flucht suchte. Vom Fuß der Treppe aus warf er ihr einen Luftkuss zu, danach stürmte er aus dem Haus.

Kapitel 40 – Linnea

Der Mittwoch war nach Linneas Ansicht quälend langsam vergangen, denn sie brannte darauf, herauszufinden, ob ihr Gespräch mit Magnus vom Vorabend Früchte getragen hatte. Doch nach der Arbeit wartete Lucas bereits auf sie, um sie zu einem Familienessen abzuholen. Die Geburtstagsfeier ihrer Mutter war lang und vergnüglich und so konnte sich Linnea erst spät loseisen. Wie ein Wirbelwind eilte sie anschließend nach Hause, wo sie der Versuchung, Silja anzurufen, nun nicht mehr widerstehen konnte.

Diese meldete sich sofort.

„Bist du allein?", fragte Linnea vorsichtig.

„Um die Uhrzeit? Wer sollte mich da besuchen?"

„Och, keine Ahnung." Verärgert kräuselte Linnea die Stirn. Silja konnte es am anderen Ende der Leitung ja nicht sehen.

Hatte ihr Gespräch mit Magnus also rein gar nichts bewirkt? Der Kerl war wirklich ein Holzkopf!

„Bist du noch da?", erkundigte sich Silja.

„Klar. Du, ich muss dir etwas erzählen: Lucas hat ein vielversprechendes Stellenangebot aus Stockholm erhalten. Wahrscheinlich wird er dorthin gehen. Zumindest habe ich ihm gut zugeredet."

„Das wäre ja klasse", erwiderte Silja. „Was für eine tolle Chance für ihn!"

„Stimmt."

„Du rätst nie, was heute passiert ist", ließ sich Silja überraschend vernehmen.

Linnea schöpfte wieder Hoffnung, stellte sich aber unwissend. „Sag' bloß, Mads hat dir erlaubt, für den nächsten Marathon zu trainieren."

Silja kicherte. „Ich und Marathon? Das schließt sich gegenseitig aus, fürchte ich. Zum Glück war Mads sehr zufrieden mit meinem Knöchel."

„Cool!"

„Allerdings wollte ich dir etwas anderes erzählen. Du wirst es nicht glauben!"

„Nun sag schon! Ich platze vor Neugierde."

„Magnus hat mich geküsst."

„Einfach so?" Vor Linneas innerem Auge erschien eine Horrorvision von einem einfallslosen Tischler, der aufgrund ihrer Einmischung schnurstracks zu Silja marschiert war und sie ohne weitere Erklärung geküsst hatte. Ein tiefes Unbehagen überfiel Linnea.

Aber entgegen ihrer Befürchtung klang Silja sehr vergnügt. „Natürlich nicht *einfach so*. Er hat mir einen selbstgepflückten Blumenstrauß mitgebracht, mich zu einem Ausflug am Wochenende eingeladen und eine Weile herumgedruckst, bis ...", Silja machte eine kunstvolle Pause, „ ... bis er mir sehr umständlich seine Gefühle gestanden hat."

Dem Himmel sei Dank! Das Schreckensszenario eines gegen alle Anstandsregeln verstoßenden Magnus löste sich in Luft auf.

„Hat es dir die Sprache verschlagen?", erkundigte sich Silja.

„Allerdings", gab Linnea zu. „Im positiven Sinn natürlich."

„Ich kann nicht fassen, dass er mich auch mag! Hättest du das gedacht?"

„Niemals", beteuerte Linnea, die nicht sicher war, wie Silja ihre gnadenlose Indiskretion aufnehmen würde, sollte sie je davon erfahren. Deshalb spielte sie lieber die Ahnungslose und beglückwünschte ihre Freundin von Herzen.

Kapitel 41 – Silja

Am Donnerstag erwachte Silja mit einem Lächeln im Gesicht. Sie hatte von Magnus und seinen Zärtlichkeiten geträumt. Bei der Erinnerung daran schlug ihr Herz schneller und ein schmerzliches Sehnen bemächtigte sich ihrer.

Den Morgen verbrachte sie damit, Malins Haushalt in Ordnung zu bringen. Mit der Krücke und ihrer Verletzung machte dies einige Mühe, aber das hielt sie nicht auf.

Gegenüber Ebba, Linnea und den anderen Kolleginnen hatte sie ohnehin ein schlechtes Gewissen und die Aussicht auf mehrere Ausflüge mit Magnus beflügelte sie zusätzlich.

Bei einer Verschnaufpause taute sie das letzte Viertel von Agathes Cremetorte auf und kochte sich einen Kaffee.

Während ein Stück des himmlischen Biskuits auf ihrer Zunge zerging und ihre Geschmacksnerven stimulierte, überlegte sie, wie ihr Vater Magnus gefunden hätte. Dabei kam Silja zu dem Schluss, dass die beiden sich auf jeden Fall gut verstanden hätten. Das Gefühl, den Segen ihres verstorbenen Vaters zu haben, stimmte sie positiv und so schrubbte sie summend die Spüle.

Ab dem Nachmittag sehnte Silja mit jeder Faser ihres Körpers Magnus Besuch herbei und war ziemlich perplex, als es an der Tür Sturm klingelte, aber ihre Cousine davorstand.

„Überraschung!"

„Malin!"

„Wie geht es dir? Was machst du nur für Sachen?"

„Du bist schon zurück? Habe ich eine Nachricht übersehen?"

„Nö. Ich hatte bloß den Eindruck, dich nicht länger allein lassen zu können. Irgendwer muss sich ja um dich kümmern!"

Zwar hatte Silja eine recht konkrete Vorstellung davon, wer für diese Aufgabe prädestiniert sein könnte – und Malin war es definitiv nicht –, trotzdem behielt sie ihre Meinung wohlweislich für sich.

„Du läufst mit einer Krücke. Ist das nun gut oder schlecht?"

„Das ist super, denn vor drei Tagen konnte ich nicht einmal alleine stehen und heute schmeiße ich schon den gesamten Haushalt."

„Das werde ich ab sofort übernehmen!"

„Bist du sicher?"

„Logisch! Hast du schon etwas gegessen?"

„Torte."

Malin runzelte die Stirn. „Ich meinte etwas Richtiges."

„Nein."

Entschlossen klatschte Siljas Cousine in die Hände. „Ich werde für uns kochen!".

„Du kannst nicht kochen. Das konntest du noch nie."

„Dann werde ich es jetzt lernen."

Silja schwante Böses. „Das ist zwar sehr lieb, aber überhaupt nicht notwendig. Ich bin schon ziemlich fit. Am Wochenende plane ich sogar einen Ausflug.“

„In deinem Zustand?“

„Mads hat gesagt, ich dürfe kleinere Spaziergänge unternehmen.“

„Wer ist Mads?“

„Der ehemalige Arzt von Fjällbacka.“

„Ach, richtig. Magnus hat ihn am Telefon erwähnt. Jetzt erinnere ich mich. Wo steckt er übrigens, der Herr Nachbar?“

„In der Werkstatt.“

„Wo auch sonst! Welch dumme Frage! Habe ich es dir nicht gesagt? Er arbeitet rund um die Uhr. Hat nichts im Sinn außer Brettern und Schrauben. Unfassbar. Ich habe noch nie einen Mann wie ihn kennengelernt.“

„Ich auch nicht“, gestand Silja.

„So ein sturer Bock!“

„Magnus war sehr hilfsbereit“, widersprach Silja.

„Aber nicht sonderlich gesprächig. Es war kaum möglich, zu erfahren, wie es dir geht!“, beschwerte sich ihre Cousine.

„Er war meinetwegen ziemlich beschäftigt. In der ersten Nacht ist er nicht von meiner Seite gewichen.“

„Das war sicher schrecklich für dich.“

Malins bedauernde Miene reizte Silja, in schallendes Gelächter auszubrechen. Sie unterdrückte die Regung jedoch.

„Er hat übrigens jeden Tag für mich gekocht.“

„Das werde ich jetzt übernehmen.“

„Zu Hilfe!“

„Na, hör mal!“, entrüstete sich Malin.

In diesem Moment bog der vertraute Transporter um die Ecke und Siljas Herz absolvierte Freudensprünge in ihrer Brust.

„Ach, da ist er ja." Malin klang mäßig begeistert. „Komm wir gehen rein. Bei Magnus kann ich mich auch später bedanken."

Während sie mit ihrer geliebten Fotoausrüstung im Haus verschwand, blieb Silja auf dem Podest vor der Tür stehen und sah Magnus sehnsuchtsvoll entgegen, der lässig aus seinem Wagen sprang und lächelnd herbeieilte.

„Hej!" Zunächst wirkte er ein wenig verlegen, umfasste dann aber Siljas Kopf mit beiden Händen und küsste sie.

„Du schmeckst noch genauso verführerisch wie gestern", murmelte er. „Und ich hatte schon befürchtet, es sei nur ein schöner Traum gewesen."

Zu Siljas Freude zog er sie erneut an sich, ohne eine Antwort abzuwarten.

„Wo bleibst du denn? Wir wollten doch etwas essen!" Malin erschien im Türrahmen. „Oh!", stieß sie fassungslos hervor. „Wie es scheint, bist du schon beim Nachtisch angekommen."

Silja und Magnus fuhren auseinander und er ließ sie zu ihrem Bedauern los.

„Du bist schon zurück?" Magnus starrte Malin perplex an.

„In der Tat! Ich bin nach Hause geeilt, als sei der Leibhaftige hinter mir her, da ich dachte, ich solle mich um Silja kümmern, aber das scheinst du ja inzwischen übernommen zu haben." Ungläubig sah Malin von einem zum anderen. „Ich traue meinen Augen nicht!"

„Es ist nicht so, wie es vielleicht wirkt", wandte Silja verlegen ein.

Malin grinste von einem Ohr zum anderen. „Dann habe ich mir vermutlich gerade eingebildet, dass du den standhaftesten Single von ganz *Bohuslän* geküsst hast ..."

„Natürlich haben wir uns geküsst. Was ich sagen wollte, ist ..."

Magnus legte den Arm fest um Siljas Schulter und sah Malin entschlossen an. „Was Silja damit sagen möchte, ist, dass wir bis gestern lediglich Patientin und Pfleger waren. Erst als es deiner Cousine besser ging und sie in dein Haus zurückgekehrt war, habe ich ihr meine Gefühle gestanden." Lächelnd sah Magnus auf Silja hinunter, die seinen Blick verträumt erwiderte und fuhr an Malin gewandt fort: „Und weil ich offenbar ein Riesenglückspilz bin, hat Silja mich erhört und mir eine Chance gegeben."

„Ich traue meinen Ohren kaum. Magnus, bist du es wirklich, oder hast du einen Zwilling?"

„Er hat tatsächlich einen Zwilling", erklärte Silja mit einem Seitenblick auf Magnus. Zu ihrem Ärger wurde sie bei der Erwähnung seines Bruders schon wieder rot.

„Ach, kommt Leute. Nun ist aber Schluss mit den Geschichten. Wahrscheinlich spielt ihr nur Theater, um die gute alte Malin reinzulegen, oder?"

„Ganz und gar nicht", widersprach Magnus entschieden. „Silja und ich haben uns verliebt und mein Bruder ist zurzeit auf Heimaturlaub und macht Fjällbacka unsicher."

„Er ist ein ziemlicher Aufreißer", ergänzte Silja.

„Wer? Der da?“ Ungläubig zeigte Malin auf Magnus. „Da lachen ja die Hühner!“

„Nein, nicht Magnus. Malte natürlich.“

„Wer ist Malte?“

„Sein Zwilling.“

„Ich dreh durch. So ein Chaos und das auf nüchternen Magen. Das hält doch kein Mensch aus!“ Kopfschüttelnd verschwand Malin im Haus, kehrte jedoch noch einmal um und verkündete: „Du kannst gerne mit reinkommen, sobald ihr mit der Küsserei fertig seid. Ich geh schon mal vor. Silja erwähnte irgendwas von einer Torte und die brauche ich jetzt dringend, um meine Nerven zu beruhigen.“

Kapitel 42 – Magnus

Als Magnus an diesem Abend seine Haustür hinter sich schloss, war er nicht sicher, ob er lachen oder weinen sollte.

Einerseits war Malins Gesicht, als sie Silja und ihn auf frischer Tat ertappt hatte, unbezahlbar gewesen. Obendrein hatte ihre Fassungslosigkeit darüber, dass er – der eingeschworene Single – mit ihrer Cousine liiert war, ihn den ganzen Abend hindurch amüsiert. Und die Tatsache, dass Malin, die Königin des Chaos, ausgerechnet ihn und seine taufrische Beziehung zu Silja als solches bezeichnet hatte, war natürlich ein Witz für sich.

Andererseits war es mit der Ruhe nun vorbei. Silja würde ab sofort sicher viel Zeit mit ihrer Cousine verbringen wollen und für jede Form der Zweisamkeit musste er sie vermutlich in sein Haus locken. Darüber hinaus kam sich Magnus unter Malins wachsamen Fotografinnenaugen unangenehm beobachtet vor und das schon am zweiten Tag seiner Beziehung mit Silja. Kein sonderlich gutes Omen für eine junge Liebe, wie er fand.

Immerhin hatten Silja und er Malin gemeinsam daran hindern können, für sie alle zu kochen. Denn Siljas entsetztes Gesicht über dieses Vorhaben hatte Magnus einschreiten lassen. Am Ende hatte Malin Gemüse geschnippelt, Silja – von ihnen beiden verordnet – ihren Fuß hochgelegt und er gekocht.

Ein gemeinsames Abendessen mit Malin Lundqvist wäre für Magnus noch vor einer Woche unvorstellbar gewesen, aber Silja und ihr Unfall hatten sein Leben gehörig auf den Kopf gestellt. Und er fand es nicht einmal schlimm – im Gegenteil. Sobald Silja ihn anlächelte, ging ihm das Herz auf und Magnus verspürte nichts außer dem Wunsch sie fest in die Arme zu schließen und nie wieder loszulassen.

Am Freitag läutete er deshalb – entgegen jeder Gewohnheit – bereits mittags den Feierabend ein. Er konnte sich zwar nicht erinnern, jemals so wenig gearbeitet zu haben wie in dieser Woche, doch es fühlte sich gut an.

Seine Kunden würden sich möglicherweise daran gewöhnen müssen, nicht mehr grundsätzlich an vorderster Stelle zu stehen. Während er ins Auto stieg, pfiff Magnus beschwingt vor sich hin.

Am Gartenzaun in der Sackgasse traf er auf Malin, die gerade vom Einkaufen zurückkehrte.

„Kommst du neuerdings in der Mittagspause heim?", erkundigte sie sich erstaunt.

„Es ist Wochenende."

„Ich wusste gar nicht, dass du dieses Wort kennst."

„Tja, die Zeiten ändern sich. Darf ich reinkommen?"

Ungefragt hob Magnus zwei Taschen aus ihrem Kofferraum und trug sie ins Haus.

„Ja, bitte. Und danke für deine Hilfe", rief Malin ihm nach.

In der Küche traf er auf Silja, die begeistert aufjauchzte, als er die Taschen abstellte und sie auf die Wange küsste.

„Du bist schon da? Und wo ist Malin?"

„Hier", ertönte es dumpf aus der Diele. „Achtung, ich werde jetzt die Küche betreten. Dies nur als Warnung, falls ihr gerade irgendetwas tut, das ich nicht sehen sollte."

Silja lachte verlegen.

„Keine Sorge, wir können uns beherrschen", erwiderte Magnus, der sich nicht sicher war, ob dieser Satz der Wahrheit entsprochen hätte, wäre Malin nicht heimgekehrt. „Ich wollte fragen, ob du mit mir zum Hafen laufen möchtest. Ein kleiner Test sozusagen, ob unser Ausflug morgen möglich ist oder wir uns ein anderes Ziel suchen sollten." Fragend sah Magnus Silja an.

„Eine super Idee!" Sie strahlte. „Vielleicht probiere ich es sogar ohne Krücke, wenn du mich ein bisschen stützt."

„Ich bin sicher, das macht er gern." Malin grinste frech. „Denn offensichtlich geschehen noch Zeichen und Wunder."

„Wie wäre es, wenn wir unsere in der Vergangenheit leicht angespannte, nachbarschaftliche – äh – Beziehung auf Eis legen und neu anfangen würden?", fragte Magnus friedfertig.

„Cooler Einfall." Malin nickte und streckte ihm spontan die Hand entgegen. „Ich bin Malin, Fotografin, ein kreatives Genie, aber eine desaströse Köchin und wohne seit etwa einem Jahr direkt neben dir. Schön dich kennenzulernen."

Silja kicherte verhalten, während Magnus mit todernster Miene mitspielte und die dargebotene Hand schüttelte. „Hej, Malin, sehr erfreut. Ich bin Magnus, Fjällbackas einziger Tischler, berüchtigter Workaholic, Hobbykoch und seit Neuestem in deine Cousine verliebt.“

„Tja, dann: Willkommen in der Familie, Magnus.“

„Danke, Malin. Möchtest du uns nachher bei unserem Spaziergang begleiten?“

„Nein, vielen Dank. Ich habe Besseres zu tun. Ich muss an diesem Wochenende meine Dänemark-Impressionen sortieren und mir einen Überblick über die Motive verschaffen. Wahrscheinlich werde ich die Frühlingssonne maximal von der Terrasse aus zu sehen bekommen.“

„Interessant, wie sich die Prioritäten verschieben“, befand Silja und sah amüsiert von Malin zu Magnus.

Plötzlich erstarrte sie. „Manche Dinge scheinen sich hingegen nie zu ändern.“

Magnus Blick folgte der Richtung in die Siljas ausgestreckter Zeigefinger deutete – nämlich in Malins Garten. „Das darf nicht wahr sein!“, rief er und riss die Terassentür auf. „Du widerborstiges Miststück!“

Kapitel 43 – Silja

„Uns meint er damit hoffentlich nicht?", wollte Malin irritiert wissen.

„Nein, keine Sorge. Er schimpft mit der dicken Berta."

„Wer ist das nun wieder? Und findest du es nicht despektierlich, sie als *dick* zu bezeichnen? Vielleicht kann sie nichts für ihr Übergewicht."

„Glaub mir, wenn sie nicht ständig auf der Suche nach Futter wäre …"

Empört stemmte Malin die Hände in die Hüfte. „Sag mal, wie redest du denn von der armen Frau?"

Bevor Silja, die in Gelächter ausgebrochen war, sich genug beruhigt hatte, um ihrer Cousine zu antworten, ertönte im Garten ein lauter Fluch und direkt im Anschluss ohrenbetäubendes Gegacker.

Schließlich erschien Magnus auf der Türschwelle, ein widerspenstiges Huhn von gewaltigen Ausmaßen fest an seine Brust gedrückt. „Ich habe sie!", verkündete er keuchend.

„Sehr beeindruckend", meinte Silja. „Allerdings bin ich irritiert, weil ich dachte, du hättest den Verschlag der alten Agathe ausbruchssicher gemacht …"

„Das habe ich auch." Magnus nickt grimmig. „Und jetzt werde ich hinübergehen und nachsehen, wie dieses verflixte Luder schon wieder entkommen konnte!"

Es dauerte nicht allzu lange, bis Magnus zurückkehrte. „Fehlalarm!", verkündete er. „Meine Beschläge haben gehalten. Das nützt natürlich nichts, wenn jemand die Tür offenstehen lässt, weil dieses schlaue Huhn jede Chance ergreift, die sich ihm bietet."

„Wird die alte Agathe nachlässig?"

„Nein, es war wohl die Enkelin, aber Schwamm drüber. Ich habe sichergestellt, dass hier heute keine gefiederten Ausbrecherköniginnen mehr herumstolzieren werden."

„Großartig. Übrigens: Diese Torte ist ein Traum!", verkündete Malin. „Wo habt ihr sie gekauft?"

„Dafür, dass du schon ein Jahr lang hier wohnst, kennst du deine Nachbarn erschreckend wenig." Magnus grinste. „Du solltest dich mal bei der alten Agathe am Ende der Sackgasse vorstellen. Sie ist eine Seele von Mensch und ihr Gebäck ist legendär!"

„Ich werde ihr bei Gelegenheit einen Besuch abstatten", versprach Malin. „Und jetzt raus, ihr zwei. Ich muss dringend arbeiten." Lachend wedelte sie mit beiden Händen.

Die Krücken ließ Silja absichtlich in der Diele stehen.

„Ich hänge mich lieber bei dir ein", sagte sie zu Magnus. „Wir können ja gelegentlich pausieren."

„Wenn du mich fragst, sollten wir gleich damit anfangen." Breit grinsend tat Magnus das, wonach ihn seit Stunden gelüstete, nämlich Silja in die Arme zu nehmen und zu küssen.

In diesem Moment kam Malin aus der Küche gestürmt und drängelte sich kopfschüttelnd an ihnen vorbei zur Treppe. „Ihr seid ja immer noch da!"

Nach einem kurzen Abstecher ins Nachbarhaus, da Magnus nicht in seiner Arbeitskleidung ins Wochenende starten wollte, testete Silja – von Magnus gestützt – die Belastbarkeit ihres Knöchels. Mit einigen Pausen und einer Vielzahl an ermunternden Küssen schaffte sie es bis zum Ziel.

„Das hat doch super geklappt." Silja strahlte, sobald sie die ersten Masten der sanft im Hafenbecken schaukelnden Segelboote erblickte.

„Das finde ich auch. Unserem Wochenendausflug scheint nichts mehr im Weg zu stehen. Was hältst du zur Belohnung von einem Abstecher ins Hafencafé? Ich lade dich ein."

„Nach allem, was du für mich getan hast, sollte ich *dich* wohl lieber einladen."

Magnus winkte ab. „Ein anderes Mal. Heute möchte ich mich für all die Gelegenheiten entschuldigen, bei denen ich dir ungerechtfertigte Vorwürfe gemacht habe." Höflich rückte er Siljas Stuhl zurecht und setzte sich erst danach.

Sie nahm sein zuvorkommendes Verhalten wohlwollend zur Kenntnis.

„Dachtest du bei unserer ersten Begegnung wirklich, ich sei eine Einbrecherin?" Diese Frage beschäftigte Silja, seit ihrem ersten Abend in Fjällbacka.

„Keine Ahnung, was ich gedacht habe. Ich war müde und wollte nach einem langen Arbeitstag meine Ruhe haben und plötzlich warst du da: Attraktiv, beinahe nackt, hochgradig empört und sehr vorwurfsvoll. Ich wusste gar nicht, was los war." Bei der Erinnerung an die Situation im Bad, lachte Magnus plötzlich laut heraus. „Aus heutiger Sicht war unser Kennenlernen schon ziemlich grotesk, oder?"

Silja nickte. „Du ahnst gar nicht, wie peinlich mir das Ganze war. Am liebsten wäre ich auf der Stelle im Boden versunken."

„Das wäre aber sehr schade gewesen!" Belustigt griff Magnus über den Tisch hinweg nach Siljas Hand, beugte sich vertraulich zu ihr hinüber und ergänzte leise: „Glaubst du mir, wenn ich dir sage, dass in den fünf Jahren, in denen ich das Haus besitze, noch nie eine Frau mein Bad betreten hat? Geschweige denn mein Schlafzimmer?"

Sein Geständnis berührte Silja. „Ja, das glaube ich dir. Schließlich habe ich selbst erlebt, wie viel du arbeitest und Malin hatte mich vor meiner Anreise sogar davor gewarnt, mich auf dich einzulassen, weil du ununterbrochen schuften würdest."

„Das hat sie gesagt?"

„In der Art."

„Deine Cousine scheint hellseherische Fähigkeiten zu haben, auch wenn ihr das sicher nicht bewusst ist."

Belustigt schüttelte Silja den Kopf. „Malin hat ganz sicher nichts Übersinnliches an sich."

In diesem Moment erschien die Bedienung des Hafencafés, um ihre Bestellung aufzunehmen. Es war die junge Frau, mit der Silja Malte des Öfteren zusammen gesehen hatte. Für den Bruchteil einer Sekunde ruhte der Blick der Kellnerin sichtlich überrascht auf Magnus und Siljas Händen, dann sah sie auf.

„Hej, Magnus", grüßte sie freundlich, als seien sie alte Bekannte.

„Hej, Wilma. Darf ich dir Silja vorstellen? Sie ist neu in der Stadt und arbeitet bei Ebba im Kinderhort."

„Hej, Silja. Gefällt es dir bei uns?"

„Ja, sehr."

Silja wagte nicht zu fragen, woher Magnus und die Kellnerin sich kannten, doch er schien ihre Unsicherheit zu spüren und erklärte sofort: „Wilma ist mit Malte und mir in eine Klasse gegangen." Scherzhaft fügte er hinzu: „Sie war eine von den vielen Frauen, die meinen Bruder stets vorgezogen haben."

Wilma lachte. „Wie es scheint, hast du jemanden sehr Nettes gefunden, um dich darüber hinwegzutrösten." Sie zwinkerte Silja verschwörerisch zu. „Du darfst ihm kein Wort glauben. Es gab genug Mädels, die auf Magnus standen, aber er schien nie wirklich Interesse zu haben."

„Tatsächlich?" Überrascht sah Silja von Wilma zu Magnus.

Nachdem die Kellnerin ihre Wünsche notiert und sich einem anderen Pärchen zugewandt hatte, erklärte er leise: „Ich war ziemlich schüchtern. Die Tatsache, dass Malte viel extrovertierter war und ist, hat es nicht besser gemacht."

„Ist Wilma Maltes Freundin?", fragte Silja. „Ich habe sie mehrfach zusammen gesehen."

Magnus zuckte die Schultern. „Wer weiß das schon. Vielleicht hat mein Bruder eine Freundin, vielleicht aber auch vier oder gar keine. In jedem Fall hattest du mit deinen Anschuldigungen neulich Abend Recht. Deine Vorhaltungen trafen lediglich den falschen Fredriksson."

„Und das tut mir sehr leid." Silja sah ihn zerknirscht an.

„Darf ich dir eine Frage stellen, die mich seit fast einer Woche beschäftigt?" Stirnrunzelnd sah Magnus Silja an. Er war nun wieder sehr ernst geworden.

„Klar", antwortete sie mit belegter Stimme. Was er so dringend wissen wollte, ahnte sie bereits.

„Weshalb ging es dir am Samstag während des Festes plötzlich so schlecht? Und warum bist du daraufhin nicht direkt heimgegangen, sondern auf den Vetteberg gestiegen?"

Silja seufzte. Irgendwann würde sie es ihm ohnehin sagen müssen, warum also nicht jetzt, nur wenige Meter von dem Ort entfernt, an dem sie Magnus solch ungerechtfertigte Vorwürfe gemacht hatte?

„Es war mir unendlich peinlich, dir dein vermeintliches Lotterleben vorgeworfen zu haben und direkt im Anschluss zu erfahren, dass es Malte war, der die ganze Zeit mit halb Fjällbacka flirtete. Meine dämliche Eigenschaft, ständig mit dem herauszuplatzen, was mich beschäftigt, ohne über die Konsequenzen nachzudenken, war mir nie zuvor so unangenehm wie an dem Abend. Ich wollte auf keinen Fall den Eindruck erwecken, ich würde mich für dich interessieren ..."

„Hast du dich denn für mich interessiert?" Er grinste herausfordernd.

„Unbewusst, ja, obgleich ich es mir nicht eingestand."

Magnus legte beide Hände um ihre. „Erzähl bitte weiter."

Silja schluckte. „Es war so furchtbar demütigend, sich *schon wieder* vor dir blamiert zu haben, deshalb war mir jede Feierlaune vergangen. Als ich mich von Linnea verabschiedet hatte, war es meine feste Absicht, den kürzesten Weg zu nehmen, aber der gesamte Hafenbereich war überlaufen. Ich kam kaum gegen die Besuchermassen an.“

„Und da bist du am Berg entlang gegangen ...“

„Exakt. Und plötzlich hatte ich das Bedürfnis, dort oben allein zu sein, den wahnsinnig schönen Ausblick zu genießen und nachzudenken.“

„Über mich?“, fragte Magnus gespannt.

„Über dich, über mich, über meine Zeit in Fjällbacka und ebenso über meinen verstorbenen Vater, den ich gerne in einigen Punkten um Rat gefragt hätte.“

„Verstehe. Dabei hast du wohl die Zeit vergessen.“

„Genau. Nachdem ich die Dunkelheit und das herannahende Unwetter endlich wahrgenommen hatte, brach ich sofort auf, stürzte aber kurz darauf und den Rest der Geschichte kennst du ja.“

„Allerdings. Ab der Stelle war ich sozusagen *life* dabei.“

„Wofür ich dir ewig dankbar sein werde. Obgleich ich noch immer nicht verstehe, warum du all diese Mühe auf dich genommen hast – für eine Frau, die dich ständig genervt hat.“

„Nenn es Verantwortungsbewusstsein. Ich kann einfach nicht wegsehen, wenn andere in Schwierigkeiten sind.“

„Ein sehr edler Charakterzug.“

„Findest du?“

Statt einer Antwort nickte Silja nur zustimmend, denn Wilma brachte lächelnd ihre Getränke und sie wollte sie um keinen Preis an dieser privaten Unterhaltung teilhaben lassen. Obwohl die Kellnerin ohnehin

längst im Bilde war und sich die Neuigkeiten über Fjällbackas Tischler und Ebbas Aushilfskraft vermutlich rasend schnell verbreiten würden.

Zu Siljas Erstaunen schien Magnus zum wiederholten Mal ihre Gedanken erraten zu haben. „Du hast
Recht: Es wird sich in Windeseile in Fjällbacka herum-
sprechen." Er umschloss ihre Finger und deutete einen
Handkuss an. „Stört es dich?"

Silja schüttelte den Kopf. „Warum weißt du immer,
was ich denke?"

„Weil ich mich in dich verliebt habe, Silja Blom. Ich
lese dich wie ein offenes Buch." Er lachte vergnügt. „Na,
gut. Das war übertrieben."

Kapitel 44 – Magnus

Am Samstag fühlte sich Magnus sehr beschwingt, als er Silja zu ihrem ersten gemeinsamen Ausflug abholte.

„Tut mir leid, dass ich dir keinen schicken Sportwagen bieten kann", sagte er halb entschuldigend, halb selbstironisch, während er galant die Tür des Transporters aufhielt.

„Wir könnten meinen Wagen nehmen", schlug Silja vor.

„Dein Pickup ist weder deutlich kleiner noch vornehmer als mein Lieferwagen. Wir kämen dadurch quasi vom Regen in die Traufe."

„Ich mache mir nichts aus Autos", gestand Silja schulterzuckend. „Hauptsache die Kiste rollt!"

„Was bist du für eine ungewöhnliche Frau: Legst keinen Wert auf schicke Cabriolets, kannst es nicht leiden, wenn Männer flirten ..."

„Du darfst sehr gerne mit mir flirten, ich mag bloß keine Womanizer."

„Wie beruhigend. Und apropos *ungewöhnliche Frau*: Weißt du, womit du mich am meisten beeindruckt hast?"

Silja schüttelte ratlos den Kopf, während Magnus den Transporter startete.

„Als du neulich so schnell und kompetent den Reifen gewechselt hast, war ich total erstaunt ... Ich kenne kein einziges weibliches Wesen, das das, ohne mit der Wimper zu zucken, in derart kurzer Zeit erledigt hätte.“

Silja brach in schallendes Gelächter aus. „Es ist unglaublich! Als ich nur in ein Handtuch gewickelt in deinem Badezimmer stand, hast du mich rausgeworfen, aber als ich ölverschmiert vor meinem Auto kniete und einen Reifen gewechselt habe, da hast du Feuer gefangen!“

„Warum auch nicht? Mit gutem Kuchen kann man mich übrigens auch jederzeit um den Finger wickeln. Ich bin deshalb noch unentschlossen, ob ich die alte Agathe dir vorziehen sollte. Ihr Biskuit ist einfach unschlagbar!“

Magnus warf einen übermütigen Seitenblick auf Silja, während er seinen Wagen auf die Landstraße lenkte.

„Ich habe es geahnt!“, konterte sie. „Stell dir vor: Ich habe gestern Abend einen Kuchen gebacken. Er befindet sich zusammen mit einer Picknickdecke in der Tasche, die du vorhin eingeladen hast. Was sagst du nun?“

„Ich finde es verstörend, wie leicht du mich durchschaust. Davon abgesehen, bin ich natürlich begeistert.“

„Nachdem wir das geklärt hätten, erzähl doch mal, was ich heute zu sehen bekommen werde.“

„Gern. Es gibt in unserer Gemeinde über zehntausend etwa dreitausend Jahre alte Felsritzungen.“

„Ritzungen? Sagt man nicht eher Felszeichnungen dazu?“

„Je nachdem. In diesem Fall haben unsere Vorfahren ihre Bilder mit Werkzeugen in den Felsen geschlagen.

Um sie besser kenntlich zu machen, sind sie heute teilweise farblich markiert. Das wirst du später sehen.“

„Diese Bilder stammen aus der Bronzezeit, oder?“

„Richtig und sie befinden sich an sechs unterschiedlichen Standorten. Ich dachte, wir besuchen erst mal zwei davon. Sie liegen sehr nah beieinander und du musst vom Parkplatz aus nicht weit laufen.“

„Klingt perfekt!“

„Die sechs Plätze wurden übrigens 1994 von der UNESCO in die Liste der Weltkulturerbestätten aufgenommen.“

„Das klingt fast wie ein Freilichtmuseum.“

„Ein Museum gibt es logischerweise auch, aber das steht in Vitlycke. Dorthin fahren wir ein anderes Mal.“

„Du planst also weitere Ausflüge mit mir?“

„Natürlich. Was dachtest du denn?“

„Ich war mir nicht sicher, ob du tatsächlich vorhast, deine Werkstatt in Zukunft an den Wochenenden so sträflich zu vernachlässigen.“

Magnus sah, dass Silja herausfordernd grinste.

„Das hast du in der Hand. Wenn du bei mir bleibst, was ich mir mehr wünsche als alles andere, und Ausflüge machen möchtest, werden wir auf jeden Fall welche unternehmen.“

Ein Seitenblick ließ Magnus erkennen, wie sich Siljas freches Grinsen in ein weiches Lächeln verwandelte.

„Da vorne ist es“, verkündete er. „Litsleby liegt etwa drei Kilometer südlich von Tanumshede. Wir parken unterhalb und laufen ein paar Meter den Waldweg hinauf. Keine Sorge, es ist nicht steil.“

Kurz darauf parkte Magnus seinen Wagen und half Silja vom erhöhten Beifahrersitz herunter.

Einen Arm fest um ihren Rücken gelegt, sicherte er sie ab. Der Pfad führte zwischen weit auseinanderstehenden Nadelbäumen sacht aufwärts. Der Weg war mit braun gefärbten Nadeln übersäht und federte unter ihren Füßen. Allerdings machten aus dem Boden ragenden Felsen ihn sehr uneben, weshalb Magnus sorgsam darauf bedacht war, Silja zu stützen.

„Meinen Fuß geht es wieder gut“, sagte sie lächelnd.

„Das freut mich, aber ein erneutes Umknicken wäre sicher nicht hilfreich. Außerdem habe ich somit einen Grund, dich festzuhalten. Das willst du mir hoffentlich nicht verwehren, oder?“

Silja lachte. „Wie käme ich dazu? Ich genieße es doch auch.“

„Schau mal! Dort vorne ist es schon. Auf dem Holzsteg unterhalb der Felsplatte kannst du besser laufen.“

Magnus führte Silja zu einer kleinen Tribüne, auf der sie sich sogar auf eine geschwungene Bank setzen konnten. Außer ihnen waren keine Besucher vor Ort und so störte Silja niemand in ihren Betrachtungen.

„Warum sind hier so viele Schiffe abgebildet?“, wunderte sie sich. „Wir befinden uns schließlich mitten im Wald.“

Magnus nickte. „Nach meiner Kenntnis, gehen die Wissenschaftler davon aus, dass diese Felsen früher direkt am Wasser lagen. Aber da sich Skandinavien seit der letzten Eiszeit nach wie vor hebt, befinden sich die Ritzungen heute etwa zwanzig bis fünfundzwanzig Meter über dem Meeresspiegel.“

„Wow, Schweden hat sich in den letzten dreitausend Jahren um über zwanzig Meter gehoben? Das wusste ich nicht.“

„Es liegt an der gigantischen Eismasse, die unser Land und auch Norwegen und Finnland damals durch ihr Gewicht nach unten gedrückt hat. Seit dem Abschmelzen des Eisschildes hebt sich der Boden langsam an."

„Woher weißt du das? Ich dachte, du seist Tischler."

„Du bist nicht die Einzige, die gerne liest, Silja Blom."

„Ich steh total auf belesene Männer, habe ich das schon mal erwähnt?"

„Nein, aber gut zu wissen!"

„Und wer ist der Riese dort vorne? Der passt doch gar nicht in die Schiffe rein!"

Magnus lachte. „Die Männerfigur ist über zwei Meter dreißig groß und man vermutet, sie könne einen Gott darstellen. Vielleicht Odin? Der Speer wäre ein Hinweis darauf."

Silja kuschelte sich an Magnus Brust. „Erzähl ruhig weiter. Ich könnte stundenlang hier auf der Lichtung sitzen, dir zuhören, die gute Waldluft einatmen und mir die Sonne auf den Pelz brennen lassen."

„Wie wäre es mit einer Belohnung für deinen Fremdenführer?"

„Oh, tut mir leid. Der Kuchen ist im Auto ..."

„Ich meinte etwas anderes", murmelte Magnus und hob Siljas Kinn an, um sie zu küssen. Dass sie die Augen schloss und genießerisch seufzte, ermutigte ihn, den Kuss sehr in die Länge zu ziehen.

Erst als sich Touristen näherten, ließ er von ihr ab.

„Wir werden beobachtet."

„Meinst du den Speergott? Der kommt schon klar. In dreitausend Jahren hat der sicher so manches gesehen."

„Da magst du Recht haben. Bei den Kindern dort vorne bin ich mir dagegen nicht so sicher!" Lachend erhob sich Magnus. „Na, komm. Gehen wir weiter, bevor wir im Wald Wurzeln schlagen."

Engumschlungen folgten sie dem Weg zu weiteren bronzezeitlichen Bildern, bevor sie schließlich zum Auto zurückkehrten.

Kapitel 45 – Silja

„Und wohin geht es nun?", erkundigte sich Silja, während sie den Sicherheitsgurt anlegte.

Magnus startete den Wagen. „Die zweite Station ist ganz in der Nähe. Auf dem *Aspeberg* gibt es eine Weide, mit einer großen Felsplatte, die du ebenfalls unbedingt sehen musst."

„Auf einer Weide?", fragte Silja fassungslos. „Wer oder was weidet denn dort?"

„Kühe", erklärte Magnus trocken. „Ich hoffe, du hast keine Angst vor ihnen?"

Silja schüttelte den Kopf. „Mir tun eher die Tiere leid. Ist das nicht blöd, wenn ständig Touris über dein Refugium laufen? Also, du magst ja auch keine Fremden in deinem Vorgarten, wie du mir erzählt hast. Geschweige denn in deiner Dusche …"

„Haha, sehr witzig."

Bei dem Hinweisschild „*Aspeberget*" bog Magnus auf den zugehörigen Parkplatz ein und hielt an.

„Kuchen oder Kultur?", fragt er.

„Kühe", erwiderte Silja keck.

Er lachte. „Einverstanden. Auf geht's zu der von Kühen gesäumten Kultur. Dort entlang, gnädige Frau. Die Holzstege weisen uns die Richtung."

Zunächst folgten Silja und Magnus dem von einem durchgehenden Geländer gesäumten Weg. Da er komplett beplankt war, machte ihr das Gehen keine Schwierigkeiten.

Dann allerdings lagen plötzlich etliche Stufen vor ihr.

„Nun wollen wir mal sehen", murmelte sie entschlossen.

„Ich stütze dich. Die Treppe hat den Vorteil, dass du ohne Unebenheiten auf den Berg hinaufkommst."

Sobald sie das Gatter der Weide erreichten, öffnete und schloss Magnus es. Die Kühe jedoch ließen auf sich warten.

„Niemand zuhause", stellte Silja beinahe enttäuscht fest.

„Vorsichtig", mahnte Magnus. „Der Boden ist ziemlich zerklüftet."

Felszeichnungen gab es auf dem *Aspeberg* an verschiedenen Stellen und auch die Kühe fanden sich ein Stück weiter. Friedlich grasend ignorierten sie die Besucher und schlugen lediglich mit den Schwänzen, um lästige Fliegen zu vertreiben.

„Ich habe noch nie eine UNESCO Weltkulturerbestätte besucht", erklärte Silja. „Aber ich glaube, dass hier auf dem Gelände Kühe weiden, ist schon eine schwedische Besonderheit."

„Vermutlich." Magnus lachte. „Bleib bitte mal stehen. Nachdem wir uns schon hinaufgemüht haben, sollten wir auch die Aussicht genießen."

Silja hielt inne und sah sich um. Vereinzelte Bäume im Vordergrund versperrten kaum den Blick auf die Bauernhofidylle dahinter. Der *Aspeberg* war nicht besonders hoch, sodass die Wiesen und Felder sowie die vereinzelten Gebäude und ein einsames Windrad in der Ferne kaum tiefer lagen als die felsdurchzogene Ebene, auf der sie standen.

„Dort auf dem Steg kannst du besser laufen. Und da finden wir übrigens auch die größte Sammlung von Felsritzungen."

Vorsichtig folgte Silja ihm zu der beschriebenen Stelle.

„Magnus, sieh nur: Mitten auf den Zeichnungen sind Kuhfladen!" Fassungslos deutete Silja auf den Felsen.

„Sowas kommt vor, wo Rinder grasen."

„Aber das ist Kultur", empörte sich Silja.

„Ich bin mir nicht sicher, ob den Kühen das bewusst ist", spottete Magnus gutmütig.

„Unfassbar!"

„Ich weiß gar nicht, was du willst: Dreitausend Jahre alte, mit malerischem Kot dekorierte Felsenkunst – das sieht man schließlich nicht alle Tage!", erklärte Magnus mit gespielt ernster Stimme.

„Sei still!" Lachend boxte Silja ihn in die Seite.

Nach der ausgiebigen Besichtigung des zweiten Teils des Weltkulturerbes war Silja erleichtert, wieder am Parkplatz einzutreffen. „Puh, für heute reicht es meinem Fuß."

„Wenn das so ist, schlage ich vor, du setzt dich dort drüben auf die Bank und ich gehe zum Wagen und hole die Getränke sowie deinen Kuchen."

Versonnen schaute Silja Magnus hinterher, der zum Transporter ging und dort eine Weile herumhantierte.

Am Abend zuvor hatte er sich nach ihrem Spaziergang zum Hafen vor dem Haus von ihr verabschiedet.

Sie hatte den Eindruck, dass er sich nicht in ihr Wiedersehen mit Malin hineindrängen wollte oder sich mit der Dreierkonstellation unwohl fühlte. Was würde heute Abend passieren, wenn sie von ihrem Ausflug zurückkehrten? Wie stellte er sich die nächsten Tage und Wochen vor? Darüber hatten sie bisher nicht gesprochen. Und obendrein schuldete sie ihm noch eine Antwort auf die Frage nach ihrer gemeinsamen Zukunft ...

Wahrscheinlich wäre es am besten, erst einmal zu wissen, was *sie* eigentlich wollte. Silja horchte in sich hinein. Dabei kam sie zu dem Schluss, dass sein überstürzter Abgang am Vortag sie ein wenig enttäuscht hatte.

Silja fragte sich, wie das Wochenende wohl verlaufen wäre, falls Malin nicht derart überhastet und unerwartet von ihrer Reise zurückgekehrt wäre.

Durch das Knirschen des Kieses schreckte sie aus ihren Gedanken hoch.

„Zeit für ein Picknick", erklärte Magnus heiter und breitete die Wasserflaschen und Siljas Kuchen auf der Bank aus.

Sie lächelte ihn gedankenverloren an. Auf seinem sonst so glatt rasierten Kinn und den Wangen deuteten sich wieder die Bartstoppeln an, die sie, seit er sie versorgt hatte, regelmäßig an ihm bemerkte.

Seine grünen Augen beobachteten sie genau. Auf seiner Stirn zeigte sich der Ansatz einer Sorgenfalte. „Ist alles in Ordnung?"

Sanft fuhr Silja mit ihrer Hand über seine stoppelige Wange.

„Oh. Tut mir leid, soll ich mich nachher ..."

„Nein, alles Bestens. Das wollte ich schon seit Tagen machen!" Sie lachte leise. „Und es gefällt mir sogar an dir."

„Sicher?"

„Absolut. Und jetzt lass uns essen. Schließlich muss ich wissen, ob du demnächst mit Agathe durchbrennen wirst."

Grinsend biss Magnus ein Stück ab.

„Und?", fragte Silja gespannt.

Er aß seelenruhig weiter, ohne eine Miene zu verziehen, schluckte herunter und sah Silja prüfend an.

Erst dann beugte er sich vor und flüsterte ihr ins Ohr: „Der ist richtig lecker. Wenn ich so darüber nachdenke, wird Agathe wohl das Nachsehen haben ..."

„Bist du dir sicher?" Silja kicherte – nicht zuletzt, weil sein Atem sie kitzelte.

„Ganz sicher. Sie ist nicht annähernd so attraktiv wie du und sie macht mir niemals Vorhaltungen – wie langweilig."

Nun rieb er seine leicht kratzige Wange an Siljas und verursachte ihr damit eine wohlige Gänsehaut.

„Was hast du vor?", fragte sie leise.

„Wieso?" Magnus verstärkte den Druck herausfordernd.

Entgegen ihrem Willen entrang sich ihrer Kehle ein verhaltenes Stöhnen. „Willst du mich in aller Öffentlichkeit verführen?"

„Eine fantastische Idee ..."

„Hör auf!" In gespielter Verzweiflung schob sie ihn einige Zentimeter von sich fort.

„Sich nicht zu rasieren, scheint eine erstaunliche Wirkung auf dich zu haben", stellte Magnus grinsend fest.

„Aber bevor ich etwas tue, das wir später bereuen, höre ich lieber auf. Möchtest du gar keinen Kuchen?"

Silja zuckte zusammen. Machte er jetzt einen Rückzieher? Das hatte sie mit ihrer flapsigen Bemerkung nicht bezweckt.

Mit einem flauen Gefühl griff sie in die Dose. Wie sollte sie Magnus nur klarmachen, dass sie sich durchaus etwas mehr Intimität mit ihm wünschte?

Während er genussvoll das zweite Stück ihres Backwerks verspeiste, ließ er Silja nicht aus den Augen.

„Versteh mich bitte nicht falsch: Nicht, dass ich nicht wollte, aber hier ist keinesfalls der passende Ort für das, was mir eben in den Sinn kam."

Es war unfassbar! Konnte er vielleicht doch ihre Gedanken lesen? Ungläubig starrte Silja Magnus an. Mit klopfendem Herzen fragte sie: „Und was kam dir eben in den Sinn?"

„Das zeige ich dir gern, falls du mich später zu mir nach Hause begleitest."

Siljas Puls beschleunigte sich rasant. Und ob sie das wollte!

Kapitel 46 – Magnus

Voller Vorfreude musterte Magnus auf der Rückfahrt Siljas Profil. Als sie es bemerkte, lächelte sie. Sein Mund fühlte sich trocken an und sein Herz schlug schneller, je näher sie Fjällbacka kamen.

Schwungvoll lenkte Magnus den Transporter in die kleine Sackgasse und kam vor seinem Grundstück zum Stehen. Umgehend sprang er aus dem Wagen, umrundete ihn und öffnete die Beifahrertür. „Willkommen daheim!"

Silja ließ sich lachend in seine ausgestreckten Arme gleiten und er hob sie sanft auf die Straße.

„Zu mir?" Seine Augen funkelten vielsagend.

Sie nickte. Eine leichte Röte überzog ihre Wangen.

Mit klopfendem Herzen zog Magnus Silja an sich heran und küsste sie.

Jetzt nur nichts überstürzen! Sie hatten alle Zeit der Welt.

„Habe ich dir nicht gesagt, du sollst die Finger von ihr lassen", ertönte es unverhofft jenseits des Gartenzauns.

Überrascht sah Magnus auf.

Mit festen Schritten näherte sich Lucas Olsson von Malins Tür herkommend. Unbändige Wut stand ihm ins Gesicht geschrieben.

Silja stieß einen kaum hörbaren Schreckenslaut aus. Angesichts seiner Miene schob sich Magnus schützend vor sie.

Lucas hatte inzwischen das niedrige Gartentor erreicht und stieg darüber. Nun baute er sich mit blitzenden Augen vor Magnus auf. „Ich hatte dich gewarnt, Fredriksson!"

In seiner Stimme schwang Verzweiflung mit, doch der unverhohlene Zorn dominierte sie.

Intuitiv richtete sich Magnus zu seiner vollen Größe auf. Durch sein breites Kreuz verdeckte er Silja vollständig, so dass Lucas sie nicht erreichen konnte. Doch dieser hatte ohnehin nur Augen für ihn. Beide Hände vor der Hüfte zu Fäusten geballt, stand er breitbeinig vor Magnus und blitzte ihn wütend an. „Du solltest die Finger von ihr lassen, schon vergessen?"

Abwartend erwiderte Magnus seinen Blick. Vor dem deutlich kleineren, ihm körperlich unterlegenen Lucas hatte er keine Angst, aber eine Schlägerei, in die Silja mit hineingezogen werden könnte, wollte er keinesfalls riskieren.

„Silja ist nicht dein Eigentum", erwiderte er mit ruhiger Stimme. „Sie entscheidet selbst, mit wem sie ihre Zeit verbringen möchte."

„Du hast jedenfalls schon viel zu viel Zeit mit ihr verbracht!", blaffte Lucas zurück. „Wer glaubt ihr Fredrikssons eigentlich, wer ihr seid?"

Trotz des Größenunterschieds trat er noch einen Schritt näher an Magnus heran. Seine Fäuste hob er dabei bedrohlich auf Brusthöhe. Sein Blick war nach wie vor unversöhnlich auf den Tischler gerichtet.

Dieser wich keinen Zentimeter zurück, hielt jedoch Lucas Fäusten abwehrend seine Handflächen entgegen.

„Du solltest Malte und mich nicht über einen Kamm scheren. Ich weiß, dass er dir vor Ewigkeiten ein Mädchen ausgespannt hat. Und es tut mir leid. Mir ist es ebenso ergangen, falls es dich tröstet. Und ich halte rein gar nichts von den ständig wechselnden Affären meines Bruders.“

„Und warum verhältst du dich dann genauso wie er?“

„Das tue ich nicht.“ Magnus bemühte sich nach wie vor um einen ruhigen Tonfall. „Ich habe aus unterschiedlichen Gründen seit Jahren keine Freundin gehabt. Und mich in Silja zu verlieben, hatte ich auch nicht geplant.“

Lucas schnaubte abfällig. „Verlieben! Zu wahren Gefühlen seid ihr Fredrikssons doch gar nicht fähig!“

Zu Magnus Überraschung trat Silja bei diesem Vorwurf hinter seinem Rücken hervor und stellte sich neben ihn. „Du tust Magnus unrecht! Er ist ein völlig anderer Mensch als Malte.“

„Du musst es ja wissen!“, ätzte Lucas und nahm zu Magnus Unbehagen nun Silja ins Visier. „Nachdem du ja schon so unendlich lange hier wohnst …!“

„Einen guten oder schlechten Charakter erkennt man schnell“, erklärte Silja. Magnus spürte, dass auch sie sich möglichst unaufgeregt gab, um die Situation zu deeskalieren.

„Maltes Art liegt mir gar nicht. Auf ihn hätte ich mich niemals eingelassen.“

„Aber auf den schon?“ Anklagend zeigte Lucas auf Magnus. „Warum? Weil er so athletisch ist? Ihr Frauen steht auf Muskeln, oder?“

„Nein!“. Silja schüttelte entschieden den Kopf. „Ich mag seine Hilfsbereitschaft, seinen Humor und seine Art mir Kontra zu geben, wenn ich mal wieder übers Ziel hinausschieße. Außerdem kocht er gar nicht übel.“

Magnus sah den Ansatz eines Lächelns über Siljas Gesicht huschen.

Lucas Miene verfinsterte sich jedoch. „Ich bin auch hilfsbereit und kann kochen, aber du hast mir keine Chance gegeben, dir das zu beweisen.“

Immerhin ballte er die Hände nicht mehr ganz so bedrohlich zusammen wie zu Beginn.

Magnus überlegte fieberhaft, ob er sich einmischen oder weiterhin Silja das Feld überlassen sollte, die offenbar gerade dabei war, einen Zugang zu seinem verbitterten Kontrahenten zu finden.

Zu seiner Verwunderung trat sie noch einen Schritt näher an Lucas heran und sah ihm direkt in die Augen. Da sie etwa gleich groß waren, fiel ihr das nicht schwer.

„Lucas, du bist ganz bestimmt ein netter Mann, aber du hast mich irgendwie …“, nachdenklich kräuselte Silja die Stirn, „ … überrumpelt. Schau mal, wir kannten uns noch keine fünf Minuten, da hast du mich zu der Bootstour eingeladen. Während des Ausflugs hast du mich keine Sekunde aus den Augen gelassen und anschließend nach Hause gebracht.“

„Ach, Höflichkeit ist also nicht mehr angesagt?“

„Doch, natürlich! Und ich finde es auch wahnsinnig nett, dass du mir nach meinem Unfall Blumen geschickt hast. Dein Strauß ist wirklich wunderschön.“

„Er scheint dich trotzdem nicht sonderlich beeindruckt zu haben."

„Das ist es, was ich dir gerade zu erklären versuche. Er ist viel zu üppig und teuer, dafür, dass wir uns kaum kennen. Du musst mich oder eine andere, die dir gefällt, nicht mit Geschenken überhäufen oder beeindrucken."

Magnus sah, dass Silja sich auf die Unterlippe biss, bevor sie fortfuhr: „Stattdessen solltest du einfach versuchen, du selbst zu sein, und eine Frau, von der du glaubst, sie könnte zu dir und deinen Interessen passen, in Ruhe kennenlernen. Das braucht manchmal etwas Zeit, aber es erspart dir die Enttäuschung, wenn ihr nicht harmoniert."

„Aber vielleicht würden *wir* gut zueinander passen", beharrte Lucas. „Du gibst mir ja gar keine Chance ..."

Magnus sah, wie sich Resignation in Lucas Miene ausbreitete und senkte die Hände. Von Linneas Bruder ging keine unmittelbare Gefahr mehr aus. Dessen Zorn schien einer maßlosen Enttäuschung zu weichen.

Inzwischen tat er ihm sogar leid und als Magnus Silja ansah, wurde ihm bewusst, dass es ihr ebenso erging.

Ihre Stimme war ganz sanft, während sie erwiderte: „Das ist nicht wahr, Lucas. Ich habe bei unserem Bootsausflug eine Menge über dich erfahren. Zum Beispiel, dass dir schnelle Autos und Motorboote wichtig sind. Mir bedeuten solche Dinge allerdings gar nichts. Ich wandere lieber durch die Natur oder lese Bücher."

Lucas verzog bei der Erwähnung ihrer Hobbies die Mundwinkel.

„Und ich bin mir sicher, damit kannst du wenig anfangen."

Er schwieg, nickte aber widerstrebend.

„Genau das meine ich", fuhr Silja fort. „Wir passen gar nicht zueinander und damit wäre Streit vorprogrammiert. So eine Beziehung willst du doch nicht führen, oder?"

Er schüttelte seufzend den Kopf.

Magnus warf Silja einen anerkennenden Blick zu. Wie sie Lucas aus seinem emotionalen Tunnel geholt und seinen Blick geweitet hatte, fand er bemerkenswert. Hoffentlich zog Linneas Bruder aus ihren Worten die richtigen Schlüsse. Dann würde er vielleicht endlich die Frau fürs Leben finden, nach der er sich offensichtlich so sehnte.

Lucas blickte auf und straffte die Schultern. Nacheinander sah er erst Silja, dann für einen Moment Magnus an. „Ich habe ein ziemlich gutes Angebot, nach Stockholm zu gehen ..."

„Dazu gratuliere ich dir von Herzen." Silja lächelte ihn an. „Es ist bestimmt eine tolle Chance für deine Karriere und ich bin mir sicher, wenn du es etwas behutsamer angehst, wirst du in Stockholm eine nette Frau finden, die zu dir passt. Ich drücke dir jedenfalls die Daumen."

Für einen Moment starrte Lucas Silja an. Dann nickte er. „Entschuldigung", presste er hervor und fügte leise hinzu: „Alles Gute für dich". Ohne zurückzublicken eilte er davon.

Mitleidig sah Magnus ihm nach. Den Arm um Siljas Schulter gelegt, flüsterte er: „Das hast du großartig gemacht" und hauchte einen Kuss auf ihre Ohrmuschel. „Ich bin sehr beeindruckt!"

Am Fuß der Treppe hob Magnus die protestierende Silja in seine Arme und trug sie die Stufen hinauf.

„Lass das, ich bin viel zu schwer!"

Ihr Widerspruch war recht halbherzig, denn im Grunde fühlte sie sich wunderbar geborgen.

„Es ist nicht das erste Mal, dass ich dich hier hochtrage. Und wenn es nach mir geht, wird es auch nicht das letzte Mal sein."

Im Schlafzimmer stellte Magnus sie sanft auf ihre Füße. Sein Atem ging schneller. War es die Anstrengung oder war er ebenso nervös wie sie?

„Das Bett kenne ich", murmelte Silja verlegen.

Magnus zog sie eng an sich heran. Sein Blick fing den ihren ein und wurde umso eindringlicher, je länger er sie ansah.

„Das stimmt. Falls du dich allerdings entscheidest, heute Nacht hierzubleiben, wirst du es mit mir teilen müssen."

Bei seinen Worten hielt Silja unwillkürlich den Atem an. Durch den Stoff seines T-Shirts spürte sie Magnus Herzschlag, der herausfordernd gegen ihre Handflächen pochte. Während sie sich in dem ernsten, aber auch verlässlichen Grün seiner Augen beinahe verlor, umwehte sie der inzwischen vertraute Geruch nach Holz und Naturölen aus Magnus Werkstatt, vermischt mit seinem Deo, das an eine frische Meeresbrise erinnerte.

„Das würde ich sehr gern", erwiderte sie leise. Dabei huschte ein verlegenes Lächeln über ihr Gesicht. „Vorausgesetzt, du erlaubst mir, morgen früh deine Dusche zu benutzen, ohne mich vor die Tür zu setzen."

In seinem Gesicht zeichnete sich ein Anflug von Übermut ab, der ihm hervorragend stand, wie Silja mit klopfendem Herzen feststellte.

„Lass mich nachdenken ..." Mit der Hand spielte er verträumt mit einer ihrer Haarsträhnen. „Einverstanden. Möglicherweise überlasse ich dir sogar mein Lieblings-Handtuch."

„Deal!" Silja lächelte und schob beide Hände unter sein T-Shirt, wo sie langsam den muskulösen Rücken hinaufwanderten. Magnus zuletzt leicht spöttischer Blick wandelte sich in pures Verlangen und brachte damit Siljas Puls in Aufruhr.

„Ich muss dich warnen", flüsterte er mit rauer Stimme, während seine Lippen ihren Hals entlangwanderten. „Das ist die letzte Gelegenheit, diesen Raum nahezu unberührt zu verlassen. Danach garantiere ich für nichts mehr."

„Klingt verlockend!", hauchte sie erregt und verspürte ein heftiges Kribbeln, als er an ihrem Ohrläppchen zu knabbern begann. Im Gegenzug massierte sie mit beiden Händen seine Schulterblätter.

„Ich möchte mich übrigens bewerben", murmelte Magnus.

„Bewerben?" Ungläubig hielt Silja inne. „Wofür?"

„Ich wäre gerne *dein* Mister Darcy."

„Tatsächlich? Ich dachte, du magst ihn nicht!"

„Im Laufe der Geschichte hat er sich recht positiv entwickelt. Wie du es vorausgesagt hast."

„Moment mal, hast du *Stolz und Vorurteil* weitergelesen?“

„Nicht nur weitergelesen, sondern gestern Abend beendet.“ Magnus Mundwinkel zuckten, während er sie verschmitzt ansah.

„Woher ...?“, fragte Silja fassungslos.

„Ich habe es unter den ungläubigen Blicken von Alice Ringblom aus der Stadtbibliothek ausgeliehen. Wahrscheinlich ist mein Ruf als knallharter Kerl jetzt auf ewig ruiniert, denn sie ist eine alte Klatschtante, aber was soll's ...“

„Ich dachte, der Roman sei bloß etwas für Leute, die an chronischer Langeweile leiden.“

„Um ehrlich zu sein, musste ich unbedingt wissen, wie du dir den Mann deiner Träume vorstellst.“

Silja legte den Kopf in den Nacken und seufzte gerührt.

„*Du* bist der Mann meiner Träume, Magnus Fredriksson! Ich habe nur eine Weile gebraucht, um das herauszufinden.“

Er küsste sie sanft auf die Nasenspitze. „Also, wo genau stehe ich? Sagen wir: Auf einer Skala von Mister Wickham zu Mister Darcy?“

„Du hast es wirklich komplett gelesen!“

„Glaubst du mir etwa nicht?“

„Doch, natürlich.“

„Also?“

„Du stehst unmittelbar auf einer Stufe mit Mister Darcy.“

„Das wollte ich hören!" Magnus bedeckte Siljas Gesicht mit luftigleichten Küssen, woraufhin sie genießerisch die Augen schloss. Behutsam berührten seine Lippen ihre Lider, bevor sie langsam abwärts wanderten.

„Sollte ich eventuell erwähnen, dass du die letzte Chance, mein Schlafzimmer zu verlassen, soeben verspielt hast?", murmelte er zwischen zwei Küssen.

„Im Gegenzug hast du leider die Gelegenheit verpasst, dein Bett heute Nacht für dich allein zu haben. Mit deiner geliebten Ruhe ist es somit endgültig vorbei, Mister Darcy."

„Ich pfeif auf die Ruhe! Es hat mir in den letzten Tagen so gefehlt, mit dir zu frühstücken."

„Nur zu frühstücken?", neckte sie ihn. „Ich werde dafür sorgen, dass dir in Zukunft noch viel aufregendere Dinge fehlen werden, wenn ich nicht da bin."

Magnus stöhnte leise.

Silja wusste nicht, ob es an ihrem Versprechen lag oder daran, dass sie dazu übergegangen war, seine Brustwarzen zu streicheln. Möglicherweise auch an beidem.

„Bitte nicht aufhören ..."

„Das hatte ich nicht vor."

Fordernd schob sie Magnus T-Shirt über seinen Kopf und er warf es achtlos zu Boden. In Anbetracht seines durchtrainierten Oberkörpers wurde ihr abwechselnd heiß und kalt.

„Zehn Öre für deine Gedanken!"

„Ich dachte gerade an Malin und Ebba ..."

„*Was*?" Magnus rückte ein Stück von ihr ab. „Ich stehe halbnackt und vor Sehnsucht zerfließend vor dir und du denkst an deine Cousine und deine Chefin?"

Silja kicherte halb in Trance. „Ich habe bloß überlegt, wie ich ihnen dafür, in Fjällbacka gelandet zu sein, danken kann. Denn sonst hätte ich dich niemals kennengelernt."

Das klärende Gespräch mit Mads, dem sie vermutlich ebenfalls eine teure Flasche Elchschnaps schuldete, verschwieg sie Magnus wohlweislich.

Seine Miene entspannte sich.

Plötzlich hob er sie ohne Vorwarnung hoch, als sei sie eine Feder und legte Silja behutsam auf der Mitte seines Bettes ab. Danach setzte er sich neben sie und begann provozierend langsam die Knöpfe ihrer Bluse und der Jeans zu öffnen. „Darüber kannst du morgen nachdenken. Jetzt werde ich deinen Fokus auf etwas Wichtigeres lenken." Während seine Hände zärtlich über ihre Haut glitten, sah Magnus sie unverwandt an.

Sein durchdringender Blick sowie die der harten Arbeit geschuldeten Schwielen an seinen Händen verursachten Silja bei jeder Berührung eine Gänsehaut. Als Magnus den Verschluss ihres BHs ertastete, schloss sie die Augen und sog bei der anschließenden sanften Erkundung ihrer Brüste durch seine Fingerspitzen scharf die Luft ein. Bis er sich zu ihrem Slip vorgetastet hatte, waren Amors offizielle und inoffizielle Helfer längst vergessen.

„Weißt du eigentlich, warum ich mich in dich verliebt habe?", hauchte Silja erregt.

„Nein." Magnus Zunge kreiste nun um ihren Bauchnabel.

„Weil du dich so verdammt diskret und korrekt verhalten hast, als ich halb bewusstlos und dir somit völlig ausgeliefert war."

„Hm“, brummte Magnus und schob ihren Slip ein
Stück weiter hinunter. „Diese Zeiten sind vorbei. Aus-
liefern darfst du dich mir jederzeit, aber diskret war
gestern. In Zukunft werde ich jeden Millimeter deines
Körpers erkunden. Und wenn ich *jeden* sage, dann
meine ich das auch so!“

Magnus Gesicht tauchte über ihrem auf. Mit seinen
moosgrünen, mit goldgelben Sprenkeln durchzogenen
Augen schaute er für eine gefühlte Ewigkeit scheinbar
bis ins Innerste ihrer Seele und küsste sie anschließend, wie er sie nie zuvor geküsst hatte.

Eine Welle von Emotionen durchflutete Silja, die sie
alles um sich herum vergessen ließ.

In diesem Moment gab es nur Magnus und sie und sie
fühlte, schmeckte und sah nur noch ihn.

Epilog – Silja

An Magnus Brust gelehnt saß sie an ihrem Lieblingsplatz auf dem Vetteberg und betrachtete den Sonnenuntergang über dem Schärengarten.

„Einfach wunderschön", flüsterte Silja ergriffen, während sie den goldenen Feuerball betrachtete, der das Meer in eine riesige Spiegelfläche in allen erdenklichen Gelbtönen verwandelte. Durchbrochen wurde diese Fülle an Farben nur hier und dort von den geheimnisvoll aus dem Wasser ragenden Schatten der Felseninseln.

Magnus hielt Silja von hinten fest umschlungen und schmiegte seine Wange an ihre. „Ich weiß nicht, ob du dich erinnerst, welch vielversprechende Ankündigung für die Zukunft du mir vor ein paar Tagen gemacht hast …"

„Welche meinst du?"

„Zu Beginn unserer unvergesslichen, ersten Nacht hast du mir angekündigt, wie schmerzlich ich dich vermissen würde, wenn du einmal nicht da wärst. Und damit hattest du Recht. Ich liebe dich, Silja, und der Gedanke ist mir unerträglich. Könntest du dir inzwischen vorstellen, hier dauerhaft zu leben?"

„Ich denke schon. Denn wie es scheint, habe ich mein Herz an Fjällbacka verloren", erwiderte Silja verträumt. „… und an seinen Tischler."

„Das freut mich. Allerdings muss dir dieser Tischler etwas beichten.“

Silja wandte den Kopf und musterte ihn fragend.

„Vorher musst du mir allerdings versprechen, nicht nachtragend zu sein.“

„Was hast du angestellt, Magnus Fredriksson?“

„Nichts. Du darfst *Linnea* nicht böse sein. Versprich es!“

„Was hat Linnea getan?“ Silja rückte ein Stück von ihm ab und sah ihm nun direkt ins Gesicht.

Schweigend erwiderte Magnus ihren Blick.

„Ich verspreche, ihr nichts nachzutragen. Was auch immer es ist.“

„Gut. Ich fände es nämlich falsch, dir gegenüber nicht offen zu sein. Trotzdem ist es nicht allein meine Angelegenheit.“

„Um Himmels willen! Nun sag es endlich!“

„Linnea war an dem Tag, an dem du in Malins Haus zurückgekehrt bist, bei mir und hat mich ausgehorcht, wie ich dich finde.“

„Davon weiß ich ja gar nichts!“

„Mit ihrer weiblichen Intuition hatte sie mich recht schnell durchschaut und mir auf den Kopf zugesagt, dass ich mich in dich verliebt hätte, was natürlich auch stimmte.“

„Wow!“

„Und als ich es nicht mehr abstritt, hat sie mir durch die Blume mitgeteilt, dass es dir ähnlich ginge. Sie hat mir den Schubs gegeben, den ich benötigte, um zu dir zu gehen und endlich die Karten auf den Tisch zu legen.“ Prüfend sah Magnus Silja an. „Bitte nimm Linnea ihre Indiskretion nicht übel. Sie hat es nur gut gemeint."

Ein Lächeln huschte über Siljas Gesicht. „Versprochen. Ich verzeihe ihr. Sofern du Mads Lind vergibst, der am selben Abend das gleiche getan hat."

„Er hat was?"

„Als er mich untersucht hat, hat er mit mir über dich gesprochen. Zuerst wollte er wissen, was ich für dich empfand, und rückte anschließend damit heraus, dass du dich in mich verliebt hättest."

„Ich fasse es nicht! Na, warte, wenn ich den …"

„Du darfst es ihm ebenso wenig übelnehmen wie …"

„Das ist etwas völlig anderes! Mads unterliegt im Gegensatz zu Linnea der ärztlichen Schweigepflicht!"

„Unser damaliges Gefühlschaos fällt vermutlich kaum unter die Schweigepflicht. Oder hast du Mads ausdrücklich darauf hingewiesen, dass du seinen ärztlichen Rat suchst?"

„Natürlich nicht. Es war ein freundschaftliches Gespräch."

„Genau wie meines mit Linnea." Silja lachte laut auf. „Diese Schlange! Ich werde ihr …"

„Stopp!" Magnus drehte behutsam Siljas Kopf und beugte sich vor, sodass er ihr direkt in die Augen sehen konnte. „Gar nichts werden wir! Außer den beiden dankbar zu sein. Und jetzt lass mich dich endlich küssen."

„Sollten wir nicht lieber gehen, bevor es ganz dunkel ist?", wandte Silja skeptisch ein. „Ich habe so meine Erfahrungen mit nächtlichen Wanderungen über den Vetteberg …"

„Deshalb habe ich zwei starke Taschenlampen dabei."

„Wie umsichtig von dir.“

„Allerdings. Darf ich nun endlich ...?“

„Einen Moment, bitte, denn ich schulde dir noch eine sehr wichtige Antwort.“

„Und wie lautet sie?“, wisperte Magnus ganz nah an ihrem Ohr.

„Sie lautet dreimal „Ja“.“

„Dreimal „Ja“?“ Verwirrt sah er sie an.

Silja legte ihre Hand auf seine.

„Ja, ich kann mir vorstellen hier zu leben. Ja, ich werde sehr gerne bei dir bleiben und ja, bitte hilf mir meine Sachen wieder in dein Haus zu tragen, denn ich liebe dich, Magnus.“

„Das ist zweifellos das schönste „Ja“, welches ich jemals gehört habe, Silja! Erlaubst du mir jetzt ...?“

Statt zu antworten zog sie ihn noch näher an sich heran.

„Geht doch!“, murmelte Magnus und fuhr die Linie ihrer Lippen mit seinen Fingerspitzen nach, bevor er Silja schließlich hingebungsvoll küsste, während der Feuerball langsam hinter den Schären versank.

Danksagung

An erster Stelle möchte ich Ihnen danken, dass Sie „Frühling in Fjällbacka" gelesen haben. Ich hoffe, die Geschichte von Silja und Magnus hat Ihnen gefallen. Als Autorin würde ich mich sehr über eine Rückmeldung oder eine Rezension freuen. Herzlichen Dank im Voraus für Ihre Unterstützung.

Des Weiteren gilt mein Dank dem gesamten Team vom dp Verlag für die Möglichkeit, diesen Roman zu veröffentlichen, insbesondere Ina Lütjen für die Betreuung dieses Herzensprojekts und Stephanie Schilling für die erneute vertrauensvolle Zusammenarbeit bei Lektorat und Korrektorat.

Für die Vermittlung dieser Romance danke ich meiner geschätzten Agentin Alisha Bionda von der Agentur Ashera.

Ein herzlicher Dank geht an Agneta, die einigen anderen Schwedenfans und mir in mehreren Kursen die schwedische Sprache und Mentalität nähergebracht sowie ihr legendäres Bullar-Rezept mit uns geteilt hat und an Christa, die uns in ihr bezauberndes Haus in den südschwedischen Wäldern einlud.

Für die Idee, die Westküste Schwedens zu besuchen, danke ich Eva, Oliver und Elias, die uns im Sommer 2019 ihre wunderschöne Heimat gezeigt haben.

Mein größter Dank gilt meiner Familie, die mit mir gemeinsam mehrfach nach Schweden gereist ist und meine Arbeit als Autorin jederzeit unterstützt, besonders meinem Mann, der mir von der Entwicklung meiner Geschichten über seine konstruktive Kritik als Erstleser bis zum Marketing zur Seite steht.